굿 드라이버

강지영 장편소설

굿 드라이버

STORY.B

일러두기
외래어 표기는 국립국어원 외래어 표기법에 준하되 일부 굳어진 표현은 예외로 두었습니다.

졸았던 모양이다. 인중으로 따뜻한 물기가 흘러 손을 가져다 대니 피가 묻어났다. 수면이 부족한 탓에 종종 생기는 일이었다. 엄지와 중지로 코뼈를 지압하고, 입속까지 스며든 피를 휴지에 뱉어냈다. 피가 멎길 기다렸다 물티슈를 들고 거울 앞에 섰다. 거울 속엔 끝이 우아하게 컬링된 긴 단발에 상앗빛 실크 블라우스를 걸친 내가 입술을 앙다물고 있었다.

등단 후 팔 년간 소설과 논문을 쓰며 볕을 등지고 살아온 나는 나이에 비해 풋내가 났다. 물티슈로 인중을 적신 피를 닦으려던 찰나, 고약한 냄새가 얼굴로 훅 끼쳤다. 썩어가는 생선의 내장 같기도, 끈끈한 취두부의 냄새 같기도 한 그것이 숨길을 틀어막았다. 속이 울렁거리더니 신물이 넘어왔다. 욕지기를 참으며 거울을 똑바로 바라보았다. 서늘한 냉기와 함께 목덜미에 소름이 돋아났다.

"역겹니? 나도 살아선 달콤한 살 냄새가 났어. 너도 죽으면 나처럼 악취를 풍길 거야. 장담할 수 있어."

선풍기에 대고 떠드는 것처럼 웅웅거리는 목소리가 귓가에 속삭였다. 거울에 비친 내 어깨 위에 창백한 얼굴 하나가 걸려 있었다. 이십대 후반의 여자로 얼굴에 파란 실핏줄이 거미줄처럼 덮여 볼썽사나운 몰골이었다.

"놀라길 바라고 온 거면 미안해. 내가 매일 보는 게 너 같은 귀신이라 좀 질리네. 지금은 좀 바쁜데, 그만 가줄까?"

내 말에 여자는 앞니를 드러내며 웃었다. 잇새에서 타르처럼 검은 피가 흘러나와 내 블라우스 위로 떨어졌다.

"가란다고 가면 그게 귀신이겠어? 가위눌린 적 없나봐? 이건 누군가 깨워주지 않으면 끝나지 않는 악몽 같은 거야. 맹랑하게 구는 걸 보니 더 너와 놀고 싶어졌어."

여자의 말은 사실이었다. 몸에 붙은 귀신에게서 벗어나는 가장 쉽고도 확실한 방법은 누군가 나를 찾는 거였다.

불쾌한 냄새를 견디느라 호흡을 줄여가는 동안 여자는 진녹색 혀를 길게 뽑아 내 인중에 흐른 피를 핥았다. 악취를 풍기는 데다 혀 색깔로 미루어 독극물로 자살한 귀신이었다. 여자의 혀가 닿는 피부가 서늘하게 젖어들며, 미세한 화학약품 냄새가 섞여났다. 뭔지 알 것 같았다.

"그라목손이구나. 맞지? 녹색 제초제."

내 물음에 여자가 긴 혀를 개처럼 늘어뜨리고 거울을 통해 나와 눈을 맞췄다. 그녀의 표정에 잠시나마 부끄러움이 스쳤다.

"눈치 한번 기깔나네. 무당이었어?"

"여기가 신당처럼 보이니? 눈 씻고 다시 봐. 책, 논문, 과제물, 어디서 받았는지 기억도 안 나는 감사패들 보이지? 여긴 연구실이고, 난 곧 수업을 하러 가야 해."

"무당도 아닌데, 내가 안 무섭다고? 간덩이가 배 밖으로 나왔네."

그녀의 늘어진 혀에서 내 피가 섞인 타액이 바닥으로 뚝뚝 떨어졌다.

"질척거리니까 짜증은 좀 나지. 그렇다고 못 견딜 정도는 아냐. 이런 짓을 꼭 귀신만 하는 것도 아니잖아? 헤어진 애인이 보낸 메시지, 단둘이 술 한잔하자는 유부남 선배, 톡으로 쏟아지는 할인쿠폰과 차단해도 끊임없이 걸려오는 스팸전화. 봐! 넌 그것들과 다를 게 없어. 귀찮은 쉬파리지."

나는 그녀의 진녹색 혀를 외면하고 손가락에 물티슈를 끼워

파운데이션 위로 엷게 번진 핏자국을 지워냈다. 흘끔 곁눈질로 여자를 쳐다봤다.

뭔가에 홀린 듯, 혹은 뭔가를 깨달은 듯 여자의 눈동자가 작아지기 시작했다. 바둑알처럼 새카맣던 눈동자는 끝내 점이 되어 사라지고, 흰자위만 남은 채 서글픈 표정을 지었다.

"남친도 나를 귀찮아했어. 살았을 때 그렇게 사랑받으려고 애썼는데, 질척거리는 사람에서 고작 질척거리는 귀신이 돼버렸다고. 다들 나한테 왜 이러는 건데!"

여자의 얼굴 위에서 푸른 실핏줄이 움찔거렸다. 잡귀는 화가 나거나 충격을 받으면 곧잘 터지기도 한다. 커다란 고름처럼 냄새나는 누런 액체로 폭발하면 며칠은 냄새가 빠지지 않았다.

"너 설마 여기서 터질 셈은 아니지?"

여자의 얼굴이 반죽 발효되듯 부풀기 시작했다.

"똑똑히 기억해. 잘난 척하는 것도 얼마 안 남았어. 네 머릿속에 푸른 실로 동여맨 혈관이 풍선처럼 부풀었으니까. 보니까 얼마 못 버티겠네. 머릿속에서 폭죽이 터지면 어떤 기분일까?"

그녀의 말은 옳다. 내 머릿속엔 시한폭탄이 들어 있다. 강사 생활이 끝나갈 즈음 나를 맞이한 건 뇌동맥류였다. 증상은 끔찍한 두통이었다. 어느 날 정수리를 도끼로 내리찍는, 아니 두개골을 열고 핸드블렌더로 뇌를 갈아버리는 것 같은 두통이 시작됐다. 주치의는 머리를 열고 부푼 동맥류에 코일을 넣어 혈류를 막자고 했지만 수술중 사망할 확률이 오십 퍼센트였다. 방치하다 이 년 이내에 뇌출혈로 사망할 확률과 크게 다르지 않았다. 고민 끝에 나는 수술 일정을 일 년 뒤로 못 박았다. 교원 임용 면접이 칠 개월 남은 시기였다.

"하나는 알고 둘은 모르네. 난 죽고 싶어도 못 죽어. 어쩌다 보니 불사의 몸이 됐거든."

두통은 여전하지만 지금쯤 터졌어야 할 뇌동맥류는 삼 년 전과 같은 크기이다. 문제는 이제 무슨 수를 써도 죽지 못한다는 사실이었다. 내 가족과 친구, 제자, 그리고 인류가 멸망해가는 걸 송장 같은 모습으로 지켜봐야 하는 운명을 좀처럼 받아들이기 힘들었다.

"그러고 보니 네 몸뚱이에서 향내가 나잖아. 너 인간이 아니구나!"

그때 내선전화가 울렸다. 곧 터질 것만 같던 여자의 얼굴이 순식간에 공기 속으로 흩어졌다. 파편 같은 악다구니가 귓가에 박혔다. 창문을 열고 손으로 악취를 휘휘 저으며 전화를 받았다.

"유수현입니다."

"교수님! 과실입니다. 다름이 아니고 오늘 소설창작실습 시간에 서버 점검으로 어플 출석체크가 안 된다고 합니다. 좀 더 자세히 설명드리자면……."

조교 우재의 말투는 초등학교 저학년 교사와 비슷했다. 왜 그런지는 알 만했다. 나와 젊은 강사 몇을 제외한 전임교수 다섯 명은 환갑을 목전에 둔 초로의 사내였고, 불편사항을 친절하고 알기 쉽게 설명해주지 않으면 좀처럼 미간에 잡힌 주름을 풀지 않았다.

"설명은 괜찮아. 출석은 수기로 체크하면 돼?"

"네! 과실에서 명렬표 준비해서 교탁에 올려놓겠습니다."

전화를 끊은 뒤 시계를 봤다. 2시 50분.

연구실에서 강의실까진 내 걸음으로 칠 분이 걸린다. 재킷을 걸치고 미지근하게 식은 커피를 한 모금 마셨다. 코피가 깨끗이 닦였는지 확인한 뒤 학생 수대로 출력한 인쇄물을 품에 안고 연구실을 나섰다. 여전히 입김이 나오는 3월의 캠퍼스를 가로질러 강의동으로 들어섰다.

회보라색으로 머리를 탈색한 학생, 풀어헤친 롱패딩 안에 크롭 티셔츠를 입은 학생, 비만한 체구에 안경을 쓴 거북목 학생, 마치 남매처럼 닮은 커플, 반으로 접은 토스트를 한입에 욱여넣는 학생. 여전히 고등학생처럼 나를 쌤이라 부르는 학생, 학생들.

내가 찾는 아이, 다정도 여기 있어야 했다.

다정은 강사 시절 제자였다. 단편소설로 대체된 중간고사에 그 애가 제출한 원고는 단연코 월등했다. 십수 년 전 이혼한 전 남편의 조카가 부모의 죽음으로 고아가 돼 찾아온 이야기였다. 주인공은 갓난아기 시절 딱 한 번 보았던 전남편의 조카를 내치고 싶었지만 수능시험까지 석 달만 돌봐달라는 간청에 결국 현관문을 열어주었다. 비좁은 원룸에서 주인공과 조카는 묵묵히 삼 개월을 버텨냈고, 말없이 헤어졌다. 소설 중 조카의 이름은 안다정이었다. 그 애가 직접 겪은 일일지도 몰랐다. 나는 강사 휴게실로 다정을 불러냈다.

단발머리에 흰 피부, 키 작고 통통한 아이가 내 앞에 다가앉았다.

"자전적 얘기 맞지?"

내 물음에 다정은 아랫입술에 솟아난 각질을 앞니로 자근거렸다.

"제가 어휘가 약해서…… 자전적이 무슨 말인지 잘 모르겠어요."

다정의 대답에 어깨를 들썩이며 웃었다.

"죄송합니다, 교수님."

소설대로라면 다정은 청소년기 내내 햄버거 가게 아르바이트로 돈을 벌다 검정고시로 졸업장을 갖게 되었다. 문장력은 재능일 뿐, 한가하게 책 읽을 여유는 없었을 터였다. 어휘가 부족한 건 다정의 잘못이 아니었다.

"죄송할 거 없어. 너무 잘 써서 예뻐죽겠는걸. 난 그 얘기가 실화인지 확인하고 싶은 거야. 주인공 이름이 너랑 같잖아."

비로소 다정의 표정에 온기가 감돌았다.

"네…… 제 얘기예요."

나는 다정의 손등을 가만히 쓰다듬으며 코를 쿨쩍거렸다.

"사람 앉혀놓고 웃다 울다 해서 너 황당하겠다. 내가 원래 주책없어서 제자들 여럿 놀라게 했어."

삼 년 전의 나는 시한부 인생이었고, 그 유세를 잘 웃고 잘 울고 쉽게 토라지는 변덕으로 표출했다.

"칭찬 감사합니다."

다정이 의젓하게 대답했다. 나는 티슈를 뽑아 코를 풀어내고 말을 이었다.

"온 김에 너한테 부탁 하나 하려고. 너 타이핑 잘하지? 그걸로 알바해볼 생각 있니?"

어떤 식으로든 다정을 돕고 싶었다. 그 애가 부담 느끼지 않는 선에서.

"어떤 일인데요."

"내 단행본 한 권을 개정할까 하는데 파일이 없어졌어. 책 한 권을 일일이 타이핑하게 됐지 뭐야. 손 빠르면 일주일, 느려도 이 주면 될 거야. 보수는 내가 받는 인세의 절반. 할 수 있겠어?"

오십 퍼센트의 확률로 내 유고작이 될지 모를 책이었다. 다정이 숨을 크게 들이마시며 고개를 끄덕였다.

이튿날부터 다정은 수업이 끝나면 우리 집으로 찾아와 타이핑 작업을 했다.

"교수님, 오탈자 보이면 어떻게 해요?"

다정이 노트북 앞에 의자를 당겨 앉았다.

"어차피 편집자가 교정하겠지만 보이는 건 네가 잡아. 아니다, 네가 나보다 잘 쓰니까 다 뜯어 고쳐도 돼."

다정의 웃음소리가 들렸다. 그 애가 타이핑 작업을 하는 동안 나는 함께 먹을 저녁을 지었다. 우린 매일 저녁 나란히 소파에 앉아 떡볶이나 스파게티, 전자레인지에 데운 순살고등어를 나눠 먹었다.

"제가 작업하는 소설, 교수님 첫 책이죠?"

아보카도명란비빔밥을 먹으며 다정이 물었다.

"서툰 거 티 나지? 그 책이 나한테는 애증의 작품이야. 등단했을 땐 문단의 혜성 같은 신인이니 소설계의 아이돌이니 오만 가지 찬사를 다 받았는데, 정작 작품은 상투적이라고 욕 많이 먹었거든. 한참 지나서야 깨달았어. 그때 난 혜성도 아이돌도 아니었단 거. 굳이 뭔가 수식을 붙여야 한다면 나이 어린 얼굴마담 정도였겠지."

나는 비빔밥 그릇을 내려놓고 맥주 캔을 땄다. 그건 추측이 아니었다. 어느 해 출판사 송년회에서 내 잔에 와인을 따르던 늙은 작가의 실언으로 알게 된 사실이었다. '네가 소문이 무성하던 걔구나? 어리고 예쁘장해서 출판사가 키워준다던 풋내기. 실물은 별거 아니네.' 그날 이후 나는 작가들이 모이는 자리에 나가지 않게 되었다.

나는 예쁘장한 풋내기로 영안실에 누운 나를 상상했다. 그러고는 다정 앞에서 눈물을 흘렸다. 그녀는 떨리는 손으로 내 등을 문질렀다.

"전 교수님 소설이 좋아요. 모든 문장에서 교수님 목소리가 들리거든요. 그래서 작업하는 내내 대화하는 기분이에요. 나긋하고 사근해요."

"그 말이 나도 좋다. 근데 왜 이렇게 슬프냐."

나는 그 애의 품에 안겨 울다 웃어버렸다.

다정은 성실히 타이핑을 했다. 반면 나는 점점 요리가 귀찮아졌다. 무엇보다 두통의 강도가 점점 올라가 벽에 머리라도 박고 싶은 순간이 자주 찾아왔다. 레토르트식품을 데우거나 배달 어플로 때우는 일이 잦았다. 그 애는 싫은 내색 없이 카레와 짜장, 그리고 순살치킨을 먹어주었다. 작업은 예상보다 길어졌고 거의 한 달이 지났을 때, 다정의 아르바이트도 끝이 났다.

"정말 수고했어. 알바비는 통장으로 이체해줄게."

그 무렵 내겐 개정판 출간보다 더 심란한 일이 생겼다. 일 년 가까이 미뤄둔 계간지 원고 독촉이 시작됐고, 일과 뇌동맥류로 예민해진 탓에 애인에게 이별을 고했다. 어느 날 갑자기 애인이 급사하는 것보단 헤어진 애인이 급사하는 편이 덜 충격일 거란 단순한 계산이었다. 그에게선 쉬지 않고 전화가 왔다. 나는 차마 번호를 차단하지 못해 무음으로 환하게 빛나는 액정만 바라봤다.

"그동안 신세 많았습니다."

나는 휴대전화를 뒷주머니에 넣고 다정을 배웅했다.

"신세는 내가 졌지. 두고두고 갚아줄게. 가끔 맛있는 거 먹고 같이 드라이브도 하자."

"저기…… 교수님."

"응?"

"원고에 문제 있으면 말씀하세요."

현관에서 운동화를 신은 그 애가 어쩐지 쓸쓸한 눈빛으로 나를 바라보았다.

"그럴게. 아, 이거 내 책인데, 절판된 거라 어쩌면 앞으로도 못 구할지 몰라."

나는 미리 준비한 책을 예슬에게 건넸다. 책갈피에 별다른 말 없이 내 이름과 서명만 남긴 증정본이었다. 그게 그 애와의 마지막 대화였다.

이튿날부터 다정은 학교에 나오지 않았다. 나는 헤어지지 않으려는 애인과 실랑이를 하느라 그 애에게 먼저 연락을 하지 못했다. 기말고사가 다가왔을 때서야 다정의 출석일수가 많이 부족하다는 걸 깨달았다. 동급생과 조교도 다정을 본 지 오래라고 말했다. 휴대전화는 꺼져 있었다.

학적부에 적힌 주소지를 찾아가봤다. 야트막한 언덕 위에 따개비처럼 다닥다닥 지어놓은 빌라촌이었다. 지은 지 족히 삼십 년은 넘은 붉은 벽돌 빌라 앞에 플라스틱 옷장과 접이식 책상, 구겨진 박스가 쌓여 있었다. 헤벌어진 박스 안에는 다정이 쓴 노트와 한 무더기의 소설 원고를 발견했다. 다정의 앞집 현관문을 두드렸다. 담배냄새를 풍기는 사십대 여자가 러닝셔츠 차림으로 인상을 구겼다.

"집주인이 살림 빼놓은 거예요. 그 학생이 온다간다 말도 없이 사라져서 월세를 못 받으니까 노인네도 빡이 돌지. 보증금은 애진즉에 까먹었을 거고, 물건 찾아가려면 밀린 월세 줘야 할걸요."

그제야 다정이 두 달 전, 그러니까 타이핑 아르바이트가 종료된 날 실종되었다는 걸 깨달았다. 뒤늦게 경찰에 실종신고를 하고 동기들에게 수소문을 해보았지만 소식이 요원했다. 그렇게 여름방학이 시작되었다. 개정판 원고를 보내달란 편집자의 메일이 연달아 두 통이나 와 있었다. 나는 다정이 작업하던 노트북에서 단행본 원고 파일을 열었다. 현재에 맞게 원고 내용을 개작해야 했지만, 정신력이 따라주지 않았다. 그래도 마지막으로 한 번 읽고 전송해야 할 것 같았다.

'교수님! 안다정입니다. 제가 오만방자하게 욕심을 좀 부려서 원고를 고쳐봤습니다. 원문은 따로 저장해두었으니 마음에 들지 않으시면 쓰레기통에 넣으셔도 좋습니다. 교수님과 함께 먹은 저녁밥이 많이 그리울 거예요. 제게 기회를 주셔서 감사합니다. 유수현 작가 최고!'

짧은 편지 뒤에 펼쳐진 소설은 내게 과분했다. 빈약하고 진부했던 문장들은 세련되고 매끈하게 다듬어져 있었다. 허술한 캐릭터는 매력적으로 변신했고, 힘 빠지던 전개와 흐지부지했던 결말은 탄력을 얻었다. 그래서 예상보다 작업 기간이 늘어졌던 거였다. 배워서 터득한 게 아니라 생래부터 가지고 있던 재능이 분명했다. 원문과는 비교할 수 없는 실력이었다. 부끄러운 마음에 얼굴이 화끈 달아올랐다.

출판사는 원고를 독촉했고 원문은 비루했다. 어떻게든 내 방식대로 고쳐보려고 노력했지만 다정의 솜씨에 비할 바가 아니었다. 결국 나는 다정이 다시 쓰다시피 한 원고를 이메일로 전송했다. 그리고 개정판임에도 출간 일주일 만에 베스트셀러가 되어 재고가 동나버렸다. 작품에서 내가 차지하는 비중은 절반도 되지 않았다. 포털사이트와 버스정류장에서 내 책 광고를 마주할 때마다 잠깐씩 숨이 막혀 곤혹스러웠다. 보이지 않는 다정의 손이 내 목을 조르는 것만 같았다. 그때라도 이실직고하고 책을 회수해야 했다. 하지만 계약서는 견고했고, 나는 대중 앞에서 진실을 고백할 용기가 없는 속물이었다.

그즈음 발표한 단편소설에도 호평이 쏟아졌다. 덕분에 고대하던 교원 임용 면접에 합격했다. 그럼에도 나는 또 한 번 수술을 미뤘다. 살기 위해 아등바등 수술대에 오를 자격이 있는지 확신이 서지 않았다. 말할 수 없는 비밀을 등에 짊어진 뒤부터 나는 더는 잘 웃고 잘 우는 사람으로 살 수 없었다. 다정을 만나

굿 드라이버

사과하지 않는 한 나는 수술대에 오를 자격도 새로운 글을 쓸 자신도 없었다.

경찰의 실종자 수색은 지지부진했다. 그녀의 생존반응은 이 년 가까이 끊겼다. 나는 다정의 시신이라도 찾기로 마음을 틀었다. 전국의 시신안치소를 드나들며 무연고 시신을 확인했다. 그러나 스물한 살의 꽃다운 여성이 행려자로 발견되는 일은 극히 드물었다. 그래도 인상착의가 비슷하단 소식을 들으면 제주도와 마산, 원주까지 달려갔다. 그때마다 다정이 아니기를 바라면서도 제발 죽기 전에 그 애를 만나고 싶다는 상반된 감정에 휩싸이곤 했다. 그러다 마주친 사람이 나를 이 길로 인도했다.

대전의 한 안치실 복도였다. 내 순서를 기다리며 진통제 두 알을 삼켰다. 새벽부터 시작된 두통은 가라앉을 기미가 없었다. 눈알이 빠질 것처럼 아프고 전신에 힘이 풀려 벤치에 주저앉고야 말았다. 시각과 촉각은 무뎌졌지만 청각만은 그 어느 때보다 예민했다. 쉬익쉬익 혈류가 흐르는 소리, 듬벅듬벅 심장이 뛰는 소리, 피익피익 숨이 드나드는 소리가 고막을 울렸다. 그러다 무르게 익은 연시 한 알이 흙바닥에 철퍽 떨어지는 소리가 났다. 혈류가 거칠게 흘렀고, 심박이 불규칙해졌으며, 숨이 받아졌다. 서서히 생명이 빠져나가는 게 느껴졌다. 아마도 세 개의 동맥류 중 하나가 터진 게 분명했다. 결국 다정을 찾지 못하고 이대로 죽는다는 사실이 새삼 서글펐다. 그때 묵주를 쥔 수녀가 내 앞에 다가섰다. 언뜻 내 또래로 보이는 얼굴이었다.

"식은땀 좀 봐, 괜찮으세요?"

수녀가 네 귀퉁이를 반듯하게 접은 손수건으로 내 이마를 닦았다. 죽어가는 것 같다고 말하고 싶었지만 입술이 벌어지지 않았다. 정확히는 혀가 꼼짝도 하지 않았다. 점멸등처럼 신체 곳곳의 기능이 돌아왔다 사라지기를 반복했다. 이러다 다시는 점등하지 않으면 죽음일 터였다. 유서는 이미 노트북 바탕화면에 꺼내놓았다. 값나갈 만한 핸드백이나 겨울옷은 뇌동맥류 진단을 받자마자 처분해버렸으니 짐도 많지 않았다. 시한부 인생이 꼭 나쁜 것만은 아니었다. 죽을 준비를 하며 최소한으로 먹고 입고 살다 보니, 어느 사이 삶에 대한 애착도 사라졌다. 덤덤하게 떠날 수 있어 좋았다.

"선생님을 다른 곳에서 본 적 있어요. 원주에 있는 가톨릭병원 안치실에서요. 나처럼 누굴 찾고 있는 거죠?"

내 기억엔 그녀가 없지만, 그녀는 나를 기억하는 모양이었다.

"딱하게도 선생님의 몸에서 영혼이 새어나가고 있어요. 이렇게 될 줄 이미 알고 있었던 거죠?"

나는 경련 탓에 일그러진 얼굴로 고개를 끄덕였다. 죽음의 순간이 임박하면 일생이 주마등처럼 스친다는 이야기를 들은 적이 있었다. 내 기억이 닿는 모든 순간이 빠르게 머리를 훑고 지나갔다. 눈앞이 흐려지며 흰 베일이 덥석 떨어졌다. 이 베일을 본 건 처음이 아니었다.

여섯 살 여름, 유치원에서 단체로 간 놀이공원이었다. 나는 아이스크림 가게 파라솔 밑에 앉아 젤라토를 떠먹고 있었다. 아이스크림 컵이 절반쯤 비었을 때 졸음이 쏟아졌다. 노란색 단체복 위로 끈적거리는 젤라토가 흘러내리는 줄도 모른 채 고개를 뒤로 젖혔다.

'유수현, 일어나. 네가 도와야 할 사람이 있어!'

다급한 어른 여자의 목소리에 눈을 떴다. 흰 베일이 내 얼굴 위로 쏟아졌다 훌쩍 사라지는 짧은 환각을 본 것 같았다. 말을 걸었을 법한 사람이 있나 주위를 두리번거렸다. 내 또래에 다른 유치원생들이 테이블로 밀려드는 중이었다. 나는 젤라토 컵을 들고 서성서성 아이스크림 가게를 나왔다. 어른 여자는 많았지만, 내 이름을 알 만한 사람은 없었다. 하얀 베일을 찾아 걷던 중 놀이공원 중심에 놓인 크레이지 바이킹이 눈에 들어왔다. 커다란 함선이 좌우로 흔들릴 때마다 탑승자들이 비명을 질렀다.

'그래, 거기야. 거기서 네 옆에 있는 아줌마의 손을 잡아.'

또 사람 없이 목소리만 들렸다. 놀란 마음에 젤라토 컵을 떨어뜨리자, 옆에 서 있던 만삭의 임산부가 방싯 웃고는 컵을 주워 쓰레기통에 넣었다. 그녀의 팔목에 바이킹 티켓이 묶여 있었다.

"어디가세요?"

내 물음에 임산부는 바이킹이라고 대답한 것 같지만 큰 소음 탓에 입모양만 보였다. 나는 그녀의 손을 움켜쥐었다. 당황한 듯 내 얼굴을 물끄러미 바라보았지만 손을 떨어내진 않았다.

"애기야, 길 잃은 거야? 너 이름이 뭔데? 아줌마가 도와줄까?"

임산부가 자세를 낮춰 내게 물었다. 나는 그녀의 질문에 대답할 수 없었다. 바이킹 꼭대기에 서 있는 흰 베일의 여자를 본 탓이었다.

'잘하고 있어.'

내게 말을 건 사람이 저 여자일 수도 있다는 생각이 들었다. 분명 베일을 쓰고 있지만 여자의 표정이 생생하게 보였다. 그녀는 어깨를 들썩이며 울었다. 제법 먼 거리였지만 우리는 분명 눈을 맞췄고 그녀의 슬픔을 이해할 것만 같았다.

"애기야, 너도 바이킹 타고 싶어서 그래?"

임산부의 말에 나는 고개를 가로저었다. 바이킹에서 끼릭, 끼릭 쇠마찰음이 들렸다. 꼭대기에 선 여자가 슬픈 표정을 짓고 팔을 펼쳤다. 마치 공작처럼 여러 개의 팔이 여자의 등 뒤에서 팔락거렸다. 쇠마찰음은 점점 거세졌다.

"어머, 어머…… 바이킹 왜 저래?"

임산부의 손이 축축하게 젖어들었다. 벅적한 놀이공원의 모든 사람이 바이킹을 바라볼 만큼 굉음이 커졌다. 꼭대기의 여자가 수십 개의 손 중 한 쌍으로 얼굴을 감싸고 울음을 이어갔다.

"어쩜 좋아, 내가 탈 뻔했잖아. 세상에…… 나무관세음보살."

임산부가 발을 구르며 울음을 터뜨렸다. 크레이지 바이킹이라 한글로 적힌 탑승선이 탑승자 서른 명을 실은 채 공중을 날았다. 그러고는 20미터 떨어진 아이스크림 가게 지붕 위로 추락해 절반으로 쪼개졌다. 사람들의 시선이 탑승선과 가게로 쏠렸을 때, 나는 바이킹 꼭대기를 바라보았다. 여자가 있던 자리엔 풀잠자리 몇 마리뿐이었다. 목소리 덕분에 나는 임산부와 그녀의 아이, 두 명의 목숨을 구해냈다.

'받아들여라.'

현실로 돌아와 감았던 눈을 떴다. 유년시절 내 목숨을 구했던 흰 베일의 여자 목소리였다. 그녀가 내게 받아들이라고 한 게 무엇인지 짐작할 수 없었다.

"선생님, 포기하지 마세요. 이런 얘기, 이상하게 들리겠지만 어떤 목소리가 당신을 구원하라고 말하고 있어요."

수녀는 큰 결심을 한 것처럼 성호를 긋고 손바닥을 모았다 펼쳤다. 그러자 호두알 하나가 들었음 직한 거친 조직의 주머니가 드러났다.

"이 안에서 들리는 목소리예요. 왜인지 당신을 가엾게 여기고 있어요."

순간, 코를 찌르는 강렬한 향이 복도를 가득 메웠다. 그녀가 주머니를 열었다.

"저도 열어본 건 처음이에요. 이걸 준 사람 얘기로는 저승에서 태어난 생물이 들어 있다고 했어요. 그 생물은 자신이 원하는 순간 딱 한 명, 딱 한 번만 죽음 직전의 사람을 소생시킬 수 있다고 들었어요."

안에 든 건 무언가를 돌돌 말고 있는 청록색의 가느다란 실이었다. 실은 오라기 끝을 독사 대가리처럼 빳빳이 들고 있었다.

"하지만 그것이 스스로 떠나기 전엔 영영 죽지 못한대요. 선생님만 괜찮다면 받아보시겠어요?"

수녀가 향낭을 들고 저승의 생물 얘기를 하며 나를 살려보겠다고 말했다. 모든 게 비현실적이었다. 어쩌면 난 이미 죽은 걸지도 몰랐다. 임사체험 같은 걸까. 내 뇌가 마지막으로 짜낸 엔도르핀이 고통을 덜어주기 위해 환각을 보여주는 걸까. 환각이라면 한 걸음 더 나아가 신비로운 체험을 하고 싶었다. 현실이라 해도 살아남아 다정을 찾아야 했다. 하지만 영원히 죽지 못한다는 단서가 문제였다. 다정을 찾은 뒤에도 애착 없는 삶을 계속 이어갈 수 있을까. 번데기 같은 주름을 뒤집어쓰고 미련한 인류가 벌이는 전쟁과 재난을 참고 바라볼 용기가 내게 있을까. 아니었다. 차라리 요절 작가로 남는 편이 나았다. 속 편하게 죽으면 그만인데, 흰 베일의 여자 목소리가 내 뒷덜미를 잡았다. 흰 베일, 그리고 여자. 그녀의 정체는 성모마리아일지도 몰랐다. 역시 거절할 수 없었다. 나는 눈을 크게 뜨고 고개를 끄덕였다.

수녀가 눈을 감고 기도문을 외우며 손바닥을 내 쪽에 가깝게 내밀었다. 오라기가 스르르 풀리며 나를 향해 다가왔다. 놈이 감싸고 있던 것은 고약처럼 까만 씨앗이었다. 수녀의 손바닥 안에서 씨앗이 저절로 빙글빙글 돌았다. 씨앗을 넋 놓고 바라보는 사이, 청록색 실오라기가 내 목덜미로 날아와 꽂혔다. 날카로운 통증을 느낀 뒤에야 현실임을 확신했다. 실은 머리카락만큼이나 가늘지만 펼쳐놓으니 내 팔 길이 정도로 길었다. 놈이 긴 허리를 튕기며 내 핏줄을 필사적으로 파고들었다. B급 공포영화의 한 장면처럼 나는 크게 입을 벌리고 몸을 뒤틀었다. 수녀의 기도 소리가 커졌다 작아졌다를 반복했다. 내가 버둥거리는 사이 길게 늘어졌던 실 자락이 한 뼘, 한 마디, 한 점 남았다 결국 홀랑 사라져버렸다. 놈은 이목구비가 없는 생물이었지만 마음의 울림 같은 것이 느껴졌다. 여기구나, 내가 기거할 새집이.

두려움도 잠시였다. 두통이 잦아들고 시야가 환해졌다. 둔했던 감각이 돌아오며 몸에 한기가 들었다. 수녀가 내 옷깃을 건드렸다. 흠칫 놀라 고개를 들었다.

"괜찮은 거죠? 다행이다."

수녀는 오랜 지인처럼 나를 포옹했다. 실이 들어간 구멍은 메워졌지만, 마음 한 곳에 싱크홀이 생긴 것처럼 허전했다. 슬픔이나 상실감으로는 표현할 수 없는 감정이었다. 불안하고 조급한 동시에 이제야 살 것 같았다. 갓난아이를 유기하고 도망치는 부모의 마음이 이럴지도 몰랐다.

"이제 죽지도 못한다고요?"

죽음에서 풀려나니, 이성이 본능을 꾸짖었다. 마치 수녀를 책망이라도 하듯 쓸쓸하게 물었다.

"그렇다고 들었어요. 선생님의 목숨은 이제 그 청록색 실 같은 생명체가 결정하게 될 거예요. 불사의 몸이 좋은 건지 나쁜건지는 모르겠지만 좋은 일을 하는 사람에겐 분명 좋은 일이 될 거예요."

좋은 일을 하면 좋은 일이라는, 그녀의 말이 너무도 따뜻해서늘하게 식은 몸이 녹아내리는 것 같았다. 수녀가 향낭을 내게 건넸다. 손바닥 위에서 맴돌던 씨앗이 어느새 그 안에 들어간 모양이었다.

"이것도 제게 주시나요? 왜죠?"

"이제 저한테는 쓸모가 없어졌으니까요. 선생님 몸으로 들어간 실과 이 향낭은 본래 한 세트였으니 받으세요. 저도 지금처럼 안치실에서 만난 어떤 아주머니가 주신 거예요. 덕분에 잃어버린 사람을 찾았어요."

"향으로 사람을 찾을 수 있다고요?"

내 물음에 수녀가 다시 성호를 그었다.

"종교인이 할 말은 아니지만, 이걸 지니고 있으면 귀신들이 보여요. 더는 살아있다고 믿어지지 않는 사람을 산 사람들 속에서 찾을 순 없죠. 그래서 귀신들에게 물었어요. 내가 찾는 그 사람의 영혼이 어디 있는지."

이야기가 구체화되었지만 여전히 황당하긴 마찬가지였다.

"물어보면 가르쳐주던가요?"

"네, 그래서 내가 돌보던 아이를 오늘 찾은 거예요. 그걸 가르쳐준 귀신도 주님의 은총으로 이승을 벗어날 수 있었고요."

내 손바닥에 올려놓은 향낭에서 노르스름한 빛이 흘러나왔다.

"안에 든 씨앗 같은 건 뭐죠? 실이 감싸고 있던 그것."

"푸른사향노루의 향샘이라고 하더군요. 그보다 귀신들에게

답을 얻으려면 그들이 부탁하는 걸 한 가지 들어줘야 해요. 그것만은 꼭……."

수녀의 눈시울이 다시 붉어졌다. 그녀는 대체 어떤 죄로 누구를 잃었기에 한 줌이 되도록 야위어 안치소를 떠돌았던 걸까. 나는 빛이 일렁거리는 향낭을 손에 꼭 쥐었다. 그러자 복도를 가득 채운 남루한 복장의 영혼들이 하나둘 드러났다. 수녀의 곁에 열 살배기 소년이 바짝 붙어선 모습이 보였다. 비록 추레한 복색이었지만 환하게 웃는 소년이 수녀의 허리에 팔을 감았다. 그리고 소년이 말했다.

"수녀님, 나 있잖아. 다시는 친부모님 만나러 안 갈래. 날 보자마자 무척 화를 냈어. 하마터면 죽는 줄 알았다니까."

수녀가 서럽게 어깨를 들썩였다. 그녀는 소년과 떠났지만 안치실 앞을 서성거리는 귀신들은 사라지지 않았다. 실이 몸을 뒤척거리는지 길고도 날카로운 이명이 귀를 울렸다.

마음이 뒤숭숭한 새벽, 당신은 좀처럼 잠들지 못한다. 바닥난 지 오래인 통장 잔고와 어린 시절 온몸으로 견뎌낸 손찌검이 플

래시처럼 의식을 밝힌다. 당신은 잠 대신 공상으로 밤을 허비한다. 입시에 실패한 건 게임 중독 때문이다. 어려서 매질을 하던 부모는 커선 방임을 했다. 그들은 당신이 게임과 수음에 빠져 허우적거리는 동안 먹고살기 급급했다. 사양 좋은 데스크톱만 사주었어도 프로게이머가 됐을지 모른다. 팔자 좋게 방구석에서 게임이나 하는 폐인 취급을 받지만, 당신의 긴 휴식은 방학 마지막 날처럼 늘 불안했다. 불안을 달래는 데 가장 효과적인 건, 당신보다 더 불행한 사람을 훔쳐보는 것이다. 디스코드로 초대받은 단톡방이 당신에겐 유일한 도피처였다.

방장의 지시에 실시간으로 자해나 자위를 하는 소녀들을 보고 있자면, 당신은 아직 살 만한 처지라고 위안받았다. 그러다 방장이 더 높은 수위의 영상만 모아 따로 단톡방을 열었다. 지금껏 당신이 상주했던 단톡방은 맛보기에 불과했다는 걸 깨달았다. 하지만 새로운 단톡방에 입성하려면 입장료가 필요했다. 처음엔 이십오만 원, 거기서 더 수위를 높인 방이 오십만 원, 그리고 극소수의 인원만 초대받는다는 방은 백만 원이었다.

당신은 게임 아이템을 사고 단톡방 입장료를 내느라 소액대출을 받았다. 그리고 대출금을 갚기 위해 인터넷 도박 사이트에 접속했다. 그렇게 일 년 반을 탕진하자 당신에겐 팔천만 원이라는 빚이 생겼다. 부모의 명의를 도용한 대출금이다. 갚을 계획은 없다. 수중에 돈이 말라 더는 확률게임을 할 수 없다는 게, 단톡방에서 강퇴당한 게 분하고 억울할 뿐이다.

당신은 자세를 고쳐 누워 다시 부모를 원망한다. 그러다 문득 이렇게 괴로워야 할 사람은 당신 자신이 아니라 무능한 부모라는 생각이 든다. 그들에겐 오십 년이란 긴 시간과 기회가 주어졌는데, 한 번도 도약해본 적이 없다. 소심하고 나약해빠진 부모의 성정을 사람들이 선량하다고 추켜세우는 게 코미디라고 생각한다.

당신은 지난달 안에 팔천만 원을 갚지 못하면 채권자인 박수무당에게 부모를 죽여 영혼을 바치기로 약속했다. 실행하지 않으면 당신의 살가죽을 벗겨 옷을 해 입겠다는 섬뜩한 협박까지 들었다. 박수무당의 감때사나운 얼굴이 떠오르자 당신은 이부자리를 박차고 일어난다. 그에게 돈을 빌린 뒤 눈만 감으면 가위에 눌린다. 잘 수도 없고 깨어 있을 수도 없는 지옥을 탈출해야 했다.

부엌으로 나온 당신의 눈에 플라스틱 채바구니가 들어온다. 다듬다 만 쪽파 위에 놓인 과도가 어둠 속에서 희번덕인다. 당신은 싱크대 앞에 난 작은 미닫이창을 열고 가스레인지로 불을 지펴 담배 한 개비를 피운다. 달이 떠 있어야 할 자리가 비어 있다. 그믐인 탓이다.

12월의 차가운 공기로 폐를 가신 당신은 슬며시 마음이 누그러진다. 설마하니 요즘 세상에 빚 안 갚는다고 가죽을 벗기는 인간이 있을까, 코웃음이 나온다. 게다가 약속한 날짜에서 이틀이 흘렀지만, 박수무당에게선 연락이 없다. 당신이 다시 뒤숭숭한 방으로 돌아가려던 순간, 언뜻 동편 하늘 한구석이 번쩍 빛나는 걸 본다. 번개나 비행기가 아니다. 마치 화려한 불꽃놀이처럼 심지가 터지고 그 주변으로 꽃잎 같은 빛이 하늘거리다 사라진다. 홀린 듯 하늘을 바라보던 당신은 지금껏 경험해보지 못한 분노를 느낀다. 가슴 정중앙이 타들어가는 것처럼 뜨거운 울화가 몸을 잡아 찢는다. 당신의 육신을 감싼 피부가 들썩거리는 환상을 본다. 이대로 누군가의 가죽점퍼가 되고 싶지 않다. 공포와 분노가 한 번에 요동칠 수 있다는 걸 처음으로 깨달은 당신이다. 살기로 작정하자 근본 없는 용기가 치솟는다. 채바구니에서 과도를 꺼내 움켜쥔다. 그러고는 한 뼘 열린 안방으로 걸어 들어간다.

나는 처참한 살육의 현장으로 신장칼을 들고 들어간다. 당신에게 팔천만 원을 빌려준 박수무당 조석주가 나다. 저승차사가 나타나기 전, 내 할 일을 하러 찾아왔다. 난자된 중년 부부의 침대 발치에 앉아 휘파람을 불었다. 그러자 장롱과 서랍장 안에 웅크리고 있던 부부 귀신이 발버둥 치며 쓸려 나왔다. 뒤엉킨

부부를 신장칼로 푹푹 찔러 입에 욱여넣었다. 삶이 고단했는지 맛이 썼다. 그래도 심성이 무른 인간들이었는지 열대지방 과일처럼 숭덩숭덩 잘려 금세 입으로 사라졌다. 나는 침대 아래에서 작은 기적을 느꼈다. 퍼뜩 정신이 든 당신이 숨어든 공간이다. 뒤늦게 후회해보지만 이미 저질러진 일을 되돌릴 수는 없다. 당신은 이미 약속을 어겼으니, 살려둘 이유가 없다.

나는 더 많은 가죽이 필요했다. 백 명의 인간 가죽으로 옷을 지어 입으면 한 명의 신을 상대해 이길 수 있기 때문이다. 신장칼을 입에 물고 바닥에 납작 엎드렸다. 늘어진 침대 커버를 들추자 얼굴에 피를 칠갑한 당신이 보인다. 가엾게도 비명조차 지를 줄 모른다.

나는 아직 피가 뚝뚝 흐르는 당신의 가죽을 팔에 걸치고 안방을 나선다. 그리고 당신이 담배를 피웠던 부엌 창가에 선다. 동편 하늘이 또 다시 울긋불긋하게 빛난다. 창어라는 이름의 탐사선이 달의 뒷면에 위성을 띄운 순간이다. 불과 몇 분이었지만, 나는 달의 뒷면과 교신했다. 한 인간의 분노와 최첨단 우주과학이 우연으로 부딪힌 결과물이었다.

달의 뒷면은 악귀들의 유배지이다. 달이 운성과 충돌했을 때 내 영혼은 탈출했지만 육신만은 여전히 그곳에 남아 있다. 당신처럼 담배 피우는 시늉을 하며 눈을 감는다. 위성이 전하는 달의 뒷면이 조악한 화질로 머릿속에 전송된다. 여전히 벌거벗은 악귀들이 서로를 사냥하느라 악다구니를 치고 있다. 깊은 분지 아래 나의 육신이 덩그러니 허물처럼 남아 있다. 본래는 사람의 모양을 하고 있었지만 지금은 파충류와 비슷한 모양이 되었다.

백 년, 이백 년, 천 년, 이천 년, 그리고 만 년 가까이 척박한 환경을 버티기 위해선 부드럽고 연약한 살을 철갑으로 바꿔야 했다. 그렇다고 진화의 흔적은 아니다. 나는 살기 위해 유배지의 죄수들을 잡아먹어왔다. 그들의 치아와 뼈조차도 버리기 아까워 한쪽 면을 날카롭게 갈아 피부에 박아넣었다. 오천 년쯤 그 일을 반복하자 전신이 뼛조각으로 덮였다. 악귀들의 뼈는 일종의 비늘갑옷이 되어 나를 유배지의 제왕으로 일으켜 세웠다.

눈을 떴다. 나는 이 박수무당의 처량한 몸뚱이가 아닌, 강인하고 단단한 본태가 그립다. 찰나의 순간이었지만 달의 뒷면에 얌전히 누워 있는 비늘갑옷을 볼 수 있어 좋았다. 당신은 죽은 육신에서 빠져나와 내 곁에 선다. 악심으로 악행을 저질렀으니 당연하게도 악귀가 되었다. 귀신은 내 먹잇감이지만, 악귀는 내 하수인이 된다. 내가 거느린 대개의 악귀들은 당신보다 유능하다. 경제인, 정치가, 교주, 군인, 부패한 공무원, 이웃집 살인자, 친근한 사기꾼, 돈과 쾌락을 등가교환한 화학자들까지. 세력을 키우는 일은 그만둬도 될 것 같다. 다음 단계로 넘어가려면 귀신이나 악귀가 아닌, 인간의 생명 공양이 필요하다.

"그만 가자."

당신이 내 옷소매를 파고든다. 생각이 많아 산책하기 좋은 밤이다.

세 시간 동안 지저분해진 화이트보드를 지웠다. 내내 꾸벅거리며 졸던 남학생이 부스스 잠에서 깬 손으로 입을 가리고 하품을 했다. 나도 눈이 침침했다. 수업 중간에 들어온 청자켓 입은 남학생 한 명의 얼굴이 별나게 흐릿해 보였다. 화이트보드에 '눈'이라 쓰고 괄호 안에 눈 설(雪) 자를 적었다.

"오늘 읽은 작품 결말에 눈이 쏟아졌습니다. 문학작품에서 눈은 고난이나 시련을 상징하기도 하지만 여기선 정화의 의미로 사용됐죠. 작가는 주인공이 느끼는 죄책감을 눈으로 정화하며 새로운 성장 가능성을 제시한 겁니다. 자…… 질문 있나요?"

대개는 질문이 없기 마련이다. 세 시간 연강은 교수도 학생도 지치기 충분한 시간이었다.

"질문 없으면 오늘은 이만 끝냅시다. 다음 시간에 2조 발표

준비해서 수업 전에 프린트 준비할 것."

수업을 마무리 짓자, 지각생들이 출석체크를 하느라 몰려들었다. 저녁 아르바이트를 하는 학생들이 부리나케 강의실을 빠져나갔고, 몇몇은 책상에 걸터앉아 심심파적 잡담을 나누었다.

"교수님!"

강의실을 나서자, 앞머리만 더듬이처럼 탈색한 긴 생머리 조예슬이 종종걸음으로 다가왔다.

"응, 예슬이 무슨 일?"

반투명하다시피 맑은 피부에 살구색 입술은 영락없는 스무살이었지만 속눈썹이 짙다 못해 무거워 보이는 눈은 어딘가 달관한 신선처럼 깊어 보이는 아이였다.

"저기 소금물……."

"응?"

내가 되묻자 예슬이 호주머니에서 약포지 하나를 꺼냈다.

"이게 뭐니?"

"천일염요. 가끔 필요한 일이 있어서 갖고 다녀요. 그거 물에 타서 입에 잠깐 머금었다 뱉으세요."

예슬이 태연하게 가글하는 시늉을 했다.

"왜 그래야 하지?"

"지금 어깨 뻐근하지 않으세요?"

"약간."

그야 잡기가 없었던 자리니까.

"얘기하자면 좀 복잡한데, 그냥 한번 해보세요. 전 가끔 효과 보거든요."

예슬이 내게 천일염이 든 약포지를 건네곤 수인사를 한 뒤 경쾌한 걸음으로 복도를 달려갔다. 나풀대는 머리카락, 새까만 운동화 밑창, 노란리본이 달랑거리는 그 애의 백팩을 보며 나는 자그맣게 속삭였다.

"너…… 뭔가 볼 줄 아는 애구나!"

우재는 대학원에 다니며 시를 쓴다고 했다. 지방 신문사에서 한 차례 등단을 했지만 원고 청탁이 없어 다시 등단을 준비한댔다. 내가 보기에 그는 예술가보다는 기자나 행정가에 더 잘 맞았다. 분 단위까지 오차 없이 스케줄을 정리하고 교강사 관리와 학생상담을 도맡는 그는 네 명의 조교 중 가장 믿음직했지만 정작 그의 창작물은 너무 추상적이어서 매력이 없었다.

"교수님, 이제 퇴근하시는 거예요?"

굿 드라이버

연구실을 나와 주차장으로 향하는 길에 우재를 만났다. 그 역시 수업 시간에 맞춘 퇴근 시간이었다. 수염자국 없이 매끈한 턱, 셔츠가 빠듯하게 벌어진 어깨, 부유하게 자라 귀티 흐르는 얼굴이 그의 시보다 매력적이긴 했다.

"같이 가. 가는 길에 학교 앞에 내려줄게."

"감사합니다!"

"나 담배 한 개비만 피울게."

나는 숄더백을 열며 주차장 앞 흡연실로 들어갔다. 우재가 몇 걸음 떨어져서 머쓱한 얼굴로 나를 바라보았다.

"담배는 죽어도 안 끊어지네. 김 조교는 피울 줄 몰라?"

"전 술도 잘 못 마시잖아요. 1학년 O.T. 따라갔다가 소주 반 병 마시고 녹다운돼서 아직도 놀림받아요."

여자가 남자를 스스럼없이 놀린다는 건, 관심의 표현이란 걸 그는 아직 모르는 모양이었다.

"1학년 중에 조예슬 있지?"

우재라면 예슬에 대한 정보를 더 알지도 몰랐다.

"네, 조예슬 압니다."

"어떤 학생이야?"

"지금까진 출석률 좋고 예의 바른 것 같아요."

"집이 서울인가?"

"아뇨, 자취한대요. 저기 학교 앞 고시텔 보이시죠?"

우재가 가리킨 곳은 학교 앞 연구동과 마주 선 위치였다.

"저기 산대?"

"네, 독서실 총무처럼 알바하면서 방을 쓴대요. 부모님이 일찍 돌아가셔서 어려운 모양이에요."

뜨문뜨문 불이 켜진 고시텔을 바라보며, 나는 몇 모금 빨다만 담배를 비벼 끄고 약포지를 찢었다.

"약 드세요?"

우재가 의아하단 말투로 물었다.

"비슷해."

나는 천일염을 입안에 털어넣은 뒤 숄더백에서 생수를 꺼내입을 헹궈 뱉었다. 우재가 고개를 갸웃거리며 미소 지었다.

"교수님, 이거 뭔가 샤머니즘 의식 같은데요."

"김 조교, 은근히 촉 좋다니까."

그는 보지 못했다. 내가 뱉어낸 소금물이 피 섞인 짙은 녹색이라는 걸. 그리고 오후 내내 어깨를 짓누르던 통증이 사라졌다는 걸. 나는 우재를 태우고 시동을 걸었다. 시트에 열선을 켜고, 어느 사이엔가 손안에 잡힌 향낭을 룸미러에 걸었다.

"저 이번 학기에 신화연구하면서 자료 찾다 보니까 이런 삼베주머니도 샤머니즘 의식에서 자주 쓰이더라고요."

"향낭이야. 안엔 푸른사향노루의 향샘이 들었다고 하더라."

"아무 냄새도 안 나는데요. 푸른색 사향노루가 진짜 있어요?"

"찾아보니까 기묘한 풍문이 떠돌더라. 푸른색 사향노루가 세상에 딱 한 마리 있었대. 누구도 그 녀석이 뭘 먹고 어디 사는지 몰랐다고 하고. 이젠 흔적만 남았지."

"아아…… 이런 귀한 건 어떻게 구하신 거예요?"

"그 얘긴 나중에 술 한잔 들어가야 나올 거 같은데."

우재의 귓바퀴가 빨갛게 달아올랐다. 산뜻하게 올라가는 그의 입꼬리가 수줍어 보였다. 내가 그의 앞에서 흠뻑 취할 일은 없으니 푸른사향노루에 대한 얘기도 영원한 비밀이 될 거였다. 그건 우재가 아니라 누구여도 마찬가지이다. 세상에 단 한 마리였고, 이제는 완전히 사라진 그것을 가진 사람은 입이 무거워야 했다.

"교수님 덕분에 편하게 왔어요. 운전 조심하세요. 문단속도 잘 하셔야 해요."

"내 걱정 해주는 사람은 김 조교뿐이네."

"요즘 흉흉하잖아요. 묻지마살인에 강도…… 강간. 총칼만 안 들었지, 세상이 전쟁터예요."

범죄율이 치솟고 있는 건 사실이었다. 영안이 트이기 전엔 막연하게 귀신이 무서웠지만, 이젠 산 사람이 더 무서웠다. 불과 몇 달 사이, 동기 없는 살인사건과 강력사건이 급증했다. 다행이라면 이제 내겐 인간관계라고 할 만한 것이 거의 남아 있지 않다는 점이었다.

"살아있다면 내일 봐."

나는 네 개의 사거리를 지나 우재가 다니는 대학원 앞에 그를 내려주었다. 다정하게 웃으며 인사를 하는 그에게 손을 흔들어주고 천천히 도심을 빠져나왔다. 긴 하품이 연달아 쏟아졌다. 원인은 빤했다. 과로와 수면부족, 카페인 과다섭취. 어제도 두 시간밖에 눈을 붙이지 못했으니 체력이 바닥나고 있었다. 핸들을 꺾어 내부순환로를 탔다. 이럴 때 도움을 줄 만한 사람이 한 명 있었다.

늦은 저녁, 술집이 즐비한 거리는 어수선했다. 인도 가장자리엔 겹겹이 쌓인 테이크아웃 커피 잔이 줄을 잇고 불그레한 토사물과 구겨진 영수증, 담배꽁초가 시큼털털한 냄새를 풍겼다. 공영주차장을 나와 길 건너편 언니의 병원으로 걸었다. 도로공사 탓에 싸라기 같은 굵은 먼지가 얼굴로 끼쳤다. 트렌치코트 깃을 세우고 종종걸음을 치다 건물 앞에서 무른, 어쩌면 아직 따뜻할지도 모를 동물의 배설물을 밟았다. 욕설을 쥐어짤 힘이 없어 화단 잔디에 구두를 문지르고 엘리베이터에 올랐다. 벽에 등을 기대고 버튼을 눌렀다. 현기증에 무릎이 꺾였다.

굿 드라이버

"내가 네 꼬라지 보기 싫어서 병원을 접어야겠어. 한 달에 사흘은 내 신세 지는 거 알지? 형부가 말을 안 해 그렇지 마누라 야간 진료 시키는 처제가 곱게 보이겠냐. 그이도 프로젝트 때문에 한 달째 동동거리는데, 드럽게 입 짧은 서율이 서현이 먹이고 씻기고 재울 생각하면 입에서 쌍욕 나올걸."

가운을 입지 않은 언니가 어색했다. 반들거리는 머릿결, 뺨에 길게 팬 보조개, 크고 서글서글한 눈매가 아빠를 빼닮았다. 나와 여섯 살 차이니 언니는 올해 서른여섯 살이다. 네 살, 다섯 살 연년생 남매의 엄마이고 대기업 연구원 자리를 박차고 나와 핀테크 스타트업을 차린 남자와 살고 있다. 태생도 성장도 결과도 모든 게 나와는 판이했다. 운 좋게 이른 나이에 등단을 하고 2년제 대학 조교수로 자리를 잡았지만 나는 모든 면에서 서툴고 부족했다. 그래서 늘 베푸는 쪽은 언니였고 받아먹으며 염치를 잊어도 속 편한 쪽이 나였다.

"우리 병원 환자 절반은 ADHD고 나머지 절반은 불면증을 동반한 우울증이거든. 그중에 잠 못 자는 환자로 네가 1등 먹고 있어. 어떻게 사람이 하루 두 시간만 자고 살 수 있지? 너 그러다 치매 온다니까. 숨 꼴딱 넘어갈 때 수액 잠깐 맞는 거 별 소용없어. 수면제랑 안정제 조금씩만 처방받아 가래도 말을 안 들어. 야, 유수현. 또 뉘 집 개가 짖는구나 싶지?"

언니는 구시렁거리면서도 혈압을 재고 수액을 연결했다. 그녀의 곁에는 연녹색 유니폼의 간호사 윤경이 서 있었다. 작고 동그스름한 얼굴에 여드름 흉터가 많은 윤경은 자신이 해야 할 일을 언니가 대신하는 것이 겸연쩍은지 운동화 앞코를 바닥에 콩콩 찍었다. 그녀는 언니가 개원했을 때부터 함께 있었으니 벌써 칠 년째인데 아무것도 변한 것이 없었다. 기필코 수술하겠다고 다짐하는 쌍꺼풀 없는 긴 눈과 늘 어정쩡한 길이의 커트머리, 이니셜이 새겨진 목걸이까지. 윤경이 내 시선을 눈치챘는지 슬그머니 뒷걸음질로 물러섰다.

"언니, 건물 앞에 개똥 있더라. 장사하는 사람이 그런 거 좀 신경 써라."

언니가 고개를 젖히고 하, 웃음을 터뜨렸다.

"의사한테 장사란다."

"자영업자가 가게 내고 손님 기다리면 장사지. 가서 치우고 와. 나 잠깐 눈 좀 붙일게."

"응, 듣기 싫은 소리 그만 좀 하라 이거지!"

언니가 고개를 절레절레 젓고는 두루마리 휴지를 들고 약제실을 빠져나갔다. 그녀의 발소리가 멀어지고 이내 출입문 닫히는 소리가 들렸다. 나는 슬그머니 몸을 일으켜 벌집 같은 약품 서랍으로 다가섰다.

"언니…… 일어나시면 안 돼요. 피 역류하잖아요."

발치에서 나를 바라보던 윤경이 손사래를 치며 달려들었다.

"괜찮아. 이 정도로 아무 일도 일어나지 않아. 그러니까 윤경 씬…… 자기 걱정이나 해."

매정하게 들릴 대답이었지만 윤경은 고개를 주억거리고 물러섰다.

정리벽이 있는 언니는 주기적으로 약품 서랍을 정렬하고 새로 라벨링했다. 지난주까지만 하더라도 맨 아랫줄 두 번째 칸에 있던 것이 이번 주엔 중간층 정가운데로 바뀌는 일이 빈번했다. 서랍에 적힌 약품 이름을 읽어나갔다. 에나폰 10mg 야뇨증치료제다. 에트라빌 10mg 강박증치료제다. 스틸녹스 10mg 수면제다. 내게 필요한 건 메틸페니데이트 계열의 각성제였다.

"아무거나 드시려는 거죠? 정신과약 처방 없이 드시면 못 깨어날 수도 있어요. 의식은 또렷한데 몸이 움직이지 않다가 호흡이 느려지고 심장이 멈추면 아, 소리 한 번 못 지르고 죽는다고요."

윤경의 잔소리에 일일이 대꾸할 시간이 없었다. 손 빠른 언니가 지금쯤 개똥을 치우고 혼잣말로 투덜거리며 올라오고 있을 테니까. 눈으로 약품 이름을 훑는 사이 엘리베이터 멈추는 소리가 들렸다.

"들키면 저 병원에서 짤려요. 언니, 제 말 들리세요? 대체 지금 무슨 짓을 하는 거예요."

윤경이 나를 향해 험악하게 얼굴을 일그러뜨리고 다가섰다. 클로자핀 25mg, 데파스정 0.25mg, 스라반정 1mg. 출입문이 열리는 소리가 났다.

"개잡년아, 내가 무슨 짓 하는 거냐고 묻잖아! 나 여기서 짤리면 카드 값은 누가 내줄 거야? 이번 달 월세는? 내 동생 언어치료비는 니가 책임질 거야?"

윤경의 얼굴이 시뻘겋게 달아올랐다. 약서랍을 뒤지는 내 손등 위로 서늘한 콧김이 끼쳤다. 화장실 쪽으로 언니의 걸음이 옮겨갔다. 빨리 해치워야 했다. 귀신은 동그라미를 싫어한다. 무한한 힘과 양기의 상징인 동그라미를 보면 눈을 떼지 못하고 그 자리에서 굳어버리곤 한다. 몇 번인가 막말을 하고 패악을 부리는 귀신에게 써먹은 일이 있었다.

"아니, 난 책임 안 져. 대신 우리 언니가 지고 있잖아. 사 년 전 윤경 씨 장례비에 동생 복지시설입소까지 돕고 매달 진료 봉사 다니잖아. 급해서 그런데 콘티조 어디 들었는지 알려줘. 안 그럼 내가 윤경 씨, 원에 가둬버린다."

윤경의 눈동자가 붉게 타올랐다. 사 년 전 그녀는 이 자리에서 약물중독으로 사망했다. 발견한 사람은 언니였고, 뒤늦게 윤

경이 부모의 카드빚과 지적장애를 가진 어린 동생을 책임져야
했다는 걸 알게 되었다. 자신의 병원에서 벌어진 참극을 묵묵히
수습한 언니는 잊을만 하면 한 번씩 약제실에서 윤경의 목소리
가 들리는 것 같다는 얘길 털어놓았다. 병원 식구들은 상상조차
못하겠지만 윤경은 정말 사 년 전 모습 그대로 혼령이 되어 여
기 머물고 있다. 약서랍이 바뀌면 위치를 외우고, 비품의 재고
를 확인하고, 마음에 들지 않는 직원에게 서릿발 같은 시선을
보내며 같은 자리에 서 있었다.

윤경이 손가락으로 세 번째 줄 가운데를 가리켰다. 콘티조
27mg이라 적힌 스티커가 눈에 들어왔다. 타박타박 언니의 발
소리가 가까워졌다. 지난밤, 한숨도 자지 못한 눈의 초점이 자
꾸만 흐려졌다. 손안 가득 약을 움켜쥐어 바지주머니에 넣었다.

"원장님한테 너무 징징거리지 마. 귀신 못 보는 사람은 그게
다 이명이고 두통이니까. 알았어?"

나지막하게 뇌까린 순간 문손잡이가 비틀렸다.

"수현아, 너 아까 그거 밟은 거 아니지?"

언니가 약제실 문을 열고 들어섰다. 윤경이 아랫입술을 자근
거리며 다시 물러섰다.

"누워 있어야지 거기서 뭐 찾아?"

"밟았어, 개똥."

서랍 옆에 놓인 크리넥스를 뽑아 구두바닥을 문질렀다.

"휴지로 되냐, 물티슈로 박박 문질러야지. 개도 큰 갠가봐. 엄청 크게 싸놨어. 나는 유산균을 들이부어도 며칠째 소식이 없는데 개부럽더라."

언니가 멋쩍게 빙긋 웃으며 물티슈를 뽑아 건넸다.

"수액 다 맞으려면 얼마나 걸려?"

내 물음에 언니가 벽시계를 바라봤다.

"한 시간이면 되겠지? 교통체증 끝날 시간이니까 집에 가기 수월하겠네."

사실상 내 용건은 끝났다. 언니를 찾아온 건 영양제 섞은 수액이 아니라 잠을 줄이고도 수업과 운전을 견뎌낼 정신력이었다. 다른 정신과에서 처방받은 각성제로는 부족해 그나마 탄로나더라도 봐줄 만한 사람을 찾은 게 혈육이었다.

"바빠, 내일 수업 전에 과제물 읽어야 해. 우리 학교 경영 부실대학 판정받았잖아. 애들 학자금 대출 다 막히고, 당장 취업 안 되는 문창과랑 공연기획과부터 폐과하려고 안달이야. 나도 이번 학기 중에 장편 한 권을 출간해야 연구실적으로 올릴 수 있고. 용써봐야지."

트롤리에 놓인 알콜 솜으로 손을 뻗었다.

"소설가는 그럴듯한 거짓말로 먹고사는 직업인데, 넌 능청스러운 맛이 없단 말이야. 너 나한테 숨기는 거 있지? 말해봐. 숨기는 거 있는데, 맞지?"

언니가 팔짱을 끼고 나를 물끄러미 바라봤다. 뇌동맥류 발병을 숨긴 이래, 나는 그녀의 시선을 똑바로 마주하기 힘들었다. 크고 검은 눈동자는 마치 심해에서 만난 백상아리 같았다. 나는 한 번도 저 눈빛을 이겨본 적이 없었다.

"뭐 좀 물어볼까 하고 왔어. 선배가 소개해준다는 의사가 있는데, 언니 동문이더라. 피부과 전공."

집요한 백상아리를 따돌리려면 탐스러운 미끼를 던져주는 수밖에 없었다. 순간 언니의 얼굴에 화색이 돌았다. 팔뚝을 알콜 솜으로 누르고 천천히 주사바늘을 뽑아냈다.

"누구? 이름이 뭔데? 피부과면 많지. 개원했어?"

언니가 옷걸이에서 트렌치코트를 가져와 내 어깨에 걸쳐주었다.

"김인규라던가…… 김민규라던가 까먹었다. 내가 주선자한테 다시 물어보고 말해줄게."

지금 막 생각해낸 가상의 인물이니 언니는 앞으로 몇 시간이고 선배와 후배를 닦달해 김인규라는 인물이 누구인지, 어떤 성격과 배경을 지닌 남자인지 알아내느라 바쁠 터였다. 약제실 문을 어깨로 밀치고 나왔다.

"김민규 알지! 나랑 동갑이야. 나 펠로우 때 걔 인턴이었지. 얼굴 까무잡잡하고 키 큰 애. 걔 아버지도 인천에서 피부과 하시지? 언제 만나? 야, 몰래 숨어서 보게 이 동네에서 만나라. 나 수요일 금요일에 야간진료 없거든. 어?"

내가 예상했던 결과가 빗나갔다. 하필 동명의 이인이 존재했다. 나는 당황한 표정을 들키지 않으려 고개를 숙이고 엘리베이터에 올랐다.

"언제 만나냐니까?"

언니가 닫혀가는 엘리베이터 문틈으로 물었다.

"내가 바빠서 당장은 아니고……."

"너 구라 아니지? 사람 설레게 그런 구라 치면 천벌 받아. 알지? 민규 만날 때 나한테 꼭 얘기해. 어? 대답 좀 확실히 하란 말이야!"

나는 닫힘 버튼을 누르며 고개를 끄덕였다. 공영주차장으로 걸으며 나는 호주머니에서 플라스틱처럼 단단한 흰색 알약을 꺼내 삼켰다. 문득 언니가 건넨 물티슈로 구두를 닦지 않은 것이 생각난다. 고개를 돌렸다. 거뭇한 굽모양의 외 발자국이 나를 따라붙고 있었다.

집과 점점 멀어지고 있었지만 이것도 하루의 일과 중 하나이니 고단해도 피할 수 없는 일이었다. 시 외곽의 국도에 접어들자 줄지은 상점과 아파트 들이 줄어들었다.

초봄의 해는 아직 짧았고, 아직 9시도 되지 않았지만, 위성도시의 변두리는 한산했다. 운전을 하는 틈틈이 향낭을 바라보았다. 아직 기척이 느껴지지 않았다. 허기를 채워야 할지 더 운전을 해야 할지 고민하며, 마을버스 한 대를 앞질렀다. 그때, 아무 냄새도 풍기지 않던 향낭에서 묵직하고 부드러운 향이 차 안에 퍼졌다. 삼베주머니의 성긴 올을 뚫고 노란 전구처럼 밝은 빛이 쏟아졌다. 그러자 내비게이션이 몇 번 껌뻑거리다 이전보다 환하게 빛났다. 달라진 건 액정 밝기만이 아니었다. 주변의 도로와 건물 외에도 몇 개의 와이파이 신호가 표시되었다. 왜인지 알 수 없지만, 향낭은 내비게이션과 연동되어 인간의 눈으론 볼 수 없는 존재를 잡아내었다. 신호가 강할수록 누군가 나를 갈망한다는 의미였다.

근처에서 강한 와이파이 신호가 잡혔다. 감정의 신호가 와이파이 형태로 표시된다는 게 처음엔 의아했지만, 텍스트나 음성보다는 덜 섬뜩하다는 결론을 얻었다. 신호 아래엔 히치하이커에 대한 작은 정보가 따라붙곤 했다. 이번엔 SEOUL이었다. 아마도 목적지가 서울인 모양이었다.

갓길에 차를 세우고 비상점멸등을 켰다. 그리고 오늘의 히치하이커를 기다렸다. 일 년 넘게 해온 일이지만 여전히 이 순간만큼은 긴장이 됐다. 나는 뻑뻑한 눈에 인공누액을 떨어뜨리고 핸들을 바투 쥐었다. 그때 누군가 뒷좌석 창문을 두드렸다.

"혹시 시내로 나가는 길이면 얻어 탈 수 있을까요?"

흰 티셔츠에 남색 카디건, 크로스백을 맨 청년이었다.

"네, 마침 적적했는데 잘 됐네요. 타세요."

내가 대답하자, 청년은 무척이나 기쁜 표정을 지으며 조수석으로 다가왔다.

"미안하지만 뒷좌석에 앉을래요? 운전할 때 예민한 편이어서."

귀신을 옆에 앉히면 한기가 들어 뒷좌석을 권했다. 청년이 헐레벌떡 뒷좌석으로 달려가 문을 열었다.

"택시도 버스도 안 다녀서…… 집에 못 가는 줄 알았어요. 고맙습니다."

스무 살에서 스물두 살쯤 되어 보이는 청년이 안경을 벗어 앞섶으로 슥슥 닦으며 살갑게 인사를 건넸다.

"저는 서울 가는 길인데 어디서 내려드리면 될까요?"

내비게이션에 타이핑할 준비를 하며 물었다.

"저도 서울요. 중랑구인데 가시는 길인가요?"

청년의 표정이 복권 당첨 결과를 기다리는 촌부처럼 초조했다.

"운이 좋으시네요. 그 근처로 가는 길이니 주소 불러주세요."

작지만 쏠쏠한 금액이 당첨된 듯 청년의 얼굴이 환해졌다.

"태화연립요. 가련동 빗물펌프장 근처예요."

나는 내비게이션에 태화연립을 타이핑했지만 나오지 않았다. 가련동 빗물펌프장을 검색했지만 그 근처엔 주거단지가 없었다.

"잠시만요."

스마트폰 검색창에 태화연립과 가련동 빗물펌프장을 검색했다. 그러자 2000년 12월 7일 날짜로 태화연립 화재사건 기사 몇 개가 떴다. 공장 도산과 아들의 실종으로 낙심한 가장이 방화를 저질러, 그와 아내가 사망했고 생존자는 장남뿐이었다. 그 사건을 계기로 노후된 태화연립은 철거의 수순을 밟았다.

"차에 달아놓은 이 기계는 꼭 컴퓨터 모니터 같네요. 신기하다."

청년은 이십 년 전의 망자였다. 나는 어떻게 해야 할까 잠시 망설이다, 이들은 목적지에 도착하지 않으면 내 차에 지박령이 되어 영영 들러붙는단 사실을 떠올리곤 액셀러레이터를 지그시 밟았다. 차가 묵직한 어둠을 밀고 나갔다.

"하는 역할도 비슷하죠."

태화연립이 사라졌어도 그 자리에 가면 무언가 청년을 기다리고 있을지도 몰랐다. 그는 오늘 밤 내 차를 얻어 탄 히치하이커이고 나는 그의 믿음직한 드라이버가 되기로 했으니 달리는 수밖에 없다.

청년이 살아있었다면 중년일 터였다. 금융위기의 직격탄을 맞은 부모들은 서둘러 아들들을 군대에 보냈고, 취업이 막막한 졸업반은 다단계 사무실에 줄지어 앉아 허황된 미래를 꿈꿨던 세대였다.

"군대는 갔다 왔어요?"

청년은 어느 쪽이었을까.

"입영 신청은 했는데 대기자가 한참 밀려서 언제 갈지 모르겠어요."

창밖을 물끄러미 내다보는 청년의 모습이 차창에 비치지 않았다.

"아까 거긴 어쩌다 가게 된 거예요? 인적도 뜸하던데."

내 차는 보통 사람들의 눈엔 흔해빠진 검은색 세단으로 보이지만, 향낭을 걸어놓으면 망자들의 눈길을 잡아끄는 묘한 매력

굿 드라이버

이 생긴다. 그러다 보니 내 차를 향해 엄지손가락을 치켜드는 히치하이커는 이런저런 사정이 있어 저승으로 넘어가지 못한 영혼이었다. 어수룩한 인간에게 빙의해 구천을 떠도는 대신, 자신의 책임과 역할이 기다리는 곳으로 돌아가려는 비교적 정직하고 반듯한 유형이었다.

"돈 받으러 왔어요."

"돈?"

"네. 아버지가 금형 하청 공장을 하시는데 대금 지급이 자꾸 미뤄져서 도산 직전이거든요. 오래 같이 일한 삼촌들도 그만두셨어요. 사실 망한 거나 다름없죠."

가볍게 한숨을 내쉬었지만 육신이 없는 탓에 숨결이 느껴지진 않았다. 청년은 멀리서 아롱지는 산업단지의 불빛을 바라보며 오늘 벌어진 일을 차근차근 털어놓았다.

당뇨가 지병인 아버지는 매년 발가락 하나씩을 잘라냈다. 언젠간 발목, 그리고 정강이와 허벅지까지 자르게 될 걸 알면서도 술은 끊지 않았다. 아버지는 술에 취하면 늘 발주처인 태일공업

현 사장에 대해 서운한 마음을 늘어놓았다. 중학교 동창이자 의형제인 현 사장은 아버지에게 하청을 맡긴 후 이 년간 대금지급을 미루고 있었다. 그때마다 형은 방에 들어가 귀에 이어폰을 꽂았다.

"납품받은 유통사에선 돈을 다 줬다는데, 현재봉 그놈은 딱 잡아떼. 정 급하면 자기 배를 째서 창자라도 꺼내 팔아 쓰란다. 수혁아, 물경 이억 팔천만 원이 그놈 창자에서 나올 거 같니?"

나는 대답 대신 술잔을 치우고 아버지를 부축해 안방으로 데려갔다. TV를 틀어놓은 채 모로 누워 잠이 든 엄마 옆에 시금한 감식초 냄새가 풍기는 아버지를 뉘었다. 이불 밖으로 드러난 아버지의 몽당한 발 가장자리가 검게 썩어가는 것이 눈에 들어왔다.

"아빠, 내일은 병원 갔다 와. 재봉이 삼촌은 우리 망하는 거 손 놓고 구경할 사람은 아냐. 퉁명스러워서 그렇지 의리 있잖아."

아버지가 무어라 몇 마디를 더 했지만, 나는 대꾸 없이 방문을 닫고 나와 옥상으로 향했다. 초가을의 밤공기를 깊이 들이마시며 휴대전화 폴더를 열었다. 그러곤 전화번호부에서 재봉이 삼촌의 전화번호를 찾아내어 통화버튼을 눌렀다.

"삼촌, 저 수혁이요."

전화를 받은 삼촌이 말없이 쩝쩝 입맛을 다셨다. 나는 호주머니에서 펜슬형 녹음기를 꺼내 녹음 버튼을 눌렀다.

"아빠 발목 절단수술 해야 할지 몰라요."

마음을 단단히 먹었는데도, 눈시울이 뜨뜻해졌다.

"그러게, 걘 왜 술을 못 끊니?"

"아픈 사람 탓할 거 없이…… 당장 급한 불부터 끄게 대금 지급해주세요."

내 대답이 당돌하게 느껴졌는지 삼촌이 헛웃음을 터뜨렸다.

"있어야 주지! 나도 꽁초 주워 핀다, 인마."

삼촌이 말끝에 가래를 돋워 뱉었다.

"삼촌 아들 선찬이 형, 저희 대학 선배잖아요."

"거기서 선찬이 얘기가 왜 나오냐?"

"그 형 아반떼 뽑았던데요."

"난 모르는 일이야. 지가 알아서 갚겠지. 따지려면 그놈한테 따지든가!"

"삼촌, 선찬이 형 군 면제받은 얘기 들었어요. 아파트 한 채 값 들였다면서요. 저 그거 술자리에서 녹음했어요. 이 통화도 녹음중이고요."

선찬이 형은 술만 마시면 선배나 후배를 붙잡고, 군 면제 자랑과 아버지의 탄탄한 회사 자랑을 늘어놓곤 했다. 그때마다 나는 테이블 위에 줄지은 소줏병을 깬 선찬이 형의 목에 들이미는 상상을 했다. 그 탄탄한 회사의 피와 살을 만든 게 내 아버지라고 소리치고 싶었다.

"이 자식이……! 너 나 협박하냐?"

"내일 회사로 찾아갈게요. 수술비랑 임금체불만이라도 해결해주세요. 그럼 못 들은 걸로 할게요."

욕설이 이어지는 전화를 끊자 가슴이 뻐근하게 아팠다. 모든 게 선명해 보였던 스무 살과 달리, 먼 하늘을 바라보는 나는 난시처럼 별과 달무리를 구분할 수 없었다.

이튿날은 토요일이었지만 아버지는 열이 끓는 몸으로 공장에 출근했다. 형은 토익시험을 보러 나갔고, 엄마는 항우울제를 털어넣곤 다시 잠에 빠져 있었다.

집을 나서며 나는 묘한 죄책감에 휩싸였다. 정말 삼촌이 돈이 없어 못 주는 건 아닌지, 설령 그게 아니더라도 녹취를 미끼로 그를 협박하는 건 범죄가 아닌지 두려웠다.

시내버스에서 시외버스로 갈아타고, 삼촌의 공장이 있는 낯선 시골에 도착했다. 볕 아래서 시골 노인들이 대추를 따고 있었다. 야트막한 언덕 하나를 지나자 태일공업 입간판이 보였다. 일찍 근무를 마친 직원들이 자전거를 타고 퇴근을 하는 중이었다. 뭐라고 입을 떼야 할지 마음을 졸이며 공장 앞에 다다랐다.

굿 드라이버

전화를 걸까 망설이던 그때 2층 난간에서 누군가 내 이름을 불렀다. 온화한 표정의 삼촌이었다.

"올라와. 직원들은 다 퇴근했으니 너랑 나랑 둘이 짜장면이라도 먹자."

삼촌은 아무 일 없었던 것처럼 나를 대했다. 간짜장을 주문해주었고, 손수 믹스커피를 타주었다. 그는 사무실 한편에 놓아둔 텔레비전을 틀고 나와 나란히 앉아 축구중계를 보았다. 말없이 전반전을 보고 나니, 속에서 부아가 치밀었다. 축구 따위나 보자고 먼 길을 달려온 게 아니었으니까.

"삼촌……! 티브이는 잠깐 끄고요."

내 말에 삼촌이 굼실거리는 짙은 눈썹을 치켜올리며 나를 바라보았다.

"어? 아직 말이 나오나봐?"

그가 고개를 갸웃하고는 내 앞에 놓인 종이컵을 들여다봤다.

"수혁아, 너 주먹 한 번 쥐었다 폈다 해봐."

그가 왜 내게 그런 요구를 하는지 몰랐지만 손에 힘이 빠져 주먹이 쥐어지지 않았다.

"그럼 그렇지! 깜짝 놀랐네. 야, 경기나 좀 보자."

그는 여유롭게 다리를 꼬고 앉아 다시 축구중계를 시청했다. 머릿속에 안개가 자욱한 느낌이었다. 눈꺼풀이 자꾸 덮이고, 바닥을 버티고 있던 다리도 힘이 풀렸다. 그런 나를 물끄러미 바라보던 삼촌이 내 팔뚝을 꼬집었다. 아팠지만 비명은 목구멍 안에서 사그라졌다. 삼촌은 누군가에게 전화를 걸었다.

"후세인, 다 파났니? 아니 여태 뭐하느라 그거밖에 못했어? 하여간 중동놈들은 부지런한 맛이 없어. 왜 파긴! 겨울에 김장해서 장독 묻을 거라고 몇 번을 말해?"

전화를 끊은 삼촌이 다시 내 옆에 다가와 풀썩 앉았다.

"수혁아, 너 오기 전에 네 아버지한테 입금했어. 이제 걱정하지 말고 한숨 푹 자. 응?"

나를 왜 재우려는지 몰라도 대금을 지불했다는 삼촌의 말에 넙죽 절이라도 하고 싶었다. 이제 아버지의 수술도 해결될 것이고 공장도 재가동할 수 있었다. 창피하게도 감은 눈에서 미적지근한 눈물이 흘렀다. 빨리 집에 돌아가고 싶어졌다.

．

＝

청년, 수혁은 어깨를 으쓱해 보이며 기분 좋게 웃었다.

"그렇게 한참 자고 일어났는데 아까 거기였어요. 버스도 안 다니고, 택시도 없어서 몇 시간째 발이 묶였던 거죠."

"정신을 잃고 나서 강한 불빛 같은 건 못 느꼈어요?"

자신이 죽은 걸 깨닫지 못하는 귀신들은 대개 죽음의 순간을 강한 스파크로 기억했다. 불이 번쩍하고 깨어나 보니 집으로 돌아갈 방법이 묘연하다는 게 공통된 증언이었다.

"맞아요. 뭔가 무거운 걸로 몸을 누르는 느낌이 한참 들다가 갑자기 편안해지며 눈앞이 번쩍했어요. 이상한 꿈이죠? 복권이라도 사야 할까 봐요."

수혁은 후세인이란 이름의 낯모를 외국 사내가 판 구덩이에 들어갔을 터였다. 젊고 건강한 그의 육신 위로 빗처럼 차곡차곡 쌓여갔을 붉은 흙을 떠올렸다. 의리를 지킬 줄 안다 믿었던 삼촌은 그를 가둔 흙더미 위에서 쿵쿵 발을 굴렀으리라.

"부모님한테 전화를 드리고 싶은데 휴대전화가 정지됐나 봐요. 많이 걱정하실 텐데."

어느덧 차는 가련동 빗물펌프장을 3킬로미터 남긴 거리에 도착했다. 자정이 가까웠고, 부슬비가 흩뿌리기 시작했다.

"이 길 기억나요?"

나는 내비게이션의 안내에 따라 핸들을 꺾으며 물었다.

"토요일이라 그런지 공장이 다 닫았네요. 이쪽 길로 쭉 빠우 공장이 이어지거든요. 스테인리스에 광내는 공장요."

도시에서도 가장 빈민이 많은 지역이었다. 공장단지가 있었지만 쇠락한 지 오래였다. 가로등이 없었다면 유령도시라 해도 믿을 법했다.

"뭔가 다르네요."

수혁이 불안한 표정으로 풍경을 바라봤다.

"뭐가요?"

"이 도로요. 원래 차선이 두 개뿐이었고, 좌우로 공장이 있어야 하는데 4차선이잖아요. 게다가 아침까지만 해도 없던 가게가 생겼어요. 저 건물들도 못 보던 거예요."

진실을 말해야 할까. 하지 않는다 해도 내게 불이익이 생기는 건 아니었다. 엄밀히 따지자면 난 그야말로 오다가다 만난 사람일 뿐이다. 길 잃은 귀신을 목적지까지 데려다주면, 그날 밤 가족들의 꿈에 영혼이 나타나 그간 건네고 싶었던 메시지를 전하곤 한다. 운이 좋으면 시신을 찾거나 범인을 검거하는 일도 있었다.

"이 정도 거리면 태화연립이 보일 만도 한데 아무것도 없어요. 기사님, 하루 사이에 무슨 일이 일어난 걸까요."

진실을 말할지 말지 고민되는 건 수혁이 다른 귀신들과 달리 목적지가 사라진, 지극히 운 나쁜 케이스이기 때문이었다. 이대로 그를 내려주면 다시 새로운 땅에 발이 묶일 게 뻔했다. 그렇게 오래 묵은 귀신은 한과 원이 쌓여 악귀가 되고 만다.

"학생, 사실…… 사실 말이죠….."

이런 일에 무감해질 때도 되었지만 여전히 마음이 거북했다.

"진짜 제가 죽은 건가 봐요. 그 아저씨 말이 맞았어요."

뜻밖의 대답이었다. 그는 자신이 죽은 걸 알고 있었다. 룸미러로 본 수혁의 얼굴이 달처럼 차갑게 식어 있었다.

"누가 그런 말을 했어요?"

"저랑 같이 있던 아저씨가 말해줬어요. 사실 우린 죽은 거고 시신조차 찾지 못해 실종 처리된 귀신이라고요. 그땐 안 믿었어요. 전 여전히 배가 고프고 소변이 마려울 때도 있고 다리가 저리기도 했거든요. 그런데 지금 생각해보니 밥을 먹은 기억도 없고, 화장실에 다녀온 것도 아닌데 모든 욕구가 깨끗이 사라졌네요."

수혁의 목소리는 의외로 차분했다. 그가 양손을 들어올려 자신의 얼굴에 마른세수를 했다. 그러자 귀와 코에서 붉은 흙이 후두두 떨어졌다.

"그걸 말해준 아저씨는 어떻게 됐어요?"

"어떤 트럭을 얻어 탔어요."

귀신을 알고도 태워줄 사람은 없었다. 향낭이 더 존재할 가능성도 낮았다. 푸른사향노루는 세상에 단 한 마리였고, 이젠 나 혼자 갖고 있으니까. 불길한 기운에 입안이 바짝 말랐다.

"혹시 운전자를 봤나요?"

"네, 평범한 외모는 아니었어요. 남자였고, 깡마른 몸에 검은색 후드티를 입었어요. 한밤중인데도 선글라스를 쓰고 한쪽 목에서 얼굴까지 뱀 문신을 했어요."

향낭도 없이 귀신을 실으려면 대단한 영능력이 있거나 물건을 움직일 수 있을만큼 세력이 강한 귀신일 터였다. 어느 쪽일까. 긴장을 털어내느라 창문을 조금 내렸다. 찬비가 얼굴로 끼쳤다. 일단 내 본연의 임무를 다하고 생각해보기로 했다.

100미터 앞에 어둑한 공터가 보였다. 수혁이 아랫입술을 깨물며 아무것도 없는 그곳을 멍하니 응시했다. 아마도 그쯤에 태화연립이 있었을 것 같았다.

"없어졌네요."

차를 멈추고 상향등을 켜 공터를 비췄다. 연립이 있어야 할 자리엔 수풀과 낡은 포장트럭 한 대가 전부였다.

"아까 말한 주소지가 여기예요."

수혁은 울상을 지으며 웃음소리를 냈다.

"저기 있어야 하잖아요, 우리 집이……! 근데 왜 없어요? 삼촌이 보낸 돈으로 이사한 거겠죠? 그렇다고 말해주세요."

나는 의자를 조금 젖히고 은색 바늘처럼 떨어지는 빗줄기를 눈으로 훑었다. 그가 빨리 감정을 추스르고 차에서 내리기를 바랐다.

"거 누군데 오밤중에 하이빔을 켜고 주차를 합니까?"

우렁우렁한 목소리와 함께 누군가 차창을 두드렸다. 나는 반
사적으로 의자를 일으키고 고개를 낮춰 그 누군가를 바라보았
다. 검게 그을린 피부에 깊게 벗어진 M자형 이마, 한땐 꽤나 미
남이란 소리를 들었음 직한 이목구비는 술과 피로에 찌든 듯 보
였다.

"여긴 공터잖아요. 곧 떠날 테니 신경 쓰지 말아주세요."

말을 길게 끌어 좋을 것이 없어 보였다. 차창을 닫고 상향등
을 껐다.

"저 사람……!"

뒤에 앉은 수혁이 성난 얼굴로 등을 돌린 사내를 손가락으로
가리켰다.

"아는 사람인가요?"

사내가 절룩거리는 다리로 포장트럭 운전석에 앉았다.

"우리…… 형이에요! 형은 이사 가지 않고 기다린 거예요. 내
가 돌아올지 모르니까."

수혁의 말을 듣고 보니 그와 사내는 눈매와 얼굴형이 매우
닮았다. 사내가 다리 한 쪽을 저는 건, 어쩌면 가족력인 당뇨와
술 때문일지도 몰랐다. 다행히 수혁을 맞아줄 가족이 남아 있

었다.

"원래 안 하는 일이지만 특별히 가르쳐줄게요."

나는 상체를 틀어 수혁을 바라보았다. 감격과 슬픔에 겨워 울상을 짓고 있지만 눈물대신 고운 흙가루가 시트 위에 쌓였다.

"범인을 찾기 위해선 증거가 필요해요. 녹음기 갖고 있댔죠?"

내 물음에 수혁이 고개를 주억거렸다.

"그랬죠."

"협박을 하러 간 거니까, 가방 안에 있겠네요. 마지막 기억을 잘 더듬어봐요. 가방도 같이 묻혔나요?"

지금 수혁이 메고 있는 가방은 영혼이 생전 모습을 억지로 구현해낸 것일 뿐, 실체는 다른 곳에 있거나 운이 나쁘면 소각되었을 수도 있다.

"사실 녹음기는 가져가지 않았어요."

수혁이 허탈하게 웃었다.

"그걸로 협박하러 간 거 아니었어요?"

수혁은 고개를 가로저었다.

"그럴 배짱이 없었어요. 안 되면 무릎이라도 꿇을 작정으로 찾아간 거죠."

"그럼 녹음기는 어디 있죠?"

"형이랑 함께 쓰던 책상 필통에 있어요."

집도 없이 트럭에서 살아온 중년의 사내가 여전히 그 필통을 가지고 있을지 의문이었다. 하지만 많은 사람들이 가족의 유품을 차마 버리지 못한다. 어쩌면 낡고 조잡한 생필품 사이 어딘가에 가족 앨범과 필기구가 먼지 한 톨 없이 말갛게 닦인 채 놓여 있을지도.

"형에게 가요. 그리고 곁에 누워요. 가슴이 편안히 오르락내리락하고, 숨결이 골라지면 그에게 말을 걸어봐요. 아마 형은 당신의 꿈을 꾸게 될 거예요. 그때 하고 싶은 얘길 하면 들릴 거예요."

내 역할이 끝나가는 걸 느낄 수 있었다. 향내가 서서히 잦아들기 시작했다. 수혁이 뒷문을 열고 차에서 내렸다.

"고맙습니다. 그리고 혹시라도 그 뱀 문신 한 남자를 만나면 피하세요."

"왜죠?"

수혁이 잠시 머뭇거렸다.

"그 사람은 공짜로 태워주지 않는 것 같았어요. 저랑 같이 있던 아저씬 뱀 문신 남자의 전화로 아내를 불러냈어요. 환각이나 환청이 아니라, 진짜 전화기에 대고 통화하는 걸 봤어요. 그 아내분은 꿈이 아니라 진짜 죽은 남편의 전화를 받은 거예요. 아마 위험해졌을지 몰라요."

나는 건성으로 고개를 끄덕이곤 황급히 차를 돌렸다. 사이드 미러엔 반투명해진 수혁이 휘청휘청 트럭으로 향하고 있었다. 뱀 문신을 한 사내. 그가 사람인지 귀신인지 알 길은 없었지만, 조심해야 할 존재인 것만은 틀림없어 보였다.

박수무당 조석주로 너무 오랜 시간을 살았다. 어느 사이엔가 그는 중요지명수배자 명단에 올랐다. 이제 새로운 몸뚱이를 구해야 할 때였다. 조석주는 나와 함께하며 인간과 악귀, 그 중간 어딘가의 존재가 되었다. 말년의 그는 자신이 죽으면 가야 할 곳이 유배지라는 걸 어렴풋이 깨달았다. 때문에 이승에 남고자 발버둥 쳤다. 유배지와 이승은 태양과 지구처럼, 각자의 인력으로 달을 잡아당겼다. 조석주는 내 인력에 확신을 가졌고, 유배를 면할 방법을 거듭 물었다. 나는 마지못해 일러주는 것처럼, 그에게 인간이 할 수 있는 지극한 희생인 인신공양에 대해 힌트를 주었다.

그의 생명을 공양받은 덕분에 나는 악귀에서 악신 마라로 거듭났다. 조석주는 바람대로 유배지가 아닌 이승에 남았다. 치매 환자처럼 자아가 희미해진 그는 자신의 죽은 딸과 함께 내게 묶여 있다. 악신 마라의 삶은 예전보다 활기찼다. 인간의 맹목적 믿음과 어리석은 신념, 그리고 함부로 내던진 생명은 어떤 존재든 신으로 만들 수 있었다. 스파게티나 바위, 샘물 따위를 믿고 섬기는 자들이 도처에 깔린 곳이 인간계니까. 덕분에 나는 예전보다 한층 강력한 존재로 거듭났다.

지금 내가 안착한 인간은 조석주보다 젊지만 많이 유약하다. 물론 더 강한 남자를 취할 방법도 있었다. 어디에나 술꾼과 약물중독자는 있기 마련이었고, 그중 신기가 있는 자를 꼬드겨 들어앉으면 되었다. 하지만 유배지에서 내 육신을 불러오려면 힘을 비축해둘 필요가 있었다.

이자는 신기가 없지만 마음이 풋나물처럼 여려 나를 순순히 받아들였다. 유용한 건 육신에 담긴 기억과 기술이었다. 이자 덕에 인터넷을 쓰게 되었고, 그 안에서 영적체험을 갈구하는 인간들을 전보다 쉽게 발견했다. 귀신을 보는 방법을 묻는 글엔 수십 개의 댓글이 달렸고 음기가 강한 날을 골라 폐가를 탐험하려는 무리도 흔했다. 심령사진이나 영상의 조회수는 수십만을 넘어섰으며 악신을 모신다는 가짜무당까지 판쳤다. 이자를 강건하게 일으키기 위해선 더 많은 영력이 필요했다. 나는 떠돌이 귀신을 발겨 먹거나 음기가 강한 공간을 찾아가 강령회를 열었다.

악신이 된 자는 산 사람의 영혼을 강취할 수 있다. 모든 귀신이 다 죽은 사람의 혼은 아니다. 산 사람도 유체를 이탈하면 산 사람의 영, 생령(生靈)이 된다. 생령이 귀신과 다른 점이라면 아직 살아 숨 쉬는 육체의 기운을 수액처럼 내게 꾸준히 공급할 수 있다는 거였다.

내가 거쳐온 조석주와 이 사내 역시, 깊은 곳에 미약하게나마 의식이 존재하니 굳이 분류하자면 생령이다. 하지만 이들은 고통에서 벗어나기 위해 스스로 몸을 열어주었다. 강취가 아닌 조공인 셈이다. 내가 원하는 건 무르지 않은 마음을 가진 건강한 인간의 육신이었다. 생령으로 영력을 강화하고, 저승의 보물까지 품으면 유배지의 문을 열게 된다고 들었다. 나 스스로 설계하고 장식한 위대한 육신이 저 달 반대편에서 기다리고 있었다. 비루한 인간의 몸을 벗어내고 내 진면모를 드러내려면 산 사람의 영혼을 강취할 경지에 올라야 했다.

물론 애써봤다. 길에서 만난 떠돌이 귀신의 가족을 불러내 덮치기도 했고, 그들의 꿈으로 들어가 무의식을 건들기도 했다. 하지만 결과는 번번이 실패였다. 그들을 겁박하거나 말로 회유하는 방법을 쓰지 않곤 영혼과 육신을 분리할 수 없었다. 그렇게 얻은 결과물들은 조석주나 이 사내보다 나을 것이 없었다.

그렇다고 아주 소득이 없는 건 아니었다. 갓 죽은 인간의 피부를 몸에 걸칠 때마다 이자의 목덜미에 문신이 짙어졌다. 달의 뒷면에 잠들어 있는 내 육신의 형상이었다. 그게 점점 짙어지니 예전처럼 억척스럽게 귀식을 할 필요가 없었다. 내게 머리를 수그리는 악귀가 늘어갔고, 그들이 가져다 바치는 귀신이 넘쳐나 봉인을 해야 할 지경에 이르렀다. 지상에 내려온 지 어느덧 오십 년이 흘렀다. 매일 거듭되는 섭식이 따분하고 권태로웠다. 저승의 보물이란 게 있는지, 있다면 어떻게 얻어야 할지 막연했다.

그즈음 푸른사향노루의 향내가 나를 사로잡았다. 누가 일러주지 않아도 그 향이 저승의 신묘한 보물이라는 것쯤은 알아차릴 수 있었다. 머지않은 곳에서 향내의 주인이 나를 지켜본다는 걸 깨달았다. 검은 수도복을 입은 여자였다.

끊지 못하는 것 두 가지가 있다. 하루에 세 개비의 담배와 욕조 안에서 몸을 녹이며 마시는 차가운 와인이 그랬다. 특히 귀신을 만난 날은 몸을 푹 적시지 않으면 잠이 오질 않았다. 나는 욕조에 뜨거운 물을 받으며 양치를 했다. 그러고는 절반쯤 채운 와인 잔과 내일 수업에 강평할 과제물 복사본을 챙겨 욕조로 향했다.

이번 학기 과제물은 원고지 70매 분량의 단편소설로, 장르나 주제는 자유이지만 소재는 자전적이어야 했다. 그러다 보니 가정의 불화, 연인과의 갈등, 오해와 화해 등이 자주 등장했다. 뜨거운 물에 노곤한 몸을 담그고 와인을 한 모금 들이켠 뒤 과제물 첫 장을 들췄다. 제목은 '영안', 제출자는 2조 조예슬이었다. 내가 아는 영안은 귀신을 볼 줄 아는 능력, 다시 말해 영매의 눈이었다.

천일염으로 입을 가셔야 한다던 예슬을 떠올렸다. 탈색한 긴 머리에 평균보다 왜소한 체구였다. 짙은 속눈썹에 가려진 진중한 눈은 야무졌고, 완만하게 뻗은 코와 대나무를 가른 듯 오목하게 팬 인중, 그리고 도톰한 입매가 살짝 처진 아이였다. 구체관절인형처럼 예쁘고 사랑스러운 동시에 기묘한 섬뜩함이 묻어나는 얼굴이었다.

나는 수건을 접어 목 뒤에 받치고 예슬의 소설을 읽어갔다. 작품을 통해 알 수 있는 건, 그애의 아버지가 제법 이름난 박수무당이었다는 것. 예슬 역시 신기가 있으나 눌림굿으로 신내림을 거부했다는 것. 그렇지만 여전히 그 애의 눈엔 죽은 자들이

굿 드라이버

보인다는 거였다. 예슬의 곁엔 수호령인 젊은 선비가 따라다니는데, 웹툰에나 나올 법한 냉미남에 멋진 도포를 두른 모습이라고 했다.

마지막 장까지 다 읽었을 때, 욕조는 미지근하게 식어 있었다. 별다른 에피소드가 없어 수필처럼 읽히는 작품이었지만, 그 내용이 전부 사실이라면 나는 예슬에게 반드시 물어야 할 것이 있었다.

티셔츠에 롱스커트, 캉골 가방을 든 예슬은 세 개들이 마카롱 상자를 들고 내 연구실로 찾아왔다. 옷차림은 제 또래들과 다를 바 없었지만, 찰나에 연구실 안을 훑는 눈빛만큼은 노련했다.

"교수님! 저 찾으셨다고요?"

과제물을 복사하러 온 예슬을 우재에게 부탁해 연구실로 불렀다.

"잘 왔어. 궁금한 게 있어서."

나는 머그잔에 뜨거운 물을 붓고 우롱차를 우려 예슬 앞에 내려놓고 마주 앉았다. 한동안 뜸했던 두통이 다시 시작되었다.

관자놀이가 툭툭 뛰는 게 느껴졌다. 예슬이 고개를 갸웃하며 숨을 깊게 들이마셨다.

"과제 때문에 그러세요?"

예슬이 놀란 눈을 동그랗게 뜨고 물었다. 굼실대는 속눈썹 아래로 깊은 우물처럼 새까만 눈동자가 일렁거렸다.

"아니. 좀 사적인 질문이야."

"사적이고 영적인 질문 하시려는 거죠?"

"뭐 그런 셈이지."

"소설은 어디까지나 창작물이잖아요. 아빠가 박수무당였던 건 사실이지만 다른 건 다 지어낸 거예요. 저 사실 그런 거 잘 몰라요."

나는 예슬이 거짓말하고 있단 걸 눈치챘다. 그녀는 이 방에 남아 있는 향낭의 향을 맡느라 줄곧 깊게 숨을 들이마셨다. 평범한 사람은 아무 냄새도 느낄 수 없는 향이었다. 예슬이 민감한 부류의 사람이란 뜻이다.

"그럼 점수를 줄 수 없겠네. 이번 과제는 자전적인 원고만 평가하기로 했는데, 전부 지어낸 얘기라면 곤란하잖아."

예슬의 얼굴에 낭패감이 스쳤다. 아마 귀찮은 일에 휘말리기 싫어 둘러댔을 테지만, 내가 호락호락하게 물러서지 않으니 전략을 바꾸는 중일 거였다.

"저 장학금 놓치면 안 돼요! 그럼 휴학해야 한다고요."

"지각 제출로 인정해줄 테니, 다른 작품을 써보는 건 어때? 진짜 네가 겪은 일을 솔직하게 쓰는 거지."

내 대답에 예슬이 하아, 길게 한숨을 내쉬었다. 그녀는 더는 아이가 아니다. 서로가 원하는 걸 제시하고 악수를 하는 것, 그게 어른들의 세계였다.

"평범하게 성장하지 않았으니 새로 쓰는 건 불가능해요. 전줄곧 신당에서 자랐으니까요. 다 말씀드릴게요. 사실 그 과제제 자전적 경험이에요. 어젯밤 꿈에 이 방도 나왔고요."

나는 손가락을 깍지 껴 책상 위에 얌전히 올리고 고개를 끄덕였다. 예지몽을 꾸었다면 내가 뭘 물을지도 알고 있는 걸까.

"왜 부른 건지도 알고 있니?"

"누굴 찾는다고 하셨는데, 이름은 기억 안 나요. 예지몽 꿈도 꿈이니까 상징 같은 것만 보여주거든요."

예슬의 꽤나 구체적인 대답에 가슴이 요동쳤다.

"이름은 안다정. 세 학번 위, 네 선배야."

조급한 마음에 말이 속사포처럼 쏟아졌다.

"이름 참 특이하네요. 다정아, 하고 부르면 다정한 이름인데, 안다정, 하고 부르면 안 다정한 이름이 되잖아요."

나도 그 비슷한 이야기를 다정에게 했었다. 하지 말았어야 할 말이었다. 나는 뜨거운 우롱차와 함께 후회를 목구멍으로 넘겼다.

"혹시 어디 있는지 알겠니? 삼 년 전에 사라져서 쭉 연락이 닿지 않아."

돌이켜 생각하고 싶지 않은 사건이었다.

"죄송한데 그 선배, 못 찾을 거 같아요."

"왜 못 찾는단 거지?"

나는 흘러내려 뺨을 가린 머리칼을 귀에 꽂으며 물었다.

"생기가 안 느껴져요. 산 사람으로는 못 찾을 거 같아요. 이건 그냥 제 느낌이 그런 거라 확신은 못 하고요. 시신안치실 같은 데 뒤져보셨어요?"

시신을 찾는 일은 이미 실패했다. 대바늘로 후비는 것처럼 강한 두통과 함께, 서글픈 감정이 마음에 울렸다. 내가 느끼는 감정인지, 내 뇌에 똬리 튼 실이 느끼는 감정인지 헷갈렸다. 확실한 건 진통제가 필요하다는 것이었다.

"어려운 질문에 대답해줘서 고맙다."

예슬의 시선이 연구실을 유심히 둘러보고 있었다. 대답은 이미 들었고, 그 애도 학점을 사수했으니 이만 나가주었으면 하는 마음이 들었다.

"교수님!"

예슬의 목소리가 자못 진지했다.

"응?"

"이 향이 자꾸 영가를 끌어들이는데, 태우시든지 어디 파묻으시죠. 계속 두면 교수님한테 좋을 게 하나도 없어요."

"네 말대로 나는 다정이가 살아있다는 희망은 버렸어. 그래서 그 애를 알고 있는 영혼들이 필요해. 언제까지나 실종자로 남겨둘 순 없잖아."

예슬의 표정이 일순 싸늘하게 식더니 입술을 벌려 앞니를 드러내곤 쯧쯧쯧, 혀를 찼다. 차갑고 야멸친 소리였다.

"죄송합니다. 제가 혀를 찬 게 아니라 우리 도령이······! 꼭 진지한 순간에 이렇게 연동이 되네요."

다시 표정이 돌아온 예슬이 손바닥으로 자신의 입을 가리고 질겁했다. 수호령이라면 귀신이다. 향낭을 가진 내게 그가 보이지 않을 리 없었다. 향낭은 내가 필요한 순간 손을 펼치면 반드시 손바닥 안에 있었다. 나는 책상 아래에서 조심스럽게 손바닥을 펼쳤다. 빈손이었다. 도령이라는 자의 능력인 걸까.

"괜찮아. 근데 너랑 같이 있는 도령은 뭐라고 하는데?"

"그러다 큰일 난대요. 착한 귀신만 있는 건 아니니까. 악귀는 흔하지만, 가끔······ 원한이 깊거나 인간에게 조종당하는 혼령은 해코지를 할 수 있어서 위험하다고."

뱀 문신을 한 남자가 떠올랐다. 신경 쓰고 싶지 않았지만 내내 찜찜한 사람이었다. 분명 사람이 아닌 악귀일 터였다. 그렇지 않고서야 향낭도 없이 귀신을 골라 태울 수는 없었다.

"요즘 뱀 문신을 한 악귀가 귀신들을 꼬여낸단 얘긴 들었어. 만나지 않길 바라야겠지."

예슬이 심각한 얼굴로 눈동자를 이리저리 굴리고 고개를 끄덕거렸다. 도령의 이야기를 듣고 있는 모양이었다.

"그거 악귀 아니라는데요?"

"뭐?"

"악귀가 아니라 사람이래요. 그래서 무서운 거라고. 듣기만 해도 소름 끼치네."

사람이라면 예슬처럼 영안이 트인 경우일까. 대체 그는 왜 귀신들을 태우고 다니는 건지 의문은 더욱 깊어졌다. 오른쪽 귀에 칠판을 손톱으로 긁는 것 같은 이명이 울렸다. 나도 모르게 인상이 찌푸려졌지만, 궁금증을 푸는 게 급선무였다.

"영매란 거니? 더 얘기해줄 수 있어?"

"그렇죠, 귀신을 부리는 박수무당이요. 근데 지금은 인간과 마귀의 중간쯤이 돼버렸대요. 더 말씀드리고 싶은데, 저 러시아 문학사 수업 있어서 지금 가봐야 돼요."

나는 고개를 끄덕하곤, 예슬이가 사온 마카롱을 도로 손에 쥐여주었다.

"대가성이 없는 건 알지만, 서로 곤란하니까. 그리고 도령님
께 감사하다고 전해줘."

단 음식을 먹는 날은 유독 나이 어린 히치하이커들이 차를
세워, 동요만 틀어줘야 할 때가 많았다. 가장 괴로운 건, 그 아이
들이 죽은 이유가 대개 어른들의 폭력성인 탓에 운전자인 나를
무서워한다는 점이었다.

예슬이 떠나고 손바닥을 펴자 향낭이 돌아와 있었다. 나는 관
자놀이를 지압하며 그 애가 남기고 간 우롱차를 멀거니 들여다
보았다. 컵 안에서 도포 자락처럼 나풀거리는 파도를 본 것도
같았다. 예슬을 거치지 않고 도령을 만나보고 싶었다.

수업은 발표자가 미리 프린트한 자신의 원고를 나눠준 뒤, 작
품을 읽고 돌아가며 인상평을 남기는 것이다. 질문을 주고받고
마지막으로 내가 총평을 하면 수업이 끝난다. 예슬의 작품은 질
문이 유난히 많았다. 그 애는 내게 가벼운 눈짓을 보낸 뒤, 질문
자들에게 사실 감점을 각오하고 허구로 쓴 작품이라 대답했다.

자칫 이 년 내내 동기생들에게 꿈해몽이나 시험 결과 따위를 일일이 답해줘야 할 수도 있으니 그러려니 했다.

"내 총평은 이렇습니다. 원론적으로 소설은 주제의식이 뚜렷해야 하고, 문장이나 묘사, 캐릭터가 선명해야 하며, 갈등과 해소를 바탕으로 이뤄져야 합니다. 그런데 모든 소설이 다 그래야 하는가? 나는 꼭 그렇지만은 않다고 생각합니다. 스릴러의 미덕은 조바심이고, 드라마의 미덕은 감동이며, 코미디의 미덕은 웃음인데, 이때는 장르적인 특성을 살리는 것이 더 우선이겠죠. 하지만 예슬이 작품은 공포소설인데 별로 안 무섭다. 고로 무섭게 쓰기 위해선 좀 더 소설적인 장치가 필요하다는 겁니다."

예슬이 아이들 사이에서 희미하게 웃었다. 나는 다음 차시를 안내하고 수업을 마쳤다. 금요일 저녁이니 차가 막히기 전에 도심을 벗어나야 했다.

종종걸음으로 주차장으로 내려가 차에 올라탔다. 관자놀이가 욱신거렸다. 습관적으로 진통제 두 알을 물 없이 삼켰다. 시동을 걸고 숨을 고르는데 느닷없이 향낭에서 빛이 쏟아졌다. 분 냄새처럼 짙은 향이 실내를 가득 채웠다. 근처에 귀신이 있다는 의미였다. 학교 안에서 향낭이 이 정도로 강하게 발동한 건 처음이었다. 서둘러 내비게이션을 켰다. 잡히는 와이파이는 학교 건물 밖 한 칸짜리 신호가 전부였다. 신호를 네 칸 모두 채운 귀신은 내 차를 기다리는 히치하이커이고, 셋이나 둘은 장소에서 떠날 마음이 없는 지박령, 그리고 한 칸짜리는 어제 내 연구실을 찾아왔던 잡귀였다. 향낭은 발동하는데 내비게이션이 고요한 경우는 처음이었다. 그러다 갑자기 강한 와이파이 신호 하나가 번뜩 솟아났다. 신호 아래엔 KNIGHT라는 정보가 따라붙었다. 뜻밖의 상황에 몸이 얼어붙었다.

"오랜만에 맡아보는 향내로군."

맑고 단정한, 젊은 남자의 음성이었다. 목소리가 들린 조수석으로 고개를 돌렸다. 상투 튼 머리에 갓은 쓰지 않은 남자가 푸른 도포를 매만지며 나를 바라보고 있었다.

"당신!"

예슬의 소설 《영안》엔 도령의 모습이 이렇게 묘사되었다. 잘 벼린 칼날처럼 굵지만 날카롭게 치솟은 눈썹에 가늘고 긴 눈이 강물처럼 흐르는 사내. 날렵하게 흐르는 콧대 끝에는 예리한 붓으로 가볍게 찍은 것 같은 점이 맺혀 있고, 얇지만 장난기가 가득 담긴 입술에선 대금처럼 그윽한 목소리가 우러났다.

소설에서 읽었던 모습 그대로, 도령은 그림처럼 잘생긴 얼굴로 나를 능청스럽게 바라보았다. 수많은 귀신을 보았고 그중 자칭 수호령도 있었다. 하지만 이자처럼 선명하게 모습을 드러낸 영혼은 없었다. 만지면 잡힐 듯한 그가 시원한 미소를 지었다.

그러자 찌르는 듯한 두통이 밀려들며 눈두덩이 들썩거렸다.

"예슬낭자한테는 다 말할 수 없었습니다. 당신이 악귀라고 말한 자에 대해 말이지요."

도령이 손을 뻗자, 향낭이 빛과 은하수처럼 그의 팔을 타고 흘렀다. 그는 음미하듯 눈을 내리깔고 향을 들이마셨다.

"악귀가 아니라 사람이라고 했죠?"

도령이 고개를 끄덕였다.

"무당 중엔 가끔 영력이 떨어지면 몹쓸 짓을 하는 자들이 있소."

"예를 들면 어떤 거죠?"

두통이 격해져 절로 얼굴이 구겨졌다.

"어린아이를 돈으로 사서 골방에 가두고 곡기를 끊는다고 했소. 그러기를 닷새 만에 골방문을 열고 대나무통 안에 아주 먹음직스러운 음식을 넣어준다 합디다. 굶주린 아이는 얼마 지나지 않아 스스로 대나무통 안에 기어 들어가는데, 그때 통을 밀봉해버린다고 들었소이다."

"끔찍하군요. 그걸 어디에 쓰죠?"

"대나무통을 무당의 집 대문 아래 묻어놓으면 영력이 되살아난다는 소문이 있었답니다. 자신을 팔아먹은 부모와 배고픔에 한이 맺힌 아이들을 무당이 노예로 부리는 것이지요."

굿 드라이버

"뱀 문신을 한 남자도 그런 부류인가요?"

도령이 대답 없이 고개를 주억거렸다.

"아마도 자기 자신의 영혼과 속세에서 돈이라고 불리는 공물을 바치고 있겠지요. 그게 아니라면…… 뱀 문신을 한 박수무당도 거대한 존재의 희생양일지도. 악이란 본디 서로가 서로의 꼬리를 무는 모양새라오. 악귀가 무당이 된 건지, 무당이 악귀가 되어가는 건진 지켜볼 필요가 있소."

"내 제자 다정이의 영혼이 그 사람에게 붙잡혔을 가능성도 있나요?"

"속단하긴 이르지만 그 처자가 생전의 원한이 깊었다면 사로잡혔을지도 모르지요. 그 박수무당은 귀신을 거듭 집어삼키며 힘을 키웠으니 이제 생사람마저 노릴 것이오."

"생사람이라면……."

"살아있는 자 말입니다. 무슨 방법으로 그리하는진 몰라도 멀쩡한 이들을 빙의시켜 살인을 저지르는 것 같소. 요즘 뉴스에 나오는 묻지마살인들과 연관 지어도 이상할 것이 없소. 약 중의 약인 인삼도 사람 모양이듯, 건강한 육체를 탐낼 테지."

생각보다 문제는 심각했다. 박수무당은 히치하이커를 태워 가족까지 불러냈다. 죽은 가족의 전화를 받았으니 놀란 유족은 약속한 장소로 뛰어나갔을 테고, 놈에게 어떤 끔찍한 일을 당했는지 알 수 없었다. 매일 사회면을 떠들썩하게 달구는 살인사건들이 정말 그자의 소행일지도 몰랐다.

"만약 다정이가 박수무당에게 잡아먹혔다면, 그 영혼을 자유롭게 해줄 방법은 없나요?"

"그야 한판 붙어봐야 알지 않겠소? 놈이 어떤 방식으로 영혼에 갈고리를 채우는지 밝혀내는 게 급선무일 게요."

"갈고리……?"

그의 말과 동시에 차 앞 유리로 목에 낚싯바늘 모양의 큰 갈고리를 단 다정이 쿵 떨어지는 환상을 보았다. 알알이 부서진 차창 유리가 내 얼굴과 머리로 파고드는 것처럼 강렬한 통증에 나도 모르게 신음이 흘러나왔다.

"너무 걱정부터 하지는 마시게. 오히려 대놓고 무쇠칼 든 망나니가 상대하기 쉬운 법이라오. 제일 악질은 갓 쓰고 경 읽는 선비들이지."

갓만 없다 뿐, 경 읽기 좋아하게 생긴 선비가 주차장 먼 곳 어둠을 향해 쓴 웃음을 지어 보였다.

"도와줘요. 난 악귀와 잡귀도 구분할 줄 몰라요. 예슬이는 분별할 수 있잖아요. 그리고 위험한 상황에선 무력이 필요할지도 모르고."

나는 향낭의 도움 없인 귀신을 볼 줄 모르는 평범한 인간이다. 놈과 맞설 영력도 없고, 든든한 뒷배도 없었다. 악귀를 물리칠 조력자가 필요했다. 이미 여러 번 악귀를 태워 곤욕을 치른 일이 있었다. 그들은 목적지에 도착해도 차에서 내리지 않았고, 크고 작은 사악한 요구를 들어줘야 떠났다. 그 탓에 나는 횟집 수족관의 물고기를 살생해 제물로 바치거나 충분히 피할 수 있는 로드킬을 자행했다. 원한이 깊지 않은 악귀도 살생을 원하는데, 박수무당이라는 자와 잘못 얽히면 내 생명이 위험할 수도 있었다. 도령의 도폭 자락 아래 길게 뻗어나온 장검이 눈에 띄었다. 예슬이 쓸모 있는 귀신과 악귀를 가려내고, 도령이 경호해준다면 한결 일이 수월해질 것 같았다.

"선생은 내게 뭘 줄 테요? 난 예슬낭자처럼 돈이 필요한 것도 아니고, 구천을 떠도는 잡귀처럼 마냥 인간의 몸뚱이가 필요한 것도 아니오. 뭘로 나를 사로잡을 테요?"

소년처럼 말갛던 그의 얼굴이 근엄한 표정으로 바뀌었다.

"경치 좋은 곳에 위령탑이라도 세워줄까요? 도령의 자손 선산에 근사한 비석 같은 건 어때요? 정성이 필요한 일이면 정화수 떠놓고 백일기도라도 할게요. 원하는 걸 말해줘요."

망자가 바라는 건 역시 자손의 번영과 화평일 터였다.

"아니, 그런 걸론 안 되오. 내가 바라는 건……."

내 표정이 간절해서였을까, 도령이 나를 애잔한 눈빛으로 바라보았다. 그가 내 미간에 검지와 중지를 지그시 가져다댔다. 심박 모니터의 그래프처럼 격하게 날뛰던 두통이 멈추었다.

"내가 바라는 건 선생이오. 선생의 몸과 마음."

그의 목소리가 실크처럼 부드럽게 내 얼굴을 간질이다 귓바퀴로 파고들었다. 해일처럼 거대한 슬픔이 가슴으로 차올라, 목이 메고 콧날이 시큰하다 마침내 눈으로 흘러내렸다. 왜 이토록 슬픈 감정이 북받치는 건지 몰라 당혹스러웠다. 전생이란 게 있다면, 그와 나는 깊고도 슬픈 인연이 있을지도.

"몸과 마음이라는 거 비유인가요?"

내가 묻자 도령이 목울대를 크게 한번 꿀렁이고는 미간에서 손을 떼었다.

"받아들이기 나름이겠지."

모호한 대답이었다. 도령은 내가 불사의 몸이라는 걸 모르는 눈치였다. 그 얘기는 도령의 제안이 내게 유리하다는 뜻이기도 했다. 도력이 뛰어나다 한들 내 뇌동맥을 붙잡고 있는 저승 생물을 이겨낼 만큼 대단해 보이지는 않았다.

"그렇게 하세요. 날 도와 내 제자를 다시 만나게만 해준다면, 기꺼이 드리죠."

흔쾌한 대답에도 도령의 표정은 어두웠다. 그는 살폿 졸기라도 하는 것처럼 바닥을 향해 크게 한 번 고개를 끄덕이고는 나를 바라봤다.

"좋소. 다만 상투는 예슬낭자가 쥐고 있으니, 선생이 설득을 해주시오."

도령이 힐끗 창밖을 내다보며 말했다.

"예슬이 마음만 돌리면 되는 거예요?"

도령이 다시 고개를 끄덕였다. 나는 휴대전화를 꺼내 예슬에게 전화를 걸었다. 물 흐르는 소리와 새소리가 통화연결음을 대신했다.

"유 교수님?"

경쾌한 목소리로 예슬이 전화를 받았다.

"다음 학기 등록금, 내가 내줄게."

"네?"

어디인지 왁자한 소음이 섞여 들렸다.

"대신 너랑 도령…… 나 좀 도와줘."

"우리 도령님 거기 계세요? 와, 조용하다 했더니 사고 치고 있었네!"

예슬이 헛웃음을 터뜨렸다.

"예슬아, 나 진지해. 매일 밤 나와 드라이브하며 악귀를 걸러줘."

예슬의 얼굴에서 웃음기가 사라졌다.

"설마 교수님 차에 귀신을 태우시게요?"

떨떠름한 반응에 마음이 조급해졌다. 서둘러 고개를 끄덕였다.

"그거 쉬운 일은 아닌데…… 지금 하는 알바도 있고요."

갑과 을의 관계는 힘의 논리로 맺어진다. 아쉬운 사람이 을이 될 수밖에.

"지금 일하는 데보다 알바비 더 줄게."

내 입으로 또 다시 제자에게 아르바이트를 권하게 될 줄은 몰랐다. 입술이 파르르 떨리는 게 느껴졌다.

"그럼 얼마나……?"

나는 얼른 곁눈질로 조수석의 도령을 바라보았다. 그가 환하게 웃다 내 눈길에 얼른 딴청을 부리며 흠흠 헛기침을 했다.

"2023년 기준 최저시급 구천육백이십 원!"

예슬이 무어라 대꾸를 했지만 잡음 탓에 들리지 않았다.

"어허, 줄 거면 우수리 없이 만 원 하시지!"

도령이 자신의 옷고름을 손가락에 감으며 중얼거렸다.

"좋아, 만 원!"

"할게요. 오늘부터 시작할 수 있어요."

그때 통화가 아니라 가까운 곳에서 예슬의 목소리가 들렸다. 학생들과 섞여 엘리베이터에서 내린 예슬이 차를 향해 달려오고 있었다.

"하아…… 출근 한번 빠르구나."

예슬은 도령이 앉은 조수석 차창을 손바닥으로 야무지게 치고 뒷좌석에 앉았다.

급작스럽게 팀이 꾸려졌다. 이제 히치하이커를 픽업하러 갈 시간이다. 두통이 사라진 머리가 가뿐했다.

편의점에서 내 것과 예슬이 몫의 카페인 음료를 사 차로 돌아왔다.

"밤마다 귀신을 실어 나르면 잠은 언제 주무시고요?"

제대로 자본 지 오래였다. 한 명의 귀신이라도 더 만나 다정을 수소문해야 했다.

"쪽잠이지만 버틸 만큼은 자."

카페인이 빈 위장에 들어오자 심박이 강해졌다. 옅게 깔렸던 졸음이 가셨다.

"위험한 일인 거 아시죠? 육체적으로도 힘드시겠지만, 계속 귀신에 부대끼면 언젠가 빙의되고 말아요. 그러다 극단적 선택을 하는 사람도 있고요."

예슬이 뭘 걱정하는지 알고 있었다. 언니의 병원 대기실에서 이런저런 잡귀를 잔뜩 단 빙의자들을 종종 보았다. 인격이 희미해진 그들은 눈빛과 말투가 꺼져갔다.

"그러기 전에 그 앨 찾기 바라야지."

"못 찾으면 계속 하시겠다는 얘긴데, 이렇게까지 집착하는 이유가 뭐예요?"

이미 나는 미치광이가 되어버렸는지 몰랐다. 우린 혈연도 지연도 아닌, 짧은 사제지간이었다. 한 걸음 떨어져 바라보면 그녀의 죽음에 내 책임은 없었다. 오히려 다정이 실종되고 잠정적인 사망 상태가 되어버리며, 나는 사과할 사람을 잃은 격이었다. 분명 충동적으로 시작한 일은 아니었지만, 이젠 모든 원인이 부융했다.

"예전엔 알았던 거 같은데 이젠…… 모르겠어."

내가 왜 이토록 다정을 갈망하는지, 그녀를 만나봐야 뚜렷해질 것 같았다. 나는 지루한 길을 달리며 내가 어떤 식으로 귀신을 태우고, 그들과 무슨 대화를 나누며, 어떻게 헤어지는지 설명했다. 대개는 유순한 잡귀들이지만 잊을 만하면 한 번씩 얻어걸리는 악귀들, 그리고 향낭에 대해서도 털어놓았다. 누군가에겐 황당한 이야기일 테지만, 다정은 눈을 빛내며 들어주었다.

내비게이션에서 인가가 적은 산이나 하천을 찾아 달리다 보니 어느덧 밤이 깊어갔다. 한 칸, 혹은 두 칸짜리 와이파이 신호가 다가왔다 사라지길 반복했지만 향낭이 발동하지 않았다. 이쯤에서 히치하이커를 만나면 좋으련만, 그렇지 않은 날엔 산골짝 비포장도로를 달려야 할 때도 있었다. 외진 길만 골라 다니다 보면 인터넷에서 이름난 흉가도 있기 마련이다. 때론 액션캠을 이마에 고정한 흉가체험 유튜버나 심령동호회와 마주치기도 한다.

그들이 들이닥친 흉가에서 도망쳐 나온 귀신들이 긴 팔다리를 허우적거리며 도로로 뛰어들 때면 등줄기에 땀이 맺혔다. 제아무리 이름난 흉가라 해도 젊은이들이 뿜어내는 혈기와 양기를 꺾을 만큼 강한 귀신은 살지 않는단 얘기였다.

"교수님, 저 앞에 낙원요양원 요즘 뜨는 고스트스팟이래요."

뒷좌석에 앉은 예슬이 도로변 3층짜리 폐건물을 가리켰다.

"저런 데 사는 건 노숙자처럼 갈 데 없는 불쌍한 귀신들이야. 흉가체험 한다고 휘저으면 겁먹고 고라니처럼 뛰쳐나오지. 그러다 운전자한테 뛰어들면 교통사고가 나는 거고. 건드리지 않는 게 좋아."

말을 내뱉자마자 아차 싶었다. 낙원요양원에 다가갈수록 향낭이 빛나며 향이 짙어지기 시작한 거였다. 히치하이커가 기다리고 있다는 의미였다. 와이파이 신호가 강하게 잡혔다. 신호 밑엔 REGRET이라는 힌트가 적혀 있었다. 모든 귀신, 아니 모든 인간은 어느 지점에선 반드시 후회를 한다. 그럼에도 REGRET이 이 히치하이커의 수식어라면 죽음과 관련된 사연을 품고 있을지 모를 일이었다.

"예슬아, 요양원 앞에 영가가 하나 있는데 네가 한 번 봐줘. 악귀인지 보통 귀신인지."

예슬이 긴장된 표정으로 고개를 끄덕였다.

"아직 안 보여요. 좀 더 가까이 붙으면 말씀드릴게요."

속도를 줄이며 요양원 진입로로 들어섰다.

"그럼 난 뭘 하면 좋겠소?"

조수석에 앉은 도령이 합죽선을 꺼내 설렁설렁 흔들며 넌지시 운전석을 바라보았다. 악귀라면 모를까, 도령의 힘이 필요할지 의문이었다.

"그쪽은 보험이에요."

보험이란 단어가 선비에겐 낯설었는지, 도령이 예슬을 돌아보았다.

"보험이 무슨 뜻이오, 예슬낭자."

도령이 의아한 얼굴로 예슬에게 물었다.

"당장은 필요 없지만, 언젠가 쓸모가 생길 때를 대비해 챙겨

두는 거죠. 지금처럼 쓸 일 없을 땐 짐이 될 수도 있고."

야무진 대답에 도령이 머쓱한 표정을 지었다.

"어허, 듣던 중 거북한 말씀이오. 선생도 마찬가지요. 도와달라 땔 땐 언제고 객식구 취급인지!"

그를 향해 어깨를 들썩해 보였다.

"틀린 말은 아니죠. 저한테는 짐일 때도 있단 말예요. 도령님이 옆에서 알짱거리니까 제대로 된 알바 자리도 못 구하고, 모르는 거 하나하나 설명하는 일도 남들 눈엔 허공에 대고 헛소리하는 돌아이로 보일 거잖아요. 요즘엔 제 스타일링까지 참견하시고요. 좀 가리고 다니라고."

예슬의 고충도 알 만했다. 어딜 가나 금붕어 똥처럼 따라붙는 옛날 남자를 21세기 처녀가 인내하기란 쉬운 일이 아닐 터였다. 둘 사이의 대화를 들어보니, 갑과 을의 관계라기보다 불편한 룸메이트처럼 보였다. 그러고 보니 도령은 우재 또래의 젊은 청년이었다. 알게 모르게 두 사람 사이엔 갈등이 쌓여 있을 법했다.

"내가 낭자의 곁에 붙어 다니는 이유를 잊지 않았길 바라오. 당장 쓸모없는 나는 밤하늘이나 좀 걷다 와야겠소."

그가 합죽선을 탁, 소리 나게 접자, 연기처럼 형체가 흩어졌다. 그러고는 차 밖에서 어둠을 계단 삼아 서뿐서뿐 걸었다. 도령은 이내 거대한 짐승처럼 웅크린 산자락으로 모습을 감추어 버렸다.

"놔두면 알아서 풀어져요. 교수님, 어어, 저 앞에 흰옷 입은 여자! 악귀 아니에요. 죽은 지 오래되지도 않았고, 이승에 대한 미련도 크지 않아요."

예슬이 가리킨 곳엔 흰색 피케원피스를 입은 키 큰 여자가 손을 휘젓고 있었다.

"그런 건 어떻게 아는 거야?"

"신가물…… 그러니까 저처럼 무당 팔자인 사람은 자연히 알게 돼요. 미묘한 표정이나 오라(aura), 투명도랄까. 오, 스톱!"

차를 멈추자, 여자는 희색이 만연한 표정으로 뒷좌석 문을 열었다.

"하, 다행이다. 태워주시는 거죠?"

"네, 괜찮으시죠?"

내 대답에 여자가 손가락으로 OK모양을 만들어 보였다.

"얻어 타는 주제에 죄송한데 짐 하나만 트렁크에 실어도 될까요."

이런 요청은 처음이었다. 여자가 탄 자리엔 프린터만 한 크기의 캐리어가 놓여 있었다. 환영으로 만들어낸 것이라면 그녀가 들고 탔을 테니, 저건 실재하는 물건이라는 뜻이었다. 오랜 기간 그곳에 있었는지, 캐리어는 흙먼지를 뒤집어쓰고, 겉면엔 자잘한 흠집이 가득했다.

"어렵지 않죠."

나는 운전석에서 내려 히치하이커의 캐리어를 들었다. 섬뜩하고 찬 기운이 내 손끝을 타고 팔로 흘렀다. 예사롭지 않은 물건이라는 생각에 서둘러 트렁크에 넣고 문을 닫았다.

"어느 방향으로 가요?"

운전석으로 돌아와 여자에게 물었다.

"수표동 사거리 오피스텔로 가는데, 가다 큰길에 세워주세요. 또 히치하이킹하면 되죠."

수표동 사거리면 광명 쪽이었다. 그녀를 길바닥에 내려줄 생각은 없었다. 흡족하게 목적지에 도착해야 내 부탁도 흔쾌히 들어줄 테니까.

"히치하이킹 위험해요."

"어차피 귀신인데 위험할 게 뭐 있어요? 전 이제 겁나는 거 하나도 없어요."

여자는 자신이 망자라는 사실을 알고 있었다.

"귀신이라고 무적은 아니에요. 수표동이면 지나가는 길이니까 거기 내려줄게요."

나는 액셀러레이터를 밟으며 여자의 행색을 훑었다. 짧은 보브컷에 서구적인 이목구비, 늘씬한 몸매의 이십대 중반인 그녀는 어쩌다 요절하게 된 걸까.

"저기, 언니! 어쩌다 이렇게 됐어요? 나이도 아깝고, 미모도 아까워요."

내가 궁금했던 걸 예슬이 스스럼없이 물었다. 저러다 화라도 나서 터지면 어쩌려고.

"아아…… 의료사고요."

요양병원에서 젊은 여자가 의료사고를 당했다니. 여자의 기억이 잘못된 건지 좀 더 알아봐야 할 것 같았다. 한이 깊은 귀신은 마음을 풀어주는 사람을 만나야 답례를 치렀다.

"실례가 아니라면 어떻게 된 건지 물어봐도 될까요?"

후회라는 이름표를 단 여자가 가벼운 마음으로 내릴 수 있기를 바라며 물었다.

낙원요양병원은 퇴원하는 환자가 없었다.

죽음을 목전에 둔 노인들은 낮이면 콩 주워 먹듯 약을 삼키고, 밤이면 낙상방지를 이유로 기저귀를 차고 몸을 결박당했다.

그들에게 퇴원은 죽음을 의미했고, 회복이 없는 환자를 돌봐야 하는 이들의 얼굴은 하나같이 그늘져 있었다.

환자가 아니더라도 그곳에 몸담은 사람은 누구나 위태로웠다. 간호조무사, 요양보호사, 위생관리사, 사무 직원까지 모두가 계약직이었다. 나 역시 낙원요양병원에서 조무사 일자리를 잃으면, 거듭 암이 재발하는 부모님을 두고 객지로 나가야 할 처지였다.

매일 아침 8시 30분, 직원 조회가 끝나면 원장의 아들이자 이제 막 인턴이 끝나 요양병원 내과의를 맡은 승기가 내게 커피를 부탁했다. 입맛 까다로운 그를 위해 커피머신을 들여놓은 탓에 아침 일정이 더욱 분주했다.

"김 선생, 나 강남에 성형외과 개원하면 같이 가자. 내가 상담 실장 시켜줄게. 언제까지 레지처럼 커피나 탈래?"

커피를 들고 진료실로 들어가자 승기가 시답지 않은 소리를 했다.

"어우, 저 고향 떠나본 적 없어요. 지금 제 자리에 대만족입니다."

완곡하게 거절을 했지만 승기는 한쪽 입꼬리로 웃으며 혀를 찼다.

"김 선생도 내 실력이 못 미더운 거겠지. 임상 경험이 부족하니까 겁나서 이러는 거잖아. 요즘은 시골사람들이 더 계산 빠르더라고. 나가봐."

차갑게 씹어뱉는 목소리엔 단단한 뼈가 숨겨져 있었다. 그의 추측이 틀린 것도 아니었다. 승기는 가정의학과 전문의였고, 제 옷의 단추 하나 제대로 꿰맬 손재주가 없어 보였다. 그저 원장인 아버지의 재력을 발판으로 병원 간판 올리는 데에만 혈안이 된 사내였다.

매일 아침 원두커피를 가져다줄 때면, 그는 끈적한 시선과 희롱, 때때로 모욕이라 느낄 법한 말들을 주워섬겼다. 그걸 딱하게 바라본 사람은 조무사 중 가장 연장자인 혜선언니였다.

"그 커피 내가 타다줄게. 넌 뒤로 빠져."

"저를 콕 찝어서 시키는데 어떻게……."

"마음이 무르니까 당하지. 그리고 간병인들 사이에서 이상한 소문이 돌아."

"승기 쌤에 대한 소문요?"

혜선언니가 진료실 문을 흘깃 바라보곤 내 귀에 입을 바짝 가져왔다.

"여기 환자들, 가족들이 거의 신경 안 쓰잖아. 정신도 온전치 않은 노인네들한테 주름 펴준다, 눈꺼풀 올려준다, 하면서 수술 케이스 만들고 있대."

놀란 마음에 짧은 비명이 터져 나왔다.

"가족 동의는요?"

"서류 조작하는 거지. 승기쌤 저러다 사고 한번 크게 칠 거야. 가까이 하지 마."

그 후로 나는 노인들의 얼굴에 생기는 수상한 봉합자국을 직접 목격했다. 안검하수를 교정해야 한다며 승기의 수술을 받은 할머니는 눈이 감기질 않아 밤마다 안연고를 넣었다. 툭 불거진 광대를 깎아내면 팔자가 펴 자손들이 돈을 많이 번단 얼토당토 않은 말에 얼굴이 퉁퉁 부은 할아버지도 있었다.

노환과 수술 부작용은 좀처럼 구분하기 어려웠다. 더구나 코로나로 면회가 사라진 환자들은 자신이 무슨 일을 당하고 있는지조차 인지하지 못했다. 수술엔 필요한 것이 많았다. 절개와 봉합을 위한 도구, 마취와 위급상황에 대비한 약물, 거즈 따위였다. 나는 꺼림칙한 마음을 안고 저녁마다 도구를 소독하고, 멸균된 봉합사와 거즈를 수술방으로 옮겼다. 그리고 얼마 지나지 않아 혜선언니의 예언이 적중했다.

나이트 근무를 하던 날, 승기는 나를 조용히 진료실로 불렀다. 그의 숨결에서 진한 담배냄새가 풍겼다.

"우리 비밀 하나 만들자, 김 선생."

그가 가운을 걸치며 내게 말했다.

"무슨……?"

"여기 서류에 서명하고, 나랑 수술방 들어가자. 너무 걱정할 거 없어. 다들 돌아가면서 했거든. 여태까지 문제된 적 한 번도 없고."

승기는 최 할머니의 수술동의서를 내게 내밀었다. 동의서엔 수술로 야기될 수 있는 각종 부작용과 위험이 깨알처럼 적혀 있었다.

"저 이건 못해요. 하면 안 되는 거잖아요."

내 대답에 승기가 난폭한 몸짓으로 동의서를 낚아챘다.

"젊은 애가 왜 이렇게 앞뒤가 꽉 막혔어. 이 동네에 간호조무사 자격증 가진 사람이 너밖에 없니? 자리 생기면 들어올 아줌마들이 줄 섰어. 내가 너한테 메스 잡고 집도하랬니, 죽은 환자염을 하랬니? 그냥 서명하고 수술실에서 잔심부름이나 하라는 거잖아!"

그때 왜 난 돌아서 나오지 못했을까. 그까짓 연봉 이천사백만 원을 사수하겠다고, 내 손목에 갈색 염주를 끼워주던 얌전한 최 할머니의 수술동의서에 서명을 하고 말았다.

그날 새벽, 최 할머니는 흡입기에 소장이 천공되어 끝내 눈을 뜨지 못했다. 승기는 돌팔매처럼 욕설을 던지곤 수술실에서 도망쳤다. 뒤늦게 소식을 들은 원장은 잠옷에 가운을 두르고 병원으로 달려왔다. 그는 머저리 같은 아들이 저지른 잘못을 일사천리로 수습했다. 황급히 수술부위를 봉합하고, 새 진료차트를 만들어 장폐색으로 사인을 바꿨다. 그러고는 요양병원 내 장례식장으로 안치한 뒤에야 최 할머니의 가족에게 비보를 전했다.

가족들은 의문을 제기하지 않고 최 할머니의 장례를 치렀다. 원장은 거액의 상여금을 제안하며 영원히 입을 닫아주길 바랐지만 나는 끝내 거절했다. 최 할머니의 의료사고를 누설할 생각은 없었다. 나도 연루되어 있으니까. 그저 그녀의 죽음으로 이득을 보고 싶지 않았을 뿐이었다. 퇴사를 며칠 앞둔 새벽 출근길이었다. 병원 입구로 들어서자 사십대 중반으로 보이는 아주머니가 캐리어를 들고 서 있는 게 보였다.

"맞네, 이 아가씨가 맞아! 키 크고, 얼굴도 반반하고."

아주머니는 굵은 아이라인에 연두색 아이섀도, 자주색 립스틱을 발라 어딘가 무속인처럼 보이는 얼굴이었다.

"저 아세요?"

"알지, 아니까 말 걸었을 거 아냐."

아주머니가 통명스럽게 쏘아붙이며 내 손에 캐리어를 쥐여주었다.

"이게 뭔데요? 저한테 이런 거 맡기지 마세요."

캐리어를 손에 든 순간 얼음장처럼 차가운 기운이 팔을 타고 가슴으로 파고들었다.

"이제부턴 네 거야."

"아줌마 누구세요? 안에 뭐가 들었는데요?"

아주머니가 양손을 카디건 주머니 안에 푹 찔러넣으며 한심하단 얼굴로 바라보았다.

"자리걷이라고 알아? 죽은 사람 한 풀어주는 굿이지. 내가 최씨 할머니 자리걷이를 하다, 너랑 그 넙죽하게 생긴 젊은 의사새끼 얼굴을 봤거든. 지은 죄가 있으면 달게 받아야지. 안 그러니?"

내 추측대로 아주머니는 무당이었다. 최 할머니의 넋을 달래주다, 그날 사고의 원흉이었던 승기와 나를 보고 만 것이다. 악다구니를 쓰며 주먹질을 하는 것도 아니고, 정식으로 고소 절차를 밟는 것도 아닌 게 이상했다. 왜 유가족은 무당을 통해 내게 캐리어를 건넨 걸까. 왜.

"그야, 의료사고 승소율은 극히 낮으니까요. 설령 승소하더라도 면허가 박탈되는 의사는 거의 없죠."

내 대답에 여자가 마음이 복받치는지 주먹으로 자신의 가슴을 두드렸다.

여자의 이름은 수정. 그녀의 어머니가 손바닥 가득 푸른 수정을 잡는 꿈을 꾸고 낳은 아이랬다. 열심히 참던 수정은 끝내 눈물 없이 흐느껴 울었다.

"언니, 그럼 언니의 의료사고는 언제 터진 거예요?"

예슬이 물었다.

"그 캐리어를 들고 출근을 했는데, 한 삼사십 분 지났나. 갑자기 속에서 화가 치밀더라고요. 이게 다 승기 샘 때문인데, 왜 그 사람은 죄책감 하나 없이 잘 사는 건지 모르겠는 거예요. 그때부터 나답지 않은 행동을 했어요. 수술실 가위를 들고 승기 샘 진료실로 들어가서 미친 듯이 휘둘렀거든요. 물론 치명상은 못 입혔죠. 그래도 그 사람이 피 칠갑한 걸 보는데 어찌나 속이 시원하던지, 깔깔 웃었어요. 그때 뒤에서 원장이 달려들어 진정제를 주사했어요. 그러고는 영영 못 깨어난 거죠."

조용히 병원을 퇴사하겠다고 마음먹은 그녀가 느닷없이 한순간의 분노를 누르지 못하고 폭력을 저지른 게 수상쩍었다.

"근데…… 이상하네. 언니 아까 그 동네가 고향이라고 하지 않았어요?"

예슬의 질문은 예리했다. 타지로 나가본 적 없는 수정이 서울

한복판의 오피스텔로 행선지를 정한 이유는 뭘까.

"의식이 가물가물해질 때 그 무당 아줌마의 목소리가 들렸어요. 아직 덜 끝났다. 귀신이 되어서라도 그 가방을 의사 놈한테 전해야 저승길에 오를 수 있다, 라고 했어요. 그 말대로 전 병원이 망한 뒤에도 거길 빠져나오지 못했고요. ……수표동 사거리 오피스텔은 승기 샘 집이에요. 차라리 그때 샘도 죽고 나도 죽었으면 깔끔했을 일인데."

가로등 불빛이 스치며, 수정의 팔뚝에 난 주사 자국이 파랗게 빛났다. 순간의 잘못된 선택으로 죽어서도 고통받는 그녀가 겁먹은 얼굴로 내 뒤통수를 바라보고 있었다. 그녀의 이름표가 후회인 이유를 비로소 이해할 것 같았다.

"아무래도 이거 양밥인데?"

예슬이 수정의 등을 가만가만 두드리는 시늉을 하며 싸늘하게 뇌까렸다.

"양밥이 뭐야?"

처음 듣는 단어였다. 모르긴 수정도 마찬가지였는지, 예슬의 대답을 기다렸다.

"캐리어 안에 저주를 건 물건이 들어 있을 거예요. 그런 걸 양밥이라고 하거든요."

"무당이 승기라는 의사한테 저주를 걸려고 수정 씨를 이용했다는 얘기지?"

생각에 잠긴 예슬이 무겁게 고개를 끄덕였다.

"아까 그 양밥은 운전하는 언니도 만졌잖아요."

그랬다. 수정의 캐리어를 트렁크로 옮겼으니 만진 게 틀림없었다. 그러고 보니 팔을 타고 흐르던 섬뜩한 기운이 점점 더 강해지는 게 느껴졌다. 오른팔과 어깨, 오른쪽 가슴까지 얼얼할 정도였다.

"예슬아, 만약 나한테 무슨 일이 생기더라도 운행을 멈추면 안 돼. 꼭 목적지까지 가야 한다고. 안 그럼 수정 씨가 이 차에 묶이고 말아."

사고가 터진 날 수정처럼, 내 마음도 일그러지는 것이 느껴졌다. 살면서 쌓아온 죄책감과 분노가 뜨거운 불덩이가 되어 가슴에서 이글거렸다.

다정을 찾는 일에 집착하느라 정작 내가 발표하기로 한 논문과 단행본은 손 놓은 지 삼 년째였다. 억울하게 죽은 사람이 그 애 하나뿐인 것도 아닌데, 전전긍긍하며 매일 밤 귀신이나 실어 나르는 내 신세가 딱하고 한심했다. 다정만 아니었으면 저승의 생물에게 머리를 맡긴 채 죽고 싶어도 죽을 수 없는 몸으로 살아가진 않았을 터였다.

예슬이도 내가 제자의 소설을 훔쳐 베스트셀러 작가가 되었다고 말하면 쓰레기 취급할 터였다. 어쩌면 도령이 이미 소문을 냈을지도 모를 일이었다. 훗날 예슬이 온갖 커뮤니티를 돌아다니며 나에 대한 비난과 모욕을 배설하고 다닌다면, 영원히 살아야 하는 내 인생은 냄새나는 싱크홀이 되겠지. 그걸 막을 방법은 하나였다. 불행의 싹을 도려내는 것. 예슬만 죽어주면 끝난다. 나는 이미 어금니를 깨물고 가속 페달을 밟고 있었다.

"교수님! 정신 차리세요."

겁에 질린 예슬의 목소리는 오히려 불에 기름을 붓는 꼴이었다. 수호령까지 거느리고 사는 그녀에 비하면 가진 것 없이 천둥번개를 맨몸으로 받아내는 내 팔자가 시궁창 같았다. 나라고 정신을 놓고 싶어 놓는 게 아니란 말이었다. 다정을 떠나보낸 후 나는 매 순간 자기검열을 하느라 과부하에 걸렸다. 누군가 나 때문에 상처받지는 않을까, 나도 모르게 남의 몫의 영광을 가로채고 사는 건 아닐까. 한때는 재능이라 믿어 의심치 않았으나 이제는 바닥나버린 게 분명한 내 알량한 실력을 잘 안다. 내 이름을 단 소설이 서점 매대에 깔려 있는 걸 볼 때마다 누구든 붙잡고, 실은 이 책을 쓴 진짜 작가는 스물한 살에 홀연 사라진 내 제자라고 고백하고 싶었다. 그럴 용기조차 없는데, 어떻게 정신을 차리라는 건가. 너를 죽여 내 비밀을 감추고 말겠다.

"닥쳐! 염치도 모르는 년. 돈도 없는 게 대학 다니는 사치까지 누리고 싶니? 실은 너 재미로 내 옆에 붙어 있는 거 모를 줄 알아? 앞에선 고고한 척하던 교수가 뒤로는 귀신들이랑 쎗나락 까먹는 꼴이 아주 우습겠지. 저년은 무당도 뭣도 아닌 게 무슨 지랄염병 헛짓거리를 하는지 구경하는 재미가 아주 쏠쏠하지?"

해서는 안 될 말들이 생각할 틈도 없이 입에서 쏟아졌다.

"괜찮아요, 저주 때문인 거 알아요."

정말 저주 때문일까. 아니, 이게 진심일지도 몰랐다. 나는 너무 오래 자책해왔다. 그 흔한 남 탓조차 할 줄 모르고 바보처럼 버텨온 내가 어리석었다.

"말 한번 쉽게 하네. 네가 날 얼마나 아는데? 무당 주제에 우리 언니처럼 지껄이네. 그러고 보니 둘이 참 비슷하단 말이지. 뭐 하나 해준 거 없는데도 그 당당한 태도! 참 좋겠어, 당신들은 자기검열에 빠지지 않을 테니까. 늘 너희가 옳고, 내가 그른 거지. 다시는 그 오만한 입 못 열게 해줄게."

나도 모르게 웃음이 비어져 나왔다. 이 아이는 어떤 모습으로 죽을까, 재수 없게 살아남으면 내 손으로 처리해야 하나, 생각이 복잡해졌다. 멀리 작은 하천과 교각이 보였다. 이대로 조금만 핸들을 꺾으면 내 바람이 이루어질 터였다.

"이러지 마세요, 교수님……."

예슬이 말을 잇지 못하고 외마디 비명을 질렀다. 보닛 위로 누군가 펄쩍 뛰어올라 까치발로 다가오기 시작했다. 그녀는 우리와 추돌 직전인 교각 때문에 소리를 지른 게 아니었다. 사람인지 귀신인지 알 수 없는 것이 습격해온 것이다. 까치발을 한 존재가 차 앞유리로 고개를 숙였다.

"……넌!"

투우 경기에 출전한 소처럼 갈지자로 달리는 차 위에서도 균형을 잃지 않고 우리를 빤히 보는 얼굴은 다름 아닌 예슬이었다.

눈앞에서 믿어지지 않는 일들이 벌어졌다. 뒷좌석에선 예슬이 비명을 질렀고, 보닛 위에선 눈동자가 흰자위를 먹어 삼킨 듯 검은 눈의 예슬이 나를 바라보고 있었다. 나는 여전히 가속 페달을 밟았다. 이제 잠시 후면 나도, 진짜 예슬도 그리고 저 섬뜩한 가짜 예슬도 알루미늄 포일처럼 구겨질 거란 생각을 했다. 내 생각을 읽은 건지 가짜 예슬이 차창에 얼굴을 바짝 붙이고 입술을 길게 늘여 웃었다.

"봐, 네가 날 보고 웃고 있어. 너도 네가 보여?"

이제 교각까진 20미터도 남지 않았다. 나는 가짜 예슬을 손가락으로 가리키며 진짜 예슬을 돌아보았다. 나는 광대처럼 과장되게 웃으며 핸들에서 손을 놓았다. 곧이어 예슬은 무른 감처럼 과육을 터뜨린 채 식어가겠지, 과학수사대가 지문을 채취하고 블랙박스 메모리카드를 회수하고, 먹잇감을 문 사회부 기자들은 우리의 대화를 재구성해 인터넷을 달굴 터였다. 여교수와 제자가 탄 차 하천에 추락. 의문의 교통사고로 제자는 즉사, 교수는 경상.

앞유리에 반사된 내 얼굴은 이미 죽은 사람처럼 파리했다. 이마를 가로지르는 핏줄이 검푸르게 도드라졌다. 10미터, 7미터, 이제 다 왔다. 눈을 부릅뜨고 예슬을 돌아보았다. 순간 손과 팔, 그리고 가슴으로 따뜻한 온기가 스며들었다. 마치 눈보라 치는 날 집에 돌아와 따끈하게 데운 우유를 마시고 몸을 녹이는 것처럼 일순 몸과 마음이 녹지근해졌다. 치솟던 분노가 사그라지며 브레이크를 밟아야겠다고 마음먹은 그때, 차가 저절로 멈췄다.

"이럴 때 보험이 필요한 거요?"

도령의 목소리가 들렸다. 그가 어느 사이엔가 조수석으로 돌아와 나를 향해 빙긋 웃어 보였다. 도령의 죽순처럼 깨끗한 손이 내 이마와 눈두덩, 그리고 코와 입술을 차례로 훑었다.

"선생의 몸과 마음은 내 것이니, 좀 더 소중히 다루어주길 바라오. 자, 숨을 길게 내쉬시게나."

나는 그의 말대로 가슴을 벌려 숨을 들이쉬었다. 잊고 있었던 향내가 폐부 깊숙이 파고드는 게 느껴졌다. 뒤스럭거리던 머릿속이 잠잠해지자 마음이 고요하게 잦아들었다. 도령이 내 숨결을 음미하듯 눈을 지그시 감았다.

"도령이 아니었으면 내가 예슬이를……."

죽일 뻔했다. 차마 말을 잇지 못하고 시선을 떨어뜨렸다.

"선생 본인이 죽고 싶었던 건 아니고?"

도령이 확신에 찬 눈으로 나를 바라봤다.

"왜 그런 말을 하는 거죠?"

"스스로를 책망하고 있으니까. 하지만 한이 목구멍 끝까지 차올랐으니, 지금 죽으면 원귀가 될 거요. 내가 그리 내버려두지 않을 테고."

죽을 수 없는 몸이라는 걸 모르니 하는 말일 테지만, 도령의 의심이 틀린 것도 아니었다. 뇌동맥류 없이 건강한 몸이었다면 나 스스로 죽음을 택했을지도 모른다. 그러면서도 도처에 깔린 한 많은 원귀들을 보고 있자면, 불사의 몸이 된 지금이 낫다는 생각을 했다.

"선생, 후회는 경기가 끝난 뒤에 하는 것이오. 아직 승부가 남았으니 미루시게나."

도령은 뒷좌석의 예슬과 수정을 찬찬히 훑어보곤, 차 밖으로 나갔다. 보닛 위에서 우리를 지켜보고 있던 가짜 예슬이 잔뜩 성이 난 얼굴로 도령을 노려보았다.

"예슬아, 아까 한 말은 내 진심이……."

진심이 아니라고 말하고 싶었다. 하지만 아주 거짓말도 아니란 걸 알고 있었다. 내 깊은 곳 어딘가에 잠자고 있던 불온한 감정이 불씨를 일으켰을 테니까. 예슬은 눈물로 얼룩진 뺨을 닦아내고 자신과 똑 닮은 정체불명의 존재를 아련하게 바라보았다.

"괜찮아요. 이렇게 살아있잖아요. 더 위험한 건 라가예요."

"라가?"

"저랑 똑같이 생긴 저 귀신요. 도령님이 제 옆에 붙어 있는 이유도 라가로부터 지키려는 거예요."

도플갱어 같은 귀신이 있다는 얘긴 처음 들었다.

"궁금해서 그러는데 저 귀신은 왜 학생을 해치려고 해요? 학생도 나처럼 돌이킬 수 없는 죄라도 지은 거예요?"

옆에서 큰 눈을 끔뻑이고 있던 수정이 물었다.

"라가는 태어나자마자 죽은 제 쌍둥이 언니예요. 본능적으로 저를 원해요. 의자 게임에 져서 몸을 잃었다고 생각하는 거죠."

내가 모르는 사연이 꽤나 긴 모양이었다.

차 밖에선 도령이 장검을 꺼내고 있었다. 밤공기를 가로지르

는 예리한 칼날이 바람을 베며 쓰흑쓰흑, 매섭게 울었다. 도령
이 칼을 달래듯, 입술을 모아 길게 휘파람을 불었다.

"나를 해치면 예슬이도 죽을 텐데? 우린 하나니까."

라가의 목소리는 예슬과 달리 어린애처럼 가늘고 높았다.

"그놈의 우린 하나 타령은 어째 세월이 흘러도 가사가 바뀌
지를 않소?"

도령이 장검을 바닥에 끌며 라가에게 다가갔다. 그러자 라가
가 선 흙바닥에서 사람 형체들이 솟아오르기 시작했다. 내비게
이션에 와이파이 신호가 스무 개 넘게 떠올랐다. 형체들은 말벌
집 같은 머리에 이끼를 뒤집어쓴 몸이었다. 그들은 라가를 호위
하듯 팔을 휘저으며 도령에게 달려들었다.

"조선 땅 어디든 무덤 자리가 아닌 곳이 있겠소? 불쌍한 영가
들을 불러내 방패막이로 쓰다니…… 낭자도 어지간히 다급한가
보오."

도령이 사람 형체의 괴물들을 애잔하게 바라보고는 칼을 땅
에 꽂아넣은 뒤 양손의 중지와 약지를 접어 두 손을 겹쳤다.

"수인을 만드는 거예요."

예슬이 상황을 설명하며 도령과 같은 수인을 만들곤 입술을
달싹여 주문 같은 것을 외웠다.

"그게 뭔데? 나한테 설명이라도 해줘야 돕지."

내 물음과 동시에 사람 형체의 괴물들이 도령에게 달려들기 시작했다. 말벌집 머리에서 매미소리처럼 요란한 소음이 터져 나와, 고막을 찢을 듯 울려 퍼졌다.

"손으로 만드는 부적이죠. 교수님도 따라하세요."

예슬의 말에 나도 엄지와 검지를 펼쳐 둘이 만드는 여러 도형 모양을 따라했다. 도령이 괴물들의 가슴에 수인을 맺은 손을 들이댔다. 땅에 꽂아놓은 그의 장검이 현악기처럼 길게 울기 시작하며, 그들의 몸을 덮었던 이끼가 허물처럼 벗겨졌다. 하나도 아닌 수십 마리의 괴물을 상대하는 동안, 도령의 모습은 조금씩 희미해져갔다. 그러나 라가와 신경전을 벌이는 눈빛은 여전히 서슬처럼 푸르게 빛났으며, 주문을 외는 목소리는 점점 더 빨라졌다.

라가가 씨익 웃으며 흙바닥에서 돌 하나를 주워 자신의 목을 긁기 시작했다. 그건 명백한 자해였다. 돌의 날카로운 모서리가 지나간 자리엔 시커먼 피가 맺혀 흐르기 시작했다.

"언니! 학생 목에서 피가 나요. 여긴 병원도 아니고 전 이제 조무사도 아니니까 아무것도 해줄 수 없는데……."

수정의 다급한 목소리에 고개를 돌렸다. 라가가 자해를 하자, 예슬의 몸에도 똑같은 상처가 생기고 있었다. 그 애는 고통에 숨을 헐떡거리면서도 수인을 풀지 않았다. 내가 나서지 않으면,

도령은 사라져버릴 것만 같았고, 예슬 역시 라가의 손아귀에 들어갈지 몰랐다.

"저 가여운 혼령들에게 영원한 안식과 자유를 허락해주오."

우재가 한 말을 떠올렸다. 그는 샤머니즘의 가장 핵심은 소통이라고 했다. 소통을 위해선 때로 제물을 바쳐야 할 때도 있고, 깊은 트랜스 상태로 들어가 영적 존재와 대화하는 굿을 해야 할 때도 있다.

비록 나는 영적인 존재와 소통하는 능력은 없지만, 간절한 바람이나마 전해야 했다. 감은 눈 밖에서 빛이 번뜩거리는가 하면 도령의 칼이 구슬피 우는 소리가 귓바퀴를 파고들기도 했다. 예슬과 도령의 주문은 마치 한 목소리인 것처럼 착착 발을 맞추어 나갔다. 그리고 암흑과 정적.

"교수님, 이제 눈 뜨셔도 돼요."

예슬의 차분한 목소리가 들렸다. 살며시 눈꺼풀을 들어올렸다. 괴물들이 서 있던 자리엔 상투를 틀거나 쪽을 진 노인, 옷조차 없이 가마니를 덮은 청년과 장옷을 뒤집어쓴 여인들이 몸 둘 바를 모르고 발을 굴렀다.

"수백 년 묵은 지박령들이에요. 도령님이 의식을 치렀으니 이제 자유를 얻었어요."

목이 시커먼 상처로 뒤덮인 라가가 나와 예슬을 번갈아 바라보았다.

"저 애는 이제 어떻게 되니? 천도 시킬 수 있을까?"

수인을 거두며 예슬에게 물었다.

"이미 지은 죄가 많아서 천도가 안 돼요. 어떻게든 다시 나타 날 거예요. 도령이 제 곁에 없을 때나 세력이 약해진 틈을 타겠 죠. 평생 그랬으니까."

예슬이 쓸쓸하게 대답했다.

"감기 같은 불청객이구나."

나는 예슬의 어깨를 가볍게 끌어안았다.

미련과 원망이 그득 담긴 눈으로 쏘아보던 라가는 교각 한가 운데로 걸어가 물에 뛰어들었다. 그 모습을 착잡한 표정으로 바 라보던 도령이 장검을 소매에 넣고 자신의 두루마기를 벗어 지 박령들을 향해 펄럭거렸다. 한 번 펄럭일 때마다 한 명씩, 영혼 들의 모습이 사라졌다. 영혼을 모두 천도한 뒤에도 도령은 차로 돌아오지 않았다.

"유 선생, 나 좀 봅시다."

그가 트렁크 쪽으로 걸어가 나를 불렀다. 나는 눈물과 땀으로 범벅이 된 얼굴을 손등으로 닦으며 차 밖으로 나왔다.

"트렁크에 저주 걸린 물건이 실렸어요. 그걸 만지고 살의를 느꼈어요."

내가 벌인 짓을 고백하자 얼굴이 후끈 달아올랐다.

"내가 저주를 풀 터이니 선생이 꺼내보시오. 그리고 처자와 예슬낭자도 이리 오시지요."

"트렁크를 꼭 열어야 하나요? 또 아까처럼 돌변하면!"

마음은 돕고 싶지만 몸이 주저했다.

"열기 싫으면 신고 다니시든가."

찝찝한 양밥을 트렁크에 신고 다닐 수는 없었다. 나는 심호흡을 하고 트렁크를 열었다. 그러고는 안에 뉘어놓은 캐리어를 밖으로 꺼냈다. 어느 마트에 가든 쉽게 구할 수 있는 평범한 모양새였다.

"안을 한번 봅시다."

도령의 말에 나는 지퍼를 열고 입처럼 다물어진 캐리어를 펼쳤다. 오래된 캐리어에서 곰팡내가 훅 풍겼다. 옛날 소설처럼 원숭이 손이라도 있는 게 아닌지 가슴이 쿵덕댔다. 그러나 더 끔찍한 물건이 들어 있었다. 커다란 뱀이었다. 찬 비를 맞은 것처럼 온몸에 소름이 돋아 한 걸음 물러섰다. 고개를 돌리자, 도령의 얼굴이 불쑥 나타나 근엄히 말했다.

"선생 차에서 나온 물건이니 자세히 들여다보시오. 이런 걸 볼 기회는 많지 않답니다."

도시에서 태어나 도시에서 늙어가는 내게 뱀은 오리너구리처럼 실재하되 본 적이 없는 생물이었다. 하지만 도령과 예슬을 더 기다리게 할 수는 없었다. 나는 뻣뻣한 목을 돌려 캐리어 속의 뱀을 지그시 바라봤다. 배 속에 든 내용물이 얇은 가죽 아래에서 올록볼록 솟아 있는 걸로 미루어, 뱀은 생전 무언가를 많이 집어삼킨 듯했다.

"예슬낭자는 저 뱀이 무엇을 먹었는지 아시겠소?"

"아뇨. 뭔지 모르겠어요."

예슬이 내 팔짱을 끼고 몸을 떨며 대답했다.

"그럼 처자는 아시겠소?"

수정이 고개를 가로저었다.

"선생은…… 선생이니 아실지도."

도령이 나를 바라보았다. 뱀의 실물도 처음인데 답을 알 리 없었다. 흘끔 다시 뱀의 뱃구레를 바라보았다.

"글쎄요, 배 속에 든 둥근 모양이 일정하니 아마도 알 같은 게 아닐까요."

고르고 갈쭉한 모양새가 꼭 뱀의 알을 연상케 했다. 그건 뱀이 뱀의 알을 먹었다는 의미였다. 순리에서 벗어난 일이었다.

"역시 선생이 제자보다 훌륭하구려. 무당은 용케도 갓 알을 낳은 암컷 뱀을 구했을 것이오. 그리고 강제로 입을 벌려 자신이 낳은 알을 목구멍으로 삼키게 한 뒤 먹이를 금해 어미가 알

속의 양분을 흡수하도록 만들었을 테지요."

도령의 이야기에 나와 예슬, 수정이 동시에 탄성을 질렀다. 강제로 자식을 잡아먹은 어미의 원한이란 어떤 것일지 감히 상상할 수 없는 일이었다.

"자식을 소화시키며 만들어낸 어미 뱀의 독으로 부적을 썼을 것이오."

도령은 캐리어 한쪽 면에 붙어 있는 황색 부적지를 가리켰다. 글씨가 적혀 있지 않아 부적인 줄 몰랐는데, 뱀의 독으로 썼다면 사람의 눈에는 보이지 않을 법했다.

"그럼 저는 어떡하나요? 무당이 시키는 대로 하지 않으면 최 할머니의 원한도 풀리지 않고, 저승길에 오를 수도 없다고 합니다."

수정이 절절한 목소리로 하소연을 했다. 그녀의 후회는 억울하게 죽은 자신의 인생이 아니었다. 수정의 잘못으로 생전 선량했으나, 이제는 원한을 품고 자신을 원망할 최 할머니에 대한 감정이었다.

"선생 생각은 어떠시오?"

학교 안에서나 교수일 뿐, 울타리를 넘어서면 난 그저 읽고 쓰는 일 외엔 별다른 재주가 없는 사람이었다. 난처한 질문을 하는 도령이 얄궂었다.

"수정 씨, 그 할머니가 원하는 게 승기라는 사람의 죽음일까요?"

억울한 일이 있으면 푸는 게 마땅하다고 생각했다. 할머니와 수정이 원하는 게 승기에게 저주를 걸어 죽게 만드는 일이라면, 딱히 가로막을 명분이 없었다. 오래전부터 난 인류애란 삶이 부유하고 평화롭다 못해 지루한 소수의 사람들이나 갖는 정신적 유희라고 생각했다.

"할머니가 아니라, 아마 그분의 자손들이 그러길 바랐을 거예요. 제가 아는 최 할머니는 이렇게 비정한 저주를 선택할 분이 아니었어요. 한번은 제 손목에 염주를 끼워주면서 말했어요. 본인은 살면서 겪은 악연들을 다 용서했고 그 덕에 극락에 갈 테니, 이제 필요 없어졌다고. 용서한 사람들 모두 극락에서 만났으면 좋겠다고 했어요."

발을 헛디딘 느낌이었다. 부유하고 평화로운 소수의 사람이 아닌 요양병원에 묶여 있던 힘없는 노인이 아무도 미워하거나 원망하지 않는단 사실 때문이었다. 고작 삼십 년을 사는 동안 나는 몇 번이고 상상했다. 총이 자유로운 나라에서 태어나 내게 상처 입힌 사람들을 향해 총구를 겨누고 그들이 가장 두려워하는 순간 방아쇠를 당기는 일탈. 그런 복수의 감정이 매우 자연스러운 인간의 속성이라 믿어왔던 내게, 최 할머니의 용서는 천상의 목소리처럼 낯설게 느껴졌다.

"승기라는 자는 얼마 남지 않았소. 그에게 죽임당한 원혼들이 매일 밤 찾아갔을 테니 미치지 않고 배길 수 있겠소? 이미 산송장이나 다름없는 모습이라오. 요양병원이 망하면서 그의 가계를 돌보던 수호령도 등을 돌린 탓이지요. 가문의 몰락은 본디 가장 마지막 자손의 죽음으로 끝을 맺는다오. 저주를 풀면 처자도 천도될 테니 염려 마시구려."

도령은 품 안에서 합죽선을 꺼내 죽은 어미뱀의 몸 위에 덮었다. 그러고는 잠시 묵념을 하듯 눈을 내리깔고 고개를 숙였다. 그가 다시 합죽선을 집어들었을 땐, 가늘고 긴 뼈와 알 껍데기뿐인 뱀의 유해가 드러났다.

"낭자는 어미뱀을 묻어주시오."

예슬이 두 손을 모아 뱀의 뼈와 알 껍데기를 들어 풀숲으로 향했다. 사정을 알고 나니 딱한 마음이 들었을 터였다.

"선생은 부싯돌 좀 꺼내보시오."

"부싯돌요?"

"궐련을 즐기시던데, 불붙이는 도구가 있을 것 아니오. 그걸로 이 보퉁이와 부적을 태우면 끝날 게요."

라이터를 말하는 것 같았다. 나는 호주머니에서 일회용라이터를 꺼내 캐리어에 불을 지폈다. 원한을 담았던 가방은 시커먼

굿 드라이버

연기를 뿜으며 오래도록 타들어갔다. 나는 연기 탓에 솟아난 눈물을 훔쳐내곤 운전석으로 돌아왔다. 하루 동안 너무나 많은 일이 벌어졌다.

예슬과 도령의 합류, 라가라는 이름의 마귀, 그리고 저주 담긴 캐리어까지. 나는 담배연기를 뿜듯 한숨을 내쉬고 휴대전화 갤러리에서 다정의 사진을 열었다. 유일하게 내가 가지고 있는 다정의 사진은 학생처에 등록된 증명사진이었다. 툭 건드리면 울 것 같은 발그스름한 눈이 나를 바라보고 있었다.

"언니, 저 행선지 바꿀게요. 수표동 오피스텔 말고 집 앞으로요. 여기서 금방이니까 괜찮으시죠?"

수정이 한결 밝아진 표정으로 뒷좌석에 올랐다.

"오늘 우리가 도움이 됐나요?"

수정에게 물었다.

"당연하죠. 언니가 아니었으면 전 병원에서 못 벗어났을 거예요."

"그럼 내 부탁 하나 들어줄 수 있겠네요."

나는 수정에게 휴대전화에 담긴 다정의 사진을 보여주었다.

"혹시 이런 귀신 본 적 없어요? 낙원요양병원에 흉가체험 온 사람들한테서 들은 소문이라도."

수정은 살았을 적 습관인 듯 눈을 찡그리고 미간을 구기며 다정의 사진을 오래도록 바라보았다.

"병원에 젊은 여자 귀신은 저밖에 없었어요. 그런데……."

"더 아는 게 있는 거죠? 부탁해요! 작은 힌트라도 좋아요."

내가 손을 뻗어 수정의 손목을 잡았다. 차갑다 못해 시린 기운이 손바닥에 느껴졌다.

"흉가체험단을 이끌고 온 남자가 있었어요. 그 사람이 체험단을 앉혀놓고 자기가 부리는 귀신을 풀어 빙의시키는 걸 봤어요. 귀신들 중에 이 사진 속 여자가 있었던 거 같아요. 잔뜩 겁 먹은 얼굴이었는데, 남자가 우악스럽게 집어던졌어요."

떠오르는 사람이 있었다. 뱀 문신을 한 남자, 박수무당이었다.

"혹시 그 사람한테 뱀 문신이 있던가요?"

"네! 맞아요."

예상이 들어맞았다.

"빙의시킨 다음엔 어떻게 했죠? 원래 몸의 주인이었던 영혼들 말예요."

"뱀 문신의 눈으로 빨려 들어갔어요. 귀신이 아니니까 천도도 아닐 거고, 몸은 멀쩡히 살아있어서 이상했죠. 영혼을 흡수한 다음엔 남자의 문신이 더 짙어졌어요."

영혼을 삼켜 자신의 영력을 높이고, 그 힘으로 새로운 영혼과 인간들을 끌어들이고 있다. 다정이 그에게 사로잡힌 걸 알게 되었으니 이제 놈의 뒤를 쫓기만 하면 된다.

"교수님! 이제 출발하시면 됩니다."

예슬이 뒷좌석에 앉았다. 도령도 조수석으로 돌아왔다. 어두운 밤하늘로 캐리어를 태운 회색 재가 흩날렸다.

"선생이 그놈과 붙으려면 아직 쌓아야 할 공덕이 많아 보이오."

도령이 작은 목소리로 내게 말했다. 어쩌면 예슬이나 수정에겐 들리지 않는 대화일지도 몰랐다.

"무슨 얘기예요?"

"영력은 없지만 감응이 잘 되는 몸이니 박수무당이란 자와 맞붙으려면 여러 영가들의 도움이 필요하단 말이오."

"그럼 앞으로도 계속 귀신 운전수를 해야 한다는 거예요?"

나도 하루빨리 예전의 내 생활로 돌아가고 싶었다. 비록 저주에 씌었을 때 했던 생각이지만 난 이 무거운 마음의 짐을 내려놓고 싶은 마음이 간절했다. 다정을 찾아 그녀에게 안식을 주는 일, 그리하여 케케묵은 죄책감을 씻어내고 자정 전에 잠자리에 드는 평온한 삶을 되찾아야 했다.

"우리 편이 많아야 이길 수 있는 싸움이라는 걸 명심하시오. 박수무당이라는 자…… 저 낭자의 아비가 생전 하던 짓을 고스란히 하고 있단 말이오."

도령의 시선이 예슬을 향하고 있었다.

"예슬이 아버지는 어떻게 됐죠?"

예슬 아버지의 말로에 대해선 들은 바가 없었다.

"죽어서 악귀가 되었지. 어쩌면 저 박수무당이란 자에게 기생하며 제물이나 공물을 얻어먹는지도 모르겠소."

자신의 몸을 노리는 언니의 영혼, 죽어서도 산 사람들의 세계를 염탐하는 아버지, 무녀로 살아야 하는 여생의 무게 때문일까, 예슬의 표정이 어두웠다. 그나마 다행이라면 우리 곁엔 도령이 있고, 덕분에 수정이 원한을 풀었다는 사실이었다. 핸들을 쥔 손에 땀이 배어났다. 나는 아득한 정신을 추스르며, 우물처럼 깊고 어두운 터널을 향해 달렸다.

눈을 감고 있어도 동이 터 오는 게 느껴졌다. 피곤해도 쉬이 잠들지 못하는 밤이면 수면제에 의존할 수밖에 없었다. 그렇게 간신히 잠이 들었더라도 내 숨소리나 뒤척임에 깨는 날이 허다했다. 수면안대를 벗고 침대에 걸터앉아 눈두덩을 지그시 눌렀다. 두통과 이명이 한꺼번에 들이닥쳤다.

아침 식사대신 커피와 바나나를 챙겨 현관을 나서던 중이었다. 현관 도어록이 저절로 돌아가는 게 보였다. 비밀번호를 아는 사람은 없었다. 내가 미쳐가는 걸지도 몰랐다. 나는 바나나를 내려놓고 무선청소기를 집어들었다.

"나요, 선생. 시끄러운 빗자루는 내려놓고 이야기나 합시다."

문을 열고 들어온 건 도령이었다.

"기막혀. 여긴 어떻게 알고 찾아온 거죠?"

"향내가 이끄는 대로 왔소."

"귀신이 함부로 문 따고 들어오는 거…… 불편하군요."

내 거침없는 말에 도령은 덤덤한 표정이었다.

"선생은 내가 귀신이라고 생각하시오?"

나는 무선청소기를 내려놓고 식탁의자를 당겨 앉았다.

"그럼 아닌가요?"

"글쎄올시다. 내가 기억하는 한 난 한 번도 죽은 적이 없다오."

도령이 도포 자락을 펼치고 내 옆자리에 앉았다. 복숭앗빛 뺨과 입술, 그린 듯 선명한 눈썹이 외면할 수 없게 눈길을 사로잡았다. 게다가 우리 둘 사이엔 계약관계가 물려 있었다. 계약대로 한다면 내 몸과 마음은 도령의 것이었다. 비록 도령을 속이

고는 있지만, 주종관계에서 오는 긴장감에 묘한 스릴이 가슴을
졸였다.

"십 분 드릴게요. 교무회의가 있어요."

도령이 한쪽 무릎을 가슴으로 끌어당겨 자신의 턱을 괴고는
나를 빤히 바라보았다.

"줄곧 느꼈는데, 선생에게서 귀취가 나는구려."

귀취가 무언지 알 것 같았다. 내 차에 타는 귀신들은 저마다
다른 냄새를 풍겼다. 물에서 죽은 수살귀는 하수구 악취가 났
고, 결혼한 지 얼마 안 되어 죽은 미명귀는 곡식 썩은내가 났다.
어린아이에게선 단내가 노인에게선 변냄새가 풍기기도 했다.
수많은 히치하이커를 태웠으니 내게 귀취가 배는 게 이상할 것
은 없었다.

"당연히 뱄겠지요. 고작 그것 때문에 찾아온 거예요? 도령이
자리를 비운 사이 라가가 예슬이를 덮치기라도 하면 어쩌려고."

"예슬낭자가 잘 땐 라가도 잠드니 걱정 마시오. 내가 선생을
찾아온 건 평범한 귀취가 아니기 때문이오."

그의 시선이 반쯤 마른 내 머리카락으로 향해 오래 머물렀다.

"평범한 냄새와 비범한 냄새가 어떻게 다른지 모르겠군요."

"비범한 귀취는 자연에선 맡을 수 없는 냄새요. 악귀 특유의
누린내지. 박수무당이라는 자가 부리는 귀신 중 한 놈이 선생의

차를 이용했다는 얘기요.”

도령이 합죽선을 펼쳐 나를 향해 흔들었다. 싱그러운 풀냄새
가 서늘한 바람에 섞여 풍겨났다.

“짐작되는 귀신이 없어요. 다들 딱한 사연이 있는 안타까운
사람들이었어요.”

“악귀일수록 사연이 깊기 마련이오. 말이 사연이지 실은 원한
아니겠습니까? 최근 실어 나른 귀신 중 제일 마음이 가는 자가
누구였소? 살해된 자가 있다면 말해보시오.”

깊은 사연, 아니 원한을 가진 귀신을 떠올리자 머릿속에 선명
하게 그려지는 인물이 있었다. 상준이었다.

“상준이라…… 어떤 아이였소?”

도령이 내 쪽으로 몸을 기울이며 물었다.

“내가 그 이름을 떠올리는 걸 어떻게 알았어요?”

“언약이라고 무시했소? 나는 선생의 주인이오. 선생의 몸과
마음은 내 것이니 읽어낼 수밖에. 게다가 선생의 그 눈은 들여
다보고 싶게 만드는 맑은 연못이거든.”

합죽선의 바람이 목덜미와 입술, 콧대를 타고 흘러 눈썹을 간
질였다. 몸이 노곤해지며 아지랑이 같은 잠이 쏟아졌다. 수면제
로도 느껴보지 못한 극적인 이완이었다.

“유 선생, 그날 일을 떠올려보시게나. 내 연못을 들여다볼

테니."

상준은 다른 귀신들처럼 엄지를 들어 히치하이킹을 하지 않았다. 그는 어디에서나 만날 수 있는 객귀 중 하나로 후드티를 입은 채 한남대교 초입쯤에 서 있었다. 내비게이션에 와이파이 한 칸이 잡혔다 사라지길 반복하는 걸 보면 세력이 아주 작은 귀신일 터였다. 내게 큰 도움이 되진 않겠지만 상준 앞에 차를 세운 건 그가 들고 있는 책이 내 작품이었기 때문이다. 이미 절판된 지 오래인 소설집 《굿바이 파라다이스》를 읽는 소년의 눈동자가 객귀답지 않게 빛났다. 나는 차를 세우고 운전석 문을 열고 나가 소년에게 다가갔다.

"시간이 늦었는데 태워줄까요?"

객귀는 대개 자신이 죽을 당시의 행동을 거듭한다. 심근경색으로 죽은 사람은 가슴이나 배를 부여잡고 동동거리고, 차 사고로 죽은 사람은 자신의 머리나 목에 뚫린 구멍을 손으로 더듬곤했다. 소년은 내 책을 읽다 죽은 걸까.

"공짜면 태워주시고요."

소년의 당돌한 대답이 마음에 들었다.

"택시도 아닌데, 당연히 공짜죠."

비로소 소년이 책을 덮고 나를 바라보았다. 귀신치고 말끔한
얼굴이었다. 열다섯 살, 어쩌면 열여섯 살쯤 되어 보이는 교복
차림의 그가 소매로 입술을 닦으며 내 차를 향해 다가섰다.

"어느 방향이에요?"

"개울3로 영풍중학교 아세요?"

소년은 뒷좌석이 아닌 조수석에 앉아 잡히지도 않는 안전벨
트를 매는 시늉했다.

"알죠. 그 학교 학생인가 봐요."

나는 차선을 바꾸며 룸미러로 소년의 가슴에 붙은 명찰을 봤
다. 이름이 김상준이었다.

"네, 지금은 안 다니고 있지만 거기 가봐야겠어요."

상준은 다시 소설책을 펼쳤다.

"혹시 누가 부른다는 느낌이 드나요?"

"느낌이 아니라 진짜 부른다고요."

요즘 귀신들의 필수품은 스마트폰이었다. 통화나 인터넷이
가능한 건 아니지만 생전 가장 아끼고 애착을 가진 물건이다 보
니 열 중 아홉은 오른손에 스마트폰을 쥐고 있었다. 하지만 상
준은 달랐다. 책가방도 없이 책 한 권만 덜렁 들고 누군가 자신

을 부른다고 주장하는 거였다.

"그러지 말고 집으로 가요. 가족들이 기다릴 거예요."

이런 경우가 처음은 아니었다. 가끔 향낭을 달고 학교 앞을 지날 때면 유독 귀신이 다닥다닥 달라붙은 창문이 보이곤 했다. 늦은 시간에 재미삼아 강령술을 하는 아이들이 문제였다. 분신 사바, 혼자 하는 숨바꼭질, 손님대접, 구석놀이 등 여러 가지 이름으로 불리는 강령술은 실제 귀신들에겐 입사 제안처럼 솔깃하고 달콤한 유혹이다. 육체가 없어 맛도 촉감도 느끼지 못하는 처지에 산 사람이 육신을 빌려주겠다는데 마다할 귀신은 없었다. 상준도 강령술의 유혹을 느낀 걸지 몰랐다.

"가족들은 잘 살고 있어요. 정말 아무 일도 없었던 것처럼 삼시세끼 잘 챙겨 먹으며 웃고 떠들던걸요."

상준은 자신이 죽은 걸 누구보다 잘 알고 있었다.

"객귀가 아니었군요."

소설을 쓰느라 인터뷰한 강력계 형사의 말에 따르면, 범죄 피해자 가족들 중엔 가족의 죽음을 한참 뒤에야 실감하는 경우도 있다고 했다. 가족이 살해된 뒤 눈물 한 방울 흘리지 않고 장례를 치르고 일상을 이어가다 육 개월 혹은 일 년 후쯤 느닷없이 자살을 기도하거나 정신병원에 입원하는 일이 왕왕 있다고 했다.

"슬픔은 파도 같은 거예요. 어떤 파도는 매일 모래톱을 훑어다녀간 자국을 내기도 하고 또 어떤 파도는 조용히 머물렀다 쓰나미처럼 한달음에 해안을 덮치기도 해요."

상준은 대답이 없었다.

"내 애긴, 학생뿐 아니라 가족들도 피해자란 거예요. 지금은 얼떨떨해서 실감하지 못할 뿐인 거고요."

말을 더 이어갔다.

"지랄 마세요."

돌아온 대답은 섬뜩한 비웃음과 욕설이었다.

"난 한 번도 누구의 아들인 적 없어요. 재활용으로 가야 할지 일반쓰레기로 버려야 할지 모르는 마네킹 같은 놈이었다고요."

"학생…… 어떻게 죽은 거예요?"

"듣고 싶어요? 굳이?"

상준이 자신의 긴 혀를 엄지와 검지로 집어 쭉 늘였다. 나는 룸미러로 그와 눈을 맞추고 천천히 고개를 끄덕였다.

유수현의 《굿바이 파라다이스》는 2호선에서 물건을 파는 중

년 남자 얘기였다. 그는 지하철 역사에서 헛발을 디뎌 죽었고, 어딘지 모를 곳에 홀로 남았다. 고아나 다름없이 성장한 남자는 지독스러운 아내를 만나 학대받으며 간병을 했고, 밥 먹듯 가출하는 딸을 위해 지하철에서 물건을 팔았다. 왜 진즉 자살을 하지 않은 건지 의문스러울 지경의 인생이었지만 멍청한 주인공은 푸념조차 할 줄 몰랐다. 그 소설에서 가장 좋았던 건 저승사자 같은 자가 나타나 남자에게 갈 곳을 정해주는 부분이었다. 남자는 자신이 지옥과 천국 중 어디로 가야 하는지 저승사자에게 물었고, 그 대답이 기가 막혔다. 지금까지 당신이 살아온 인생이 지옥이었습니다. 이제 모든 업보가 사라졌으니 환생을 하게 됩니다. 그건 단지 소설이어선 안 된다. 적어도 내게는 현실이어야만 한다. 내 인생이 지옥에서 받는 처벌이어야 다음 생이라는 희망이 생긴다.

내가 탯줄도 떨어지지 않은 채 베이비박스에 버려졌을 때, 할아버지는 교육감 후보였다. 선거를 열흘 앞둔 날, 탐사보도로 그의 과거가 세상에 알려졌다. 부동산 투기, 탈세와 탈루, 논문 표절. 게다가 가사도우미에게 한 갑질까지 정황이 드러나자 선거의 판세가 기울었다. 코너에 몰린 할아버지는 이십 년 전 제자들을 불러내 말을 맞춘 뒤 없는 미담을 인터넷 게시판에 올렸다. 또 황급히 소년소녀가장들을 위한 자선모금 행사를 열고,

굿 드라이버

아들 내외를 닦달해 갓난아기를 공개입양했다. 그러나 여론은 호락호락하지 않았다. 선거를 하루 앞둔 날, 운전기사가 할아버지에게 혼외자식이 있다는 사실을 폭로해버렸다. 선거 결과를 채 확인하기도 전 할아버지는 스스로 목숨을 끊었다. 집안이 풍비박산 났지만 세간의 시선이 두려웠던 부모는 나를 파양하지 못했다.

할아버지가 남긴 재산을 놓고 부모님, 할머니, 그리고 혼외자식과 그를 낳은 어미가 긴 소송을 벌였고 내가 죽은 지금까지도 끝나지 않았다. 유산이 묶이자 벌이가 시원치 않은 부모는 가난해졌다. 그들은 오십 평대 아파트에서 사십 평대 전세로 삼십 평대 월세로 이사를 하면서도 강남을 벗어나지 않았다. 부모는 나를 사랑하지 않았지만 그렇다고 미워하지도 않았다. 가족의 일원까지는 아니어도 객원으로 무심히 챙겨주긴 했다. 나는 그 처지에 만족했어야 했다. 그러다 중학교에 입학하던 해 운명적인 원수를 만나며 모든 게 달라졌다.

운명적인 원수는 내가 다니던 학교 기간제 영어교사 최이성이었다. 그는 육 년간 방랑자로 세계여행을 다닌 삼십대였다. 불과 석 달 전까지만 해도 볼리비아 우유니 사막을 하이킹했다고 자기소개를 한 그는 정말이지 인종이 의심스러울 만큼 피부가 허옜다. 여행자보다는 환자나 수감자처럼 보일 정도였다.

"쌤, 그럼 대학교는 어디서 나왔어요? 볼리비아? 미국? 아니면 유럽?"

내 질문에 이성이 이맛살을 찌푸렸다.

"우리 친구 이름이 김상준이라고 했던가?"

"네, 김상준요."

"볼리비아아선 출신학교를 묻는 사람이 없어. 만약 무례하게 그런 질문을 하면 애든 어른이든 얼굴에 침을 뱉어도 되지. 이걸 뭐라고 해야 할까…… 그래, 너희 집안이 양반인지 아닌지 족보 좀 보자는 소리 같은 거야. 그냥 결례야."

이성은 영어 교과 담당이었지만 수업을 직접 진행하지 않았다. 그는 다른 강사의 수업 영상을 틀어주며 진도를 나갔고, 남은 시간엔 남미와 북미, 그리고 유럽과 아프리카를 여행하며 겪은 일을 교훈처럼 늘어놓았다.

"상준…… 너 지금 세 번째 손가락에 볼펜을 끼고 글씨를 썼어. 알래스카 원주민들 사이에선 금기하는 행동이지. 그들은 세 번째 손가락을 세상에서 가장 고결하다고 믿거든. 자 봐, 가장 길고 곧고, 쓰임도 적잖아. 그 손가락은 신과 인간의 세계를 연결할 때만 쓴단다. 원주민들에게 셋째 손가락은 위대하다는 뜻의 디날리로 불리지. 그들을 모욕하고 싶진 않지?"

이성의 말은 좀처럼 믿어지지 않았다. 어디서 들어본 적이 없는 얘기였고 인터넷 검색을 해도 나오는 게 없는 정보였다. 동시에 흥미롭고 신기했다. 어른이 되면 이성처럼 세상 곳곳에 숨겨진 이야기를 쪽지처럼 줍고 싶었다.

"쌤네 부모님은 걱정 안 하셨어요? 몇 년씩 외국에 나가 있는 거."

수업이 끝나고, 오레오 쿠키를 이성에게 건네며 물었다.

"전혀. 난 버려진 아이였어. 태어나자마자 엄마가 죽었고, 무책임한 아빠는 제대로 돌보지 않았지. 뭐 어때, 덕분에 나도 아무 책임감 없이 떠돌 수 있었잖아. 난 가족의 무관심이 정말이지 너무 좋아."

그때 올칵 눈물이 솟았다. 처음으로 나 같은 처지의 사람을 만나 벅차올랐다.

"너 지금 우는 거야? 왜?"

이성이 자신의 코듀로이 셔츠 자락으로 내 빰을 닦아주었다.

"저도 입양됐어요. 부모님이 하도 여기저기 인터뷰를 해서 그걸 모르는 사람은 쌤밖에 없을 거예요."

"상준, 혹시 부당한 대우를 받고 있는 건 아니지? 뭐든 편하게 얘기해."

이성이 서양인처럼 눈썹을 들어올리며 내 어깨를 짚었다.

"이게 부당한 건지는 모르겠어요. 우리 집에서 저는 그냥 있는 존재예요. 물만 있으면 저절로 자라는 이끼처럼 조용히 붙어 사는 거죠. 때 되면 밥 챙겨 먹고, 학원비나 문제집 값은 포스트 잇에 써서 식탁에 붙여두고. 어차피 태어난 날을 몰라서 생일파 티 같은 건 해본 적 없어요. 전 한 번도 가족의 일원이 된 적 없 는 것 같아요."

"의기소침할 거 없어. 오히려 네 처지는 기회가 될 수 있거든. 내가 멋진 제안 하나 할까?"

번역체 같은 말투는 묘한 신뢰감을 만들었다.

이성은 수업이 끝나고 교문 앞에서 기다렸다. 우리는 컵떡볶 이를 하나씩 들고 횡단보도 앞에 섰다.

"어떤 제안인데요?"

통행 신호로 바뀌었지만 우린 길을 건너지 않고 꾸덕하게 식 어가는 떡볶이를 질겅거렸다.

"지금까진 선택받아왔지만, 이제부턴 네가 가족을 선택하는 거야. 내 생각엔 너의 양부모님도 흥미로워하실 것 같은데?"

"혹시 친부모를 찾자는 얘기는 아니죠?"

깜빡거리는 파란불에 학생 한 무리가 달려 나가며 내 어깨에 가방을 부딪혔다. 휘청거리는 나를 이성이 바로 세웠다.

"그런 게 아냐. 너랑 나 같은 외톨이끼리 가족을 만들어보자 는 뜻이지."

말은 두루뭉술했지만 이성은 곧바로 행동에 들어갔다.

그는 스물아홉 살에 자신과 같은 처지의 친구를 만나 대안가족을 만들었다. 단 두 명의 형제로 시작한 그들은 이내 누나와 삼촌과 고모, 조카까지 생겨났다. 이성이 세계여행을 할 수 있었던 건 대안가족이 만든 펀드 덕분이었고, 자신이 버는 돈도 그들과 나누어 쓴다고 했다. 그는 며칠 후 자신의 형제라고 말했던 남자 차지웅과 우리 집을 찾아왔다. 지웅은 낯이 익은 인상이었다. 버스정류장이나 진료대기실, 엘리베이터 앞에서 흔히 마주칠 법한 얼굴과 옷차림이었다. 둘은 내가 성인이 될 때까지 양육할 최소한의 비용을 계산해왔고, 그걸 일할 결제하면 내 장래를 책임지겠다고 제안했다.

이 황당한 제안을 부모님이 받아들일 리 없었다. 한국말도 어색한 기간제 교사가 허가받지 않은 집단으로 아들을 데려가겠다는데, 그것도 일억 팔천만 원이라는 거액을 일시납해달라는데 흔쾌히 응할 리 없었다. 교육부에 민원이라도 넣겠다고 버럭 화를 내는 건 아닐까 이성이 걱정스러웠다. 나는 쿵덕대는 가슴으로 내 방 방문에 귀를 붙여 소리를 엿들었다.

"난 무슨 얘기를 하는 건지 모르겠습니다. 우리가 왜 상준이를 입양 보내요? 주위에서 알면 수군거리고 난리도 아닐 텐데."

아버지 목소리였다.

"여보, 입양이 아니지. 저분들이 소정의 양육비를 받고 상준이 성년 될 때까지 보살펴주신다는 거잖아. 꼭 주변에 알릴 필요가 있나?"

어머니가 목소리를 낮춰 말했다.

"아, 파양하곤 다른 건가? 그럼 기숙학교 같은 거네."

"저희 범죄경력증명원과 재직증명서, 그리고 가족 펀드 운용 내역 동봉했습니다."

아버지의 물음에 상준과 함께 온 지웅이 답했다.

"수익율이 대단하시네요. 돈 굴릴 줄 아는 사람이 있나 보다."

어머니의 목소리가 한 톤 올라갔다.

"우리가 아들한테 일억 팔천만 원 정도는 투자할 수 있잖아. 자기가 정릉 이모한테 부탁드려보면 어때?"

예상이 빗나갔다. 부모님은 오래 고민도 하지 않고 그 자리에서 내 거취를 결정했다. 그들이 나를 사랑하진 않더라도 일말의 책임감을 느끼며 살아온 줄 믿었다. 하지만 착각이었다. 버릴 곳이 마땅치 않아 베란다 한편에 처박아둔 골칫거리일 뿐이었다.

"상준이는 일단 적응도 필요하고 어학연수도 보낼 계획이 있어서 휴학을 원합니다. 부모님께서 그 부분만 처리해주시면 되겠습니다."

　　　　　　　　　　　　　　　　　　굿 드라이버

오랜 대화 끝에 넷은 일종의 계약서 같은 걸 작성했다. 비밀 유지와 함께 향후 양육에 대한 모든 권리를 이성과 지웅에게 넘기고 일체 간섭하지 않겠다는 내용이었다. 나는 어머니의 이모가 마련해준 일억 팔천만 원으로 이성과 지웅의 조카가 되었다.

　이삿날, 부모님은 나를 처음으로 안아주었다. 어머니는 가능하면 꼭 교회에 나가라며 손바닥만 한 청동 십자가를 쥐여주었다. 아버지는 머지않아 필요할 거라며 전기면도기를 내게 건넸다. 볕이 좋은 토요일 아침 나는 지웅이 몰고 온 트럭 조수석에 앉아 새로운 집으로 떠났다.

　"창문 열고 손에 든 거 버려."

　지웅이 운전을 하며 말했다.

　"십자가요?"

　"그래, 십자가. 우린 종교를 강제하진 않지만 집 안에 성물을 두는 건 안 돼."

　나는 미련 없이 창문 틈으로 십자가를 버렸다.

　"삼촌들 말고 다른 가족도 있나요?"

　"많다마다. 하지만 한곳에 모이는 일은 별로 없어. 다들 먹고살기 바쁘니까."

　지웅이 나를 데려간 곳은 도시 외곽의 한 동짜리 아파트였다. 미리 나와 기다리고 있던 이성이 책상을 어깨에 짊어지었다.

"상준, 차에서 내릴 때 왼발부터 디뎌. 가나 사람들은 새로운 장소에 갈 때 꼭 왼발부터 딛는 전통이 있어. 그래야 마주 다가오는 신과 발이 겹치지 않기 때문이지."

엉뚱한 소리는 여전했다. 나는 책가방과 옷 꾸러미를 들고 왼발부터 차에서 내렸다.

"저 새끼 말 믿지 마."

지웅이 운전석에서 내리며 말했다.

"최이성은 외국커녕 제주도 한 번 가본 적도 없으니까."

그가 차갑게 뇌까리곤 이성을 향해 눈을 흘겼다.

"꼭 애 앞에서 그래야겠어?"

이들의 정체가 무엇인지 그때까지만 해도 알지 못했다.

삼십 평대 아파트는 너저분했다. 거실엔 덤벨과 빈 맥주캔이 나뒹굴었고, 식탁엔 언제 시켜먹고 내버려둔 건지 모를 프라이드치킨 상자가 벌어져 있었다.

"여기가 네 방이다."

지웅이 화장실 옆 방문을 가리켰다. 방문엔 대략 스무 개 정도의 못이 다닥다닥 박혀 있었다. 섬뜩한 기분이 들었지만, 인테리어일지도 모른다고 생각했다.

"들어가봐도 돼요?"

그때 이성이 책이 든 상자를 끙끙대며 집 안으로 들였다.

"차지웅, 상준이한테 웰컴드링크 안 줬어?"

이성의 말에 지웅이 냉장고 홈바에서 생수 한 병을 꺼내 건넸다.

"들어가서 짐 풀며 마셔."

차가운 생수를 들고 방문을 열었다. 한여름인데도 방은 서늘했다.

"이성 삼촌. 침대에 커버가 없는데요."

나는 가방을 바닥에 내려놓고 생수 뚜껑을 따 몇 모금 마셨다.

"아, 우린 커버 안 씌워. 쓸모가 없거든."

이성이 내 머리를 가볍게 슥슥 쓰다듬었다. 그땐 의미를 몰랐다. 왜 커버를 씌울 일이 없는지.

"상준아, 이 방은 너 혼자 쓰는 게 아냐."

이성의 말에 눈을 끔뻑이자 방 한구석에 웅크리고 앉은 단발머리 여자가 보였다. 창백하다 못해 반투명해 보이는 그녀가 무릎 사이로 고개를 파묻었다.

"누구예요, 저 누나?"

"이름 같은 건 서로 몰라도 돼. 다른 사람은 안 보여?"

이번엔 침대 위에 모로 누운 노인이 보였다. 마치 밀전병처럼 부유스름한 모습이었다.

"안녕하세요, 김상준이라고 합니다."

나는 얼결에 노인을 향해 고개를 꾸벅 숙였다.

"더 있을 텐데?"

눈을 한 번 감았다 뜰 때마다 사람들 숫자가 늘어 있었다. 벌거벗은 중년남자, 네 발로 기어 다니는 십대 소녀, 전등을 향해 깡총거리는 유치원생, 예비군복 차림으로 벽에 붙은 청년…….

"이 사람들 다 뭐예요?"

이성을 향해 고개를 돌렸다. 그가 있어야 할 자리가 텅 비어 있었다. 나는 방문 밖으로 고개를 내밀었다. 이성과 지웅이 책을 담아온 상자를 비우고 그 안에 무언가 묵직한 것을 담고 있었다.

"최이성, 쟤 오리엔테이션이나 제대로 해줘. 여차하다 놓친다니까."

"그 방 사람들이 어련히 알아서 잘 하려고."

지웅이 고개를 홱 돌려 나를 노려보았다. 어쩐지 봐선 안 될걸 봐버린 것 같았다.

"저기…… 얘야."

누군가 내 등허리를 툭툭 건드렸다. 초등학생처럼 작고 야윈 할머니였다. 완전히 백발로 센 머리가 고운 그녀는 방 안 사람들 중 유일하게 얼굴이 제대로 보였다.

"저요?"

"그래, 너. 어쩌다 이런 곳엘 왔누."

할머니는 내가 안쓰럽다는 표정으로 얼굴을 쓰다듬었다.

"여기가 어딘데요? 할머니, 저 삼촌들은 누군데요?"

"모두 이 방에 들어오면 그걸 제일 궁금해하지. 잘 생각해봐. 언제부터 우리가 보이기 시작했는지. 넌 그때 죽은 거란다."

할머니가 손가락으로 바닥에 떨어진 물병을 가리켰다. 몇 모금 마시고 떨어뜨린 물병에서 물이 쏟아져 방바닥에 흥건했지만 내 양말은 젖지 않았다. 그랬다. 나는 삼촌들에게 계획살해 당한 거였다.

할머니의 사연도 나와 비슷했다. 그녀는 폐지를 모아 팔다 지웅을 만나게 됐고, 전 재산을 그에게 맡긴 날 목숨을 빼앗겼다. 방 안에 든 사람들은 이따금씩 지웅에게 불려 나갔다. 그들이 어디에서 무슨 일을 하다 오는지 알 수 없었지만 집으로 돌아오면 색이 더 옅어졌다.

"이제 알겠지? 내가 제일 선명한 이유 말이야. 난 말을 잘 안 들어서 총각들이 싫어하거든. 불려 나갔다 돌아온 사람들은 저렇게 옅어진단다. 거의 사라질 때쯤 되면 방문에 못으로 박아 봉인하지. 눈뜨고는 못 볼 짓이야. 어떻게 생사람을……."

그제야 방문에 스무 개 남짓한 못이 봉인의 흔적임을 알게 되었다.

"나가면 무슨 일을 하고 돌아와요?"

"동물이나 어린애들 눈엔 곧잘 우리가 보인대. 그런 이들을 유인해 여기로 데려오겠지. 가끔은 남의 꿈에도 들어가는 모양 이더라."

할머니가 생전 습관인지 네 번째 손가락으로 눈썹을 긁었다.

"나도 딸이 하나 있어. 그 애가 허락을 안 해줘서 총각들한테 못 가고 있었거든. 그러다 어느 날 태도가 싹 바뀐 거야. 꿈에 조상님이 나와서 엄마랑 같이 살면 네가 죽는다고 야단을 쳤다 더라고. 이제 보니 다 이놈들 소행이었어."

나는 범죄조직의 일원이 된 셈이었다. 아무런 저항심도 들지 않았다. 죽어서도 이승에 머물러야 하는 처지가 한심할 뿐이었 다. 그렇게 한참을 서성이다 책상 위에 놓인 책을 집어든 게 《굿 바이 파라다이스》였다. 무릎에 얼굴을 묻고 있던 누나가 책을 향해 손을 뻗다 이내 웅크리고 말았다. 아마도 생전 그녀가 갖 고 있던 물건인 모양이었다.

태어나 두 번이나 버림받고, 죽어서도 호객꾼으로 살아야 하 는 내 인생이 지옥 같다 느꼈다. 그래서 이 지옥 너머에 찬란한 빛이 쏟아지는 다른 세상이 기다릴 거라 믿고 싶었다.

"선생, 진짜 잠든 거요?"

도령의 핑거스냅에 눈이 떠졌다. 잠이 아니라 깊은 명상을 하고 깨어난 기분이었다.

"그래서 상준이라는 아이는 어떻게 되었소?"

나는 상준의 말을 믿지 않았다. 어린 귀신은 논리적 비약이 심했다. 그들은 사소한 일에도 펄쩍 뛰며 화를 내고 없는 이야기를 지어내는 일도 흔하고, 이따금 사랑하는 사람들을 모략했다. 한창 자아가 비대해지기 시작한 사춘기 감정이 기억마저 왜곡하는 모양이었다.

"학교 앞에 정차하고 돌아보니 이미 사라졌어요. 도령도 아시다시피 어린 귀신은 진실만 얘기하지 않아요. 그 애가 얘기한 살인집단이 있다면 진즉 꼬리를 잡혔겠죠. 가장 그럴싸한 건 가출팸 정도일 거예요. 악귀의 냄새라는 게 그 애에게서 묻어온 건지 확실치도 않고요."

도령은 나를 끌어안듯 다가앉아 목덜미와 뒷머리 냄새를 맡았다. 그에겐 몸이 없으니 체취라고 표현하긴 어렵지만 연한 송진향이 풍겼다.

"당장 영풍중학교로 가보세. 상준이가 악귀라면 무슨 패악질을 할지 알 수 없으니 말이오."

"미안하지만 저 출근해야 돼요."

의자에서 일어나 현관으로 향했다.

"차지웅이나 최이성이라는 자가 박수무당이라면 어떻겠소? 소년과 한방을 쓴 귀신 중에 단발머리 처녀가 있다고 들은 것 같네만."

도령의 말에 발길을 멈췄다. 상준이 전한 얘기에서 박수무당 이라는 직업을 연상할 만한 부분은 없었다.

"그게 다정이라는 건가요? 무슨 근거죠?"

수업을 팽개치려면 두 사내 중 한 명이 무당이고, 상준과 한 방에 갇혔던 처녀가 다정이라는 근거가 필요했다.

"선생의 말대로 상준이라는 귀신의 말을 모두 믿는 건 아니 오. 생이 짧았던 어린 귀신들은 생전의 기억과 사후 기억이 뒤 섞이기 마련이니까. 아마 죽고 나서 누군가에게 들은 이야기가 소년의 진짜 과거를 뒤덮은 게 아니겠소? 행여 떠오르는 사람 은 없는지 생각해보시오."

생각 없이 걷다 물웅덩이를 밟은 기분이었다.

고아, 그리고 내 책. 다정은 성인이 될 때까지 위탁가정에서 성장했다. 그리고 그녀가 사라진 날 손에 들려 보낸 내 책이 《굿 바이 파라다이스》였다. 상준이 그곳에서 다정을 만나 기억이 윤색된 것인지 확인할 필요가 있었다.

"조교한테 전화 한 통만 걸고 출발하죠."

"나만 마음이 급한가보오. 하여간 선조치 후보고하면 큰일 나는 줄 아는 민족이라니까."

나는 도령이 구시렁거리는 소리를 흘려들으며 우재에게 전화를 걸었다. 몸살과 두통을 호소하며 휴강 이야기를 꺼내자 배경음으로 들리던 타이핑 소리가 뚝 끊겼다.

"하루 쉬시면 나을 만한 증상이세요?"

"그냥 몸살이야. 미열 있고 서늘한 물속에서 느리게 걷는 기분. 걱정하지 마."

"그때 일 생각나서요. 20학번 학생 실종되고 교수님 한참 앓으셨잖아요. 그 뒤로……."

우재가 말을 얼버무렸다. 그 뒤로 나는 허깨비처럼 사는 인간이 되었다. 대전의 안치실에서 향낭을 얻고 난 다음부턴 더욱 그랬다. 귀신들이 눈에 보이자 웃는 일이 죄가 되었고, 행복한 감정이 기만이 되어버렸다. 동료와 가족은 하루아침에 달라진 나를 어려워했다. 며칠, 어쩌면 몇 달 지나면 돌아올 줄 알았던 유수현을 그들은 돌려받지 못했다.

"진짜 하루 쉬면 돼. 내일 만납시다."

서둘러 전화를 끊었다.

보조석에 앉은 도령이 나를 향해 손바닥을 내밀었다.

"선생이 운전하는 동안 내가 스마트폰 좀 써도 되겠소?"

"뭘로 전화기를 붙잡고 터치하시게요? 방금 차문도 그냥 통과했잖아요."

죽은 적은 없다지만 사람도 아니었다. 일종의 응축된 에너지인 존재가 물건을 사용할 수 있다는 게 의아했다.

"선생 집 현관문 열고 들어온 거 잊으셨소? 실체가 없다면 의자엔 어찌 앉겠소. 모든 게 의지라네."

나는 도령에게 스마트폰을 넘기고 영풍중학교 방향으로 차를 몰았다.

"선생은 어찌 페이스북이나 인스타그램 가입을 안 하셨소? 이래서야 어디 젊은 애들하고 소통이 되겠습니까. SNS도 없이 김상준을 어디서 찾나."

도령이 투덜거리며 스마트폰을 터치했다. 도포에 합죽선을 든 남자와 스마트폰의 조합이 낯설었다. 그가 아랫입술을 비쭉 내밀며 한참이나 액정을 들여다보다 영상 하나를 재생했다.

"이 친구 맞소? 김상준이라는 아이."

영상은 영풍중학교 리듬댄스동아리 시범영상이었다. 남녀 학생이 댄스곡에 맞춰 흥겹게 율동을 했다. 후드티를 입은 남학생이 김상준이었다. 도령은 영풍중학교와 김상준 두 개의 키워드를 조합해 영상을 찾아낸 모양이었다.

"맞아요."

"좋아요를 누른 사람 중에 닉네임이 상준맘도 있구려. 그럼 상준맘의 아이디를 소셜미디어에서 검색해야겠소."

도령의 검색 능력은 나보다 훨씬 뛰어났다. 그는 심각한 얼굴로 인터넷 창을 열고 닫으며 타이핑을 하더니 긴 한숨을 내쉬었다.

"내가 알아본 바, 김상준의 부모는 친부모요. 허나 조부 김 씨가 교육감에서 낙마한 것은 사실이고 송사에 얽혀 재산이 묶인 것 또한 아비의 탄원문으로 확인하였소. 그런데 어미의 SNS 글로 미루어 아들인 상준은……."

학교 앞 서행을 알리는 내비게이션의 목소리에 액셀 페달에서 발을 떼며 도령을 바라보았다.

"상준이 사인도 적혀 있나요?"

도령이 고개를 가로저었다.

"그 애는 살아있소."

도령이 스마트폰을 들어 상준엄마의 인스타그램을 보여주었다. 오늘 아침 7시, 피드에 올라온 강아지 사진 한편에 시리얼을 먹는 상준의 옆모습이 보였다. 불과 삼십 분 전이었다. 나는 차를 멈추고, 도령에게서 스마트폰을 가져와 자세히 살폈다. 발그레한 뺨에 자를 때가 한참 지난 머리의 소년이 한쪽 팔꿈치를 식탁에 기대고 시리얼 숟가락을 향해 입을 벌리는 모습이었다. 소년은 며칠 전 내 차에 탄 혀 빼문 귀신이 틀림없었지만 그는 멀쩡히 살아 숨 쉬고 있었다. 산 사람이 귀신의 몰골로 나타날 수는 없는 일이었다. 어쩌면 이 모든 문제의 원인은 나일지도 몰랐다. 꽤 오랜 시간 우울증을 앓아왔고, 인정하기 싫어도 각성제와 수면제 중독자니까. 아니, 뇌동맥류가 터지지 않은 대신 뇌의 어느 한 부분을 압박하고 있을지도 몰랐다.

"도령…… 아무래도 내게…… 내게 문제가 있는 거 같아요."

부릅뜬 눈에서 기척 없이 눈물이 툭 떨어졌다.

"왜 그렇게 생각하는 게요? 세상에 없는 아이를 본 게 아니니, 뭔가 이유가 있을 거요. 창밖을 보시게."

도령이 손가락을 뻗어 교문을 가리켰다. 여러 대의 승용차에서 학생들이 내리는 모습이 보였다. 그중 진주색 세단에서 내린 키 큰 소년이 눈에 들어왔다. 덥수룩한 머리에 여린 수염이 돋아난 인중을 가진 아이, 상준이었다. 사내아이답지 않은 종종걸음이었다. 힐긋거리는 눈빛, 연신 아랫입술을 핥는 동작이 눈에 익었다.

"정말 살아있었어요."

귀신으로 보았을 때와 달리 눈빛이 희끄무레했다.

굿 드라이버

"그래 보이는구려."

그는 떠나는 차량을 향해 손을 흔들어 보이곤 담장에 등을 기대고 가방을 열었다. 불안한 건지 주기적으로 눈을 꿈쩍거리며 무선이어폰을 귀에 꽂았다. 그러고는 가방 안에서 무언가를 꺼내 호주머니로 옮겼다.

"왜 등교를 하지 않는 거죠?"

상준은 교문으로 들어가지 않고, 버스정류장을 흘깃거렸다.

"누굴 기다리는 걸로 보이네만. 왜 내게는 살기가 느껴지는 건지 모르겠소. 선생은 여기 계시구려."

도령이 풀썩 차 밖으로 몸을 던졌다. 그가 뒷짐을 지고 상준을 향해 다가섰다. 소년은 마른침을 삼키고 경련처럼 머리를 털어내더니 이내 고개를 돌려 한 사내를 바라보았다. 검은색 코트에 서류가방을 든 삼십대 사내가 버스에서 내려 상준을 향해 다가섰다. 사내가 손을 들어올려 소년에게 알은척을 했다. 그러자 소년이 주머니에 든 무언가를 꺼내 사내를 향해 돌진했다. 시퍼렇게 벼린 외날 가위였다.

상준은 여자처럼 가는 목소리로 기합을 넣곤 사내의 명치에 외날 가위를 박았다. 순간, 도령이 성큼 공중으로 뛰어올라 합죽선으로 가위를 쳐냈다. 사람들의 눈에는 반쯤 들어갔던 가위가 저절로 뽑혀 나오는 것처럼 보일 터였다. 사내의 베이지색 스웨터가 핏물에 젖어들었다. 바닥에 넘어진 상준이 나를 죽일 듯이 노려보았다.

"난 아무도 해치지 않아. 저건 내가 아냐!"

누군가의 목소리가 뒷좌석에서 들렸다. 내비게이션에 한 칸짜리 와이파이가 위태롭게 꺼졌다 켜지길 반복했다. 그것도 바로 내 차 안에서.

"이번엔 정말 돌려준다고 해놓고…… 왜!"

나는 몸을 움직이지 않고 눈동자만 들어올려 룸미러를 봤다. 뒷좌석엔 혀를 길게 빼문 귀신 상준이 앉아 있었다.

"상준아!"

그제야 고개를 돌려 상준을 향해 손을 뻗었다. 그러나 아무것도 잡히지 않았다. 흐릿한 먼지가 차창으로 깃든 아침 햇살에 천천히 가라앉을 뿐이었다. 나는 살아있는 상준, 그리고 죽은 상준을 동시에 만난 터였다. 손을 덜덜 떨며 콘솔박스를 열어 항불안제를 꺼내 손바닥에 덜었다. 아무런 감각도 느껴지지 않았다. 자동차 밖에서 들리는 비명과 경적, 이윽고 다가오는 경찰 사이렌조차 희미했다. 물어뜯어 피가 흐르는 엄지의 통증도 내 어깨를 토닥거리는 도령의 감촉도 그의 송진향도.

"가볍게 끝날 일은 아닌 것 같구려. 아이는 많이 놀랐고 자기가 한 짓이 아니라고 소리치고 있으니, 이 무슨 기이한 일인지."

"상준이가 남자를 공격했을 때 그 애 귀신이 뒷좌석에 있었어요. 뭔가를 돌려준다고 약속받았는데, 허사가 된 것 같았어요."

"그게 사실이오?"

도령이 뒷좌석으로 자리를 옮겨 손바닥을 휘휘 저으며 냄새를 맡았다.

"그 애가 쌍둥이가 아니라면 사실일 리 없죠. 역시 제 문제가 맞아요. 너무 오래 나쁜 환경에 노출되었고, 스스로를 학대해왔으니까."

"아니, 그렇지 않소. 소년은 쌍둥이도 아니고 선생에게 문제가 있는 것도 아니오."

도령이 나직이 말했다.

"그럼 대체 무슨 일이 벌어진 거죠? 납득할 만한 설명 좀 해봐요!"

나도 모르게 언성이 높아졌다. 도령이 내 뺨을 양손으로 잡고 심호흡하는 시늉을 했다. 그가 검지와 중지를 모아 내 미간에 들이대자 일렁이던 마음이 천천히 누그러졌다.

"선생은 산 사람의 귀신을 본 게요. 우린 그걸 생령이라 부른다오."

"그럼 상준이 몸을 조종한 건 누구죠?"

상준의 걸음걸이나 목소리가 남자아이 같지 않았다.

"박수무당 소행이라면, 그가 부리는 귀신 중 하나겠지. 선생의 제자라고 미리 넘겨짚지는 마시게."

나를 노려보던 상준의 표정이 잔상처럼 눈에 남았다. 도령이 어느 결에 보조석으로 몸을 옮겨 스마트폰을 잡았다. 그러고는 예슬에게 전화를 걸었다.

"예슬낭자, 기침하셨는가? 선생과 브런치 어떻소? 괜찮다면 내 지금 데리러 가리다."

도령이 굳었던 얼굴을 풀고 허락 없이 약속을 잡았다.

"선생은 사내에게 단서가 될 만한 걸 찾으시오. 생령에 대해선 내가 알아보겠소."

도령은 연기처럼 사라졌다. 핸들을 쥔 손이 떨렸다.

수도복을 입은 여자는 운이 좋았다. 그녀는 간발의 차로 저승의 신물인 향낭을 배턴터치하고 내 손아귀에서 벗어났다. 아마도 향낭은 본능적으로 자신을 간구하는 이에게 옮겨갔을 터였다. 차라리 수녀가 아닌 자를 상대하는 게 쉽다. 성직자의 영혼은 그들이 믿는 신에게 보호받으니 덥석 다가가기 힘들었을 터다. 이승과 저승을 관장하는 신이 공무원이라면, 그들이 따르는 신은 자연과 같다. 내가 넘볼 수 있는 건 인간과 인간의 넋이다. 화재, 홍수, 지진, 가뭄, 폭풍 같은 자연은 내게도 위험했다.

수녀에게서 향낭을 가져간 인간의 정체는 묘연했다. 나는 조석주와 그의 딸 라가를 앞세워 향낭의 새 주인을 찾아 나섰다. 그러나 조석주의 영혼은 생기를 잃은 지 오래였고, 라가는 제 자매를 걸근거리기 바빴다. 새로운 육신에 들어앉아 마냥 기다릴 수만은 없었다. 비록 생령을 부리지는 못하지만 나를 받아들이고 싶어 안달 난 인간은 어디에나 있었다. 그들의 정신을 휘둘러 수녀가 만난 사람들을 하나씩 짚어갔다. 그러는 사이, 내 새로운 육신인 차지웅을 신경 쓰지 않았다. 내가 바쁜 사이 그자의 생령은 자신이 태어나 자란 마을을 설렁거리며 돌아다녔다. 그리고 무슨 짓을 벌인 건지 벽에 봉인한 귀신들이 풀려났다. 어디든 차고 넘치는 게 귀신이니 아까울 것은 없었다. 하지만 그 일로 차지웅이 변했다.

그는 나와 힘겨루기를 시작했다. 자아를 놓지 않으려 다시 정신과 상담을 받기 시작했고, 책을 읽었다. 그러다 내 세력이 약해진 틈을 타 자살을 시도했다. 혼백이 사라진 육신은 그저 잘 썩는 고기에 불과했다. 나는 차지웅을 버리기로 작정하고 떠났지만 마땅한 육체를 찾지 못해 되돌아왔다. 그리고 죽어가는 그의 육신 곁에서 뜻밖의 인연을 만났다. 바로 안다정이라는 처녀였다. 결과적으로 본다면, 차지웅의 자살 시도는 내게 큰 발전을 선사했다. 지금도 그날, 안다정을 만난 순간이 선명하다. 덜 여문 사과처럼 단단한 살결과 향긋한 숨결이 내 안에서 요동친다.

그녀를 시작으로 나는 무 뽑듯 생령을 취하게 되었다. 시험 삼아 뽑아낸 혼수상태의 인간 하나만 제외하면 모든 생령은 내 원기를 보충하는데 링거처럼 사용되었다. 그리고 영혼이 빠져나간 육신은 내 수하의 악귀들이 이용했다. 그들은 이유 없이 살인을 벌이고, 여성을 겁탈하고, 생전 마약중독자였던 악귀는 돈을 훔쳐 약을 샀다. 그들은 법이 무서워 실행하지 못한 숙원을 일회용 육체로 풀어내며 희열을 느꼈다.

내 선택을 받아 인간 육신을 사용해본 악귀들은 하나같이 충성을 맹세했다. 안다정이 교수라 부르는 여자를 그들 중 한 명이 찾아냈다. 검은 세단에 귀신을 실어 나르며, 그녀 역시 안다정을 찾고 있었다. 가까이 다가설수록 짙은 향내가 풍겼다. 그토록 찾아 헤맸던 향낭을 그 여자, 유수현이 갖고 있었다. 게다가 이미 향낭은 그녀의 육신과 단단히 결합해 일체했다.

내가 찾던 그릇이었다. 어렵게 신물을 구한다 해도 유배지와 이승을 이을 귀문 역할이 필요했다. 그 거대한 에너지를 감당하기에 인간은 너무 나약했다. 신물에 묶인 인간이라면 불사의 몸일 터였다. 그렇다면 유수현 단 한 명만으로도 가능한 일이 된다.

구급차는 도심의 대학병원 응급실로 향했다. 개원 전까지 언니가 근무했던 병원이었다. 막무가내로 질문을 퍼부을 수는 없는 노릇, 언니의 도움이 필요했다. 아직 진료시간까지는 십 분 정도가 남았다. 땀에 젖은 손을 셔츠에 문지르고 언니에게 전화를 걸었다.

"역시 제 말하니까 전화하네. 야, 내가 방금 김인규하고 통화했는데 그 친구는 유수현이란 사람을 아예 모르던데? 구라 치면 천벌받는다고 했지? 그러지 말고 말 나온 참에 인규랑……."

언니의 목소리에 흥분이 배었다.

"있지, 나 지금 수다 떨 상황이 아냐. 급해서 그런데 부탁 하나만 들어주라."

"그렇겠지. 용건 없이 니가 나한테 전화할 애가 아니지."

지하에 주차를 하고 엘리베이터로 뛰어갔다. 3층에 멈춰 움직이질 않았다. 황급히 비상구 문을 열고 계단을 올랐다.

"나 중민대 병원인데, 응급의학과에 아는 사람 있어?"

"어머, 얘! 너 어디 아파?"

"아냐, 난 멀쩡해. 제자가 좀 다쳐서 왔거든. 편의 좀 봐줄 수 있나 해서."

층고가 높은지 계단이 가팔랐다. 숨이 차올라 목구멍이 뻐근했다.

"내가 메시지로 번호 하나 보내줄게. 유지민 동생이라고 하면 좌로 굴러 우로 굴러 다 해줄 거야."

언니가 보낸 번호로 전화를 걸며 응급의학센터로 향했다. 사무적인 목소리로 전화를 받은 의사는 내가 유지민의 동생이라고 말문을 열자 웃음을 터뜨렸다.

"어쩜 목소리가 지민 선배랑 똑같네. 거기 베이커리 카페 보이죠? 잠깐 커피 마시고 있어요. 환자 상태 체크하고 나갈게요."

숨을 몰아쉬며 카페로 들어섰다. 생수를 주문해 단숨에 비워내고 의자 등받이에 몸을 맡겼다. 심박동이 잦아들길 기다렸다 검색창을 열고 생령에 대해 알아봤다. 한자 뜻은 살아있는 넋이고, 드라마와 영화의 소재로 몇 차례 쓰였지만 그걸 실제로 목격한 사람은 없었다. 존재 자체가 의문인데 내게 찾아온 이유를

굿 드라이버

추측한다는 건 불가능했다. 생령에 대해선 도령과 예슬을 믿고 맡기는 수밖에 없었다.

카페 문이 열렸다. 재킷 스타일의 의사 가운을 걸친 깡마른 여자가 나를 향해 손짓했다.

"한눈에 알아봤어요. 지민 선배가 묘사한 그대로네. 저도 이름이 수현이에요. 김수현."

자신을 수현이라고 소개한 의사는 내 맞은편에 자리를 잡았다.

"바쁘신데 죄송해요."

"괜찮아요. 본과 시절에 지민 선배 덕 본 게 많아요. 거를 인간, 버릴 인간, 도망쳐야 할 인간…… 귀신같이 짚어내서 덕분에 비혼으로 잘 살고 있어요."

언니의 오지랖이 유용한 순간도 있었다.

"환자 상태는 어떤가요?"

"다행히 근육 손상 없이 스킨만 찢어졌어요. 혹시 몰라서 CT 촬영 들어갈 텐데, 장기 손상 없으면 몇 바늘 꿰매는 걸로 끝날 거예요. 근데…… 왜 언니한테 거짓말했어요?"

의사가 능청스럽게 웃으며 나를 바라봤다.

"선배가 동생 제자라고 해서 고등학생인가 했더니 훤칠한 청년이더라고요. 최이성 환자 말예요."

사내의 이름은 최이성이었다. 상준이 말한 허풍쟁이 영어교사와 동명이다. 둘 사이엔 무슨 일이 있었던 건지 알아봐야 했다.

"언니한텐 급한 마음에 둘러댔어요. 환자와는 친구 사이예요."

"그렇구나. 환자 히스토리 아는 분이면 걱정할 만하죠. 코마 상태에 오래 있던 환자가 저렇게 단시간 내에 사회 복귀한 케이스는 처음 봐요. 옆에서 잘 돌봐주세요."

코마 상태에서 의식을 되찾았다는 건 새로운 정보였다. 그는 어쩌다 의식불명이 되었던 걸까.

"선생님, 뭐 하나만 더 여쭤도 될까요?"

의사가 의자에서 엉덩이를 떼려다 다시 앉았다.

"네, 그럼요."

"선생님은 남자친구가 한때 코마 상태였다는 걸 숨기고 있다면, 이해하고 계속 만나실 수 있나요?"

의사의 얼굴에 당혹감이 스쳤다. 내가 아무것도 모르는 이성의 애인이라고 믿는 것 같았다. 환자의 개인정보를 스스럼없이 내뱉은 걸 후회하는 모양이었다. 그녀가 앙상한 손가락으로 자신의 목덜미를 매만지며 짧게 한숨을 내쉬었다.

"인생 최대의 이슈를 애인에게 숨긴 건 잘못이죠. 어쩌면 말할 기회를 놓쳐서 괴로워할지도 모르고요. 제가 해드릴 수 있는 말은…… 인생 선배가 아니라 의사로서의 의견뿐이에요. 최이성 씨는 육 년간 코마 상태였고, 불과 사 개월 전에 퇴원했지만 현재 매우 건강해요. 그것만은 확실합니다."

의사는 달군 듯 벌게진 얼굴을 숙이고 카페를 나섰다. 그녀와 엇갈리듯 들어온 사람이 예슬이었다.

"교수님, 저 금방 왔죠? 운 좋게 버스가 딱 맞춰 오고 신호도 안 걸렸거든요."

예슬이 의사가 앉았다 간 자리에 숄더백을 내려놓았다.

"도령은?"

"응급실 둘러보고 온다고 먼저 자리 잡으랬어요. 오는 길에 상준이 얘기 들었고요."

나는 방금 전해들은 사내의 이름과 병력에 대해 소리 낮춰 설명했다.

"상준이는 최이성과 차지웅을 의형제처럼 설명했지만 그 사람은 코마에서 깨어난 지 사 개월밖에 안 됐어. 새로운 인간관계를 맺기엔 너무 짧은 시간이지."

상준의 생령이 현실을 왜곡해서 늘어놓은 건 사실이지만 아예 없는 일을 지어내진 않았다.

"최이성과 김상준은 교수님이 직접 눈으로 본 인물이잖아요.

정체불명은 차지웅 한 사람뿐이고. 차지웅이 박수무당이라고 가정하면 뭔가 실마리가 생기지 않을까요."

불쑥 도령이 유리벽을 통과해 빈 의자에 걸터앉았다.

"나도 같은 생각이오. 방금 최이성을 보고 왔다오. 저자는 지금 빈껍데기요."

도령의 말에 예슬이 고개를 갸웃했다.

"그게 무슨 말씀인지 설명을 해주셔야지요. 저나 교수님은 못 알아듣잖아요. 깝깝."

"영이 빠져나간 빈 공간이란 얘기지. 저자는 지난 육 년간 의식불명이었소. 명줄이 아직 남아 몸뚱이는 살았는데, 혼령이 자리를 잡지 못해 여기 기웃, 저기 기웃, 했단 얘기요. 아마 생령 상태로 박수무당에게 붙잡혔을 거외다."

박수무당 지웅은 육신이 죽은 이성의 생령을 포섭해 또 다른 생령을 만드는 데 사용했을 거였다. 말주변이 좋으니 피해자 가족을 찾아가 악몽이나 가위눌림으로 괴롭히고 끊임없는 암시로 잘못된 판단을 하게 만들었으리라. 하지만 아직 의문이 남아 있다. 왜 이성은 제자인 상준을 만나 아이의 생령을 뽑아낸 뒤 다른 사람도 아닌 자신을 해치게 내버려둔 걸까.

"내 비록 인간의 음식은 먹지 못하지만 매상도 올려주지 않고 남의 가게에 퍼더앉는 건 예의가 아니지 않소?"

굿 드라이버

도령의 말에 예슬이 입술을 비쭉대며 빵 몇 개를 골라왔다. 그녀는 롤케이크 한 조각을 도령 앞에 놓아주었다. 불현듯 민머리의 소녀 귀신이 다가와 롤케이크를 덥썩 집어 입에 넣었다.

"맛있어요."

소녀가 도령을 향해 미소 지었다. 객귀 몇을 더 먹인 뒤에 도령이 입을 열었다.

"왜 상준이 최이성을 공격한지 궁금하실 만도 하오. 나도 궁리중이니까."

도령이 내 눈을 바라보며 물었다. 마음을 읽어낸 것 같았다.

"아마도 때를 맞이한 모양이요. 최이성의 명이 다해 저승의 사자가 데리러 올 때가 임박한 게지요. 제아무리 날고 기는 무당이라 해도 염라의 심기를 거스를 수는 없는 법. 생령을 뽑아 노예처럼 부린 사실이 탄로 나기 전에 돌려보낸 것이겠지. 허나 이미 밖으로 나도는 게 익숙해진 최이성의 영혼은 수시로 몸 밖으로 탈출하고 있소."

왜 도령이 이성을 빈껍데기라고 부르는지 알 만했다. 마치 게임 속 NPC처럼 그는 영혼 없이 육체가 가진 기억대로 움직일 뿐이리라.

"도령, 그렇다면 왜 차지웅은 최이성을 죽이고 싶어할까요? 그냥 두면 저승사자가 데려갈 텐데 군이 소란을 일으킬 필요가 있나요?"

내 물음에 도령이 깊은 한숨을 내쉬었다. 그의 곁을 지나가던 종업원이 한기를 느꼈는지 어깨를 떨었다.

"저승사자들에게 볼일이 있는 게지."

도령의 말에 따르면 범죄사 담당인 저승사자는 본래 차사 셋이 한 조를 이루는데, 그중 한 명이 파직되어 지금은 둘뿐이다. 그 탓에 한 차사는 명부를 읽고, 남은 한 차사가 망자의 넋을 포집해야 하는 상황이 되었다. 가뜩이나 손이 부족한데 망자가 명부에 정해진 날보다 일찍 급사해버리면 차사들도 경황을 잃기 마련일 터였다.

"놈은 혼란을 틈타 저승차사의 신물인 명부와 붓을 가로챌 심산인 듯하오."

늘 온화해 보였던 도령의 표정이 싸늘하게 식었다. 마들렌 한 조각을 손에 들었던 예슬도 쓴 입맛을 다셨다.

"그자가 신물을 얻으면 무슨 일이 벌어지죠?"

지웅이 다정을 데리고 있을 가능성이 높았다. 그가 막강한 힘을 가지면 가질수록 다정을 구해내기는 어려워진다. 더구나 다정을 살인에 이용하려는 수작이라면 어떻게든 막아야 했다. 피해자가 가해자가 되도록 두고 볼 수는 없었다.

"인간의 명줄이 악귀의 손에 넘어가면 지위고하를 막론하고 그자 앞에 무릎 꿇을 수밖에 없을 것이오. 반인반귀에서 반인반신이 되는 건 시간문젭니다. 문제는 나나 예슬낭자의 눈엔 생령이 보이질 않는단 거요. 오직 생령을 만든 자와 신물을 가진 자만이 볼 수 있소. 유 선생처럼."

"한낱 범인인 제가 어떻게 악귀와 싸워 이길 수 있죠? 실수라도 하면 저 역시 차지웅의 노예가 되는 거 아닌가요?"

죽지도 못하니 영원히 무당의 노예가 된단 얘기였다. 하지만 도령의 말대로라면 지웅과 맞설 수 있는 사람은 나밖에 없었다. 상황이 곤란하게 흘러갔다.

"교수님, 그보다 더 나쁜 경우의 수도 있어요."

예슬이 조심스럽게 입을 열었다.

"내가 차지웅의 노예가 되는 것보다 더 나쁜 일이 있다고?"

"교수님도 신물을 갖고 있어요. 그 향낭요. 저승차사의 신물을 강탈하지 못했으니 향낭을 노릴 거예요."

향낭이 신물이라는 사실은 생각지도 못했다.

"내가 알기로 차사 중 한 명이 파직된 것은 자신의 신물인 푸른사향노루를 잃었기 때문이오. 노루가 죽어 뿔과 향샘이 사라졌는데, 어찌 된 일인지 선생이 향샘을 갖게 된 것이지. 향샘은 귀신을 보게 만드는 용도만 있는 게 아닐 게요. 선생이 방법을 강구하면 새로운 길이 보이지 않겠소?"

이미 나는 가혹할 만큼 피곤하게 살고 있다. 누군가를 대적해 이겨낼 자신이 없었다. 내게 버거운 물건을 덥석 받은 대가가 너무 컸다. 다정의 동그랗고 작은 얼굴을 떠올려봤지만 희미했다. 그녀가 허름한 방 한구석에 앉아 머리를 무릎 사이로 떨어뜨린 채 흐느끼는 모습만 그려졌다. 그 애를 찾는 길이 이토록 험난하다는 걸 처음부터 알았다면, 그래도 시작했을까.

핑그르르 현기증이 일며 도령의 목소리가 아득하게 멀어졌다. 시야도 좁아졌다 넓어지길 반복했다. 유리벽 너머 이성의 생령이 외래환자들 사이를 누비는 게 보였다. 사람들과 테이블, 대형 몬스테라 화분, 접시와 트레이, 그리고 예슬의 얼굴이 마구잡이로 뒤섞여 보였다. 몸이 기울어지는 게 느껴졌다.

"교수님, 괜찮으세요? 갑자기 무슨 일이야."

심장이 요동치고 눈알이 빠질 듯 아팠다. 이윽고 차가운 바닥이 이마를 향해 돌진했다.

나도 인간이던 시절이 있었다. 까마득히 오래전, 그러니까 인류가 지금과 같은 모습의 우세종이 되었을 무렵이다. 아마도 나는 너희의 아버지일 가능성이 크다. 암컷의 수는 적고 수컷이 득세하던 시절, 나는 무리를 이끌고 지금은 멸종된 또 다른 인류를 침략했다. 수컷과 아이는 머리를 짓이겨 잡아먹고, 암컷은 겁탈해 새끼를 얻었다. 어떻게 죽었는지는 기억나지 않는다. 수백 명의 자식 중 한 명에게 잡아먹혔을지도 모르고, 종창이나 바이러스 감염일지도. 그러고도 나는 수없이 환생했다. 왜인지 전생의 습성은 그대로 가진 채 인육을 먹고 여자를 겁탈하며 기억나지 않는 죽음을 맞았다. 수만 년의 시간이 흐르며 인간에겐 종교와 법이 생겼고, 나 같은 자들은 더는 환생을 할 수 없게 되었다.

달의 뒷면에서 탈출한 건 운이 좋아서였다. 내가 웅크리고 있던 바다 위로 운석이 떨어지고, 그 순간 육체에서 영혼이 분리되어 흘러흘러 예까지 다다랐다. 그럼에도 천성은 변하지 않았다. 나는 인간의 몸에 깃들어 귀신을 잡아먹으며 힘을 얻었다. 또 조석주의 육신을 공양받아 신으로 거듭났다. 이젠 산 사람의 영혼을 갈무리해 더 강해졌고, 내게 기생하는 악귀들에게 빈 육신을 나누어주고 있다. 악귀 또한 천성을 버리지 못해 살육과 강간을 이어나가고 있다. 어차피 언제든 버릴 수 있는 게 인간의 몸이니, 거리낄 것이 없었다. 대개는 그 자리에서 즉사지만, 이따금 재미를 위해 생령을 제 육신으로 되돌려 보내기도 했다.

그리고 관찰했다. 자신이 왜 의좋던 이웃을 목 졸라 죽였는지, 삼촌이라 부르며 따르던 친구의 딸을 욕보였는지 이해할 수 없어 펄펄 뛰다 종내에는 죽음을 택했다. 그렇게 생령에서 원귀가 된 이들은 다시 나의 양식이 되었다. 딱 한 사람, 안다정을 빼고는 그랬다.

그녀는 내가 취한 첫 생령이었다. 처음엔 우연히 내 손아귀에 감긴 줄로만 알았다. 하지만 찬찬히 다정을 들여다보니, 여느 인간과 달랐다. 그녀는 무결자였다. 무결자는 인류가 시작된 이래 단 한 번도 다른 부족을 침략하지 않은 혈통이었다. 기근이 들면 굶어죽었고, 전쟁이 나면 무기를 잡지 않고 토굴로 숨어들었다. 나는 그들이 싫었다. 사냥감이 아무런 저항을 하지 않으면 사냥꾼은 흥미를 잃기 마련이었다. 무릎 꿇고 목숨을 구걸하지 않는 종족은 무결자들뿐이었다.

사냥 후에도 무결자들은 처치곤란이었다. 그들은 육신이 썩지 않는 특징이 있었다. 오로지 태우는 것 외엔 시신을 없앨 방법이 없었다. 불이 귀했던 시대에 약탈자들은 무결자가 되살아날 것을 두려워했다. 그래서 만든 것이 고인돌이었다. 그들의 무덤을 볼 때마다 살의가 잦아들고 예전에 가져본 적 없는 채무감이 차올랐다.

무결자들은 외모나 성씨로는 구분되지 않는다. 오로지 사후

　　　　　　　　　　　　　　굿 드라이버

에 시체가 부패하는지 지켜보는 수밖에 없었다. 다른 인간들은 생령이 빠져나가면 심장이 멎고 부패가 시작되었다. 그 안에 악귀를 빙의시켜야 생명을 이어갈 수 있었다. 하지만 다정은 달랐다. 생령이 빠져나간 그녀의 육신은 신진대사를 멈췄을 뿐, 수년이 지난 지금도 되살릴 수 있었다. 다정은 최후의 무결자였다. 그녀를 죽일 순 없지만, 반드시 복종시켜야 했다. 그래야만 유수현을 취할 수 있었다.

일찍 어른이 되는 소녀들이 있다. 집 안에 제 구실을 할 줄 아는 어른이 없으면 소녀는 할머니처럼 말하고 행동하게 된다. 다정처럼 예슬도 그런 축에 끼었다. 그녀는 내가 응급조치를 받는 동안 휴대전화를 뒤져 가장 자주 통화한 사람을 찾아내 전화를 걸었다. 언니의 말에 따르면 쇼핑몰 상담센터 텔레마케터처럼 단정한 목소리의 여자가 너무 놀라지 말고 서두르지도 마시라, 안내를 한 뒤 내 상태를 전했다. 한때의 나처럼 잘 웃고 잘 우는 언니는 통화가 끝나기 전부터 흐느끼기 시작했다. 그녀는 예슬의 당부를 잊고 놀라고 급한 마음에 세 번이나 신호를 위반한 뒤에야 병원에 도착했다.

"유수현, 눈 떠라. 내가 뜨게 해주랴?"

언니가 엄지와 검지로 내 눈꺼풀을 들어올렸다.

"문병 와서 왜 행패야?"

머릿속이 복잡했다. 어디서 차지웅을 찾아야 할지, 그를 만나면 뭘 해야 할지 아득했다.

"네 주치의 옆구리 비틀어서 혈검 결과 보고 왔거든. 다 멀쩡한데 희한하게 메틸페니데이트 농도가 높다고 주치의가 이유를 궁금해하더라. 정신과에서만 처방되는 각성제 성분이 고농도로 검출됐는데 누가 안 궁금하겠어. 난 구라가 체질이 아니라 그냥 다 깠지. 내 동생 약물중독자라고. 너 이 지랄 계속하면 나 의사 면허 박탈될지도 몰라."

걸릴 게 걸렸다. 각성제와 신경안정제를 몇 시간 간격으로 들이부었으니 몸이 버텨내질 못한 거였다.

"그래, 나 도둑년이야. 마음 같아선 손모가지 잘라서 언니한테 던져주고 싶다."

언니가 이불을 까뒤집고 내 팔뚝을 힘주어 꼬집었다.

"니가 그것만 훔쳤니? 어려서부터 내 저금통 헐어서 화장품 사고, 내 신분증 가져다 술 사 마시고, 내 과잠바 입고 소개팅 나가고, 내 운동화 신고 나갔다 쓰레빠 끌고 들어오고. 진짜 악질이야, 너."

언니에게서도 많은 걸 훔쳤단 사실이 새삼스러웠다. 그럼에도 몸을 일으키자, 나를 노려보던 언니가 잽싸게 빨대컵에 담긴 물을 턱 밑에 받쳤다.

"미안해. 이번 생엔 다 못 갚을 거 같고, 혹시 다음 생 같은 게 있으면 그땐 내 꺼 다 언니 가져."

"나 좋은 꼴은 못 보는 유수현, 다음 생엔 거지로 태어나겠네. 아니지, 죄가 많으니 환생 같은 호사는 없을지도."

언니에게 컵을 넘기고 주위를 돌아보았다. 예슬이나 도령이 보이지 않았다.

"예슬이는?"

"저녁 같이 먹자고 했더니 누구 찾을 사람이 있다고 공손히 인사하고 가더라. 말하는 거 보면 걔가 너보다 어른이더라."

예슬은 차지웅을 찾아 나섰을지도 몰랐다. 놈은 생령을 뽑아낸 껍데기 육신을 조종해 사람을 공격할 수 있으니 위험했다.

"언니, 나 퇴원수속 좀 해줘."

"무슨 퇴원? 너 입원한 김에 머리 MRI도 찍자고 했어. 아침에 영상의학과로 내려오래."

언니에게 뇌동맥류를 들키고 싶지 않았다. 아니 들켜서는 안 된다. 그녀는 수술을 주장할 것이고, 내 뇌를 열어본 의사는 푸른 실오라기를 억지로 떼어낼지 몰랐다.

"MRI는 다음에 찍을게. 단순한 약물과용이야. 죽는 병 아니라는 거 언니도 알잖아."

"미친 소리 작작해라. 너 뉴스 안 보고 살지? 우리 병원 환자가 자기네 영어선생을 가위로 찔러서 난리도 아니야. 걔도 메틸페니데이트 복용자인데, 그동안 처방받은 거 안 먹고 모았다 한꺼번에 털어넣어 그 사달이 난 게 아닌가 싶어."

상준은 언니의 환자였다. 집과 학교만 오가던 아이의 동선에 새로운 거점이 생긴 거였다. 차지웅을 만난 곳이 병원일지도 몰랐다.

"그 학생 병명이 뭐였어?"

"ADHD에 기면증. 학교선 적응이 전혀 안 되고, 기면발작 시작되면 며칠씩 못 깨어났어. 그래도 그런 짓 할 애는 아니었는데."

상준은 기면발작을 일으켜 잠에서 깨어나지 못할 때 생령으로 분리되는 것 같았다. 지웅은 아이가 기면증 환자라는 걸 알고 접근한 것일지도 몰랐다.

"언니 환자 중에 차지웅이란 사람 있어?"

"네가 그 환자를 어떻게 알아? 윤경이 일할 때부터 다니던 환잔데 몇 달 발길이 끊겼어. 얘, 너 계속 내 환자들 얘기만 할래?

지금 네가 환자야."

드디어 의문이 풀렸다. 언니는 이제 협조해줄 것 같지 않았다. 하지만 지박령 윤경이라면 생각이 다를지도.

"나 언니 병원 가서 누워 있을게. 대학병원은 꼭 포로수용소 같단 말이야."

혀끝을 차며 툴툴댔지만, 늘 그래 왔듯 언니는 내 부탁을 외면하지 못했다. 우리는 주치의의 핀잔을 들어가며 가퇴원서약서를 쓰고 병원을 나왔다.

"링거 달아줄 테니까 수면검사실에서 눈 좀 붙여. 절대 겨나올 생각하지 마. 내가 약제실에서 보초 설 거니까 알아서 하라고. 너 때문에 약장에 도어록까지 설치하게 생겼다, 진짜."

언니가 어둑한 병원에 조명을 켜자 환자대기실에 우두커니서 있던 윤경이 화들짝 놀라 벽으로 기어올랐다.

"차지웅 환자는 어떻게 아는지 왜 대답 안 해?"

언니가 진료실에서 품이 넉넉한 원피스를 가져와 내게 던졌다.

"그냥 그 이름이 생각났어. 내 신작에 쓸까 하고."

원피스로 갈아입고 진료실 옆에 달린 수면검사실로 향했다. 침대 하나가 바듯하게 들어가는 공간은 아늑했다. 언니가 폴대를 끌고 와 링거를 연결했다.

"아직 뭔가 쓰긴 쓴단 거네. 난 너 아예 먹통된 줄 알았거든. 그 뭐냐, 젊은작가상인가 받은 후로 아예 한 글자도 못 쓰더니 신통하네."

거짓말이었다. 난 여전히 아무것도 쓰지 못했다. 이제 거짓말이 아니면 타인의, 누군가의 마음을 움직일 수 없는 먹통이 되었다.

"볼일 봐. 나 혼자 있고 싶어."

언니가 내 손등을 가져가 제 뺨에 비볐다.

"죽을 때까지 모르겠지만, 넌 진짜 나한테 큰 빚 있어. 그러니까 좀 더 가치 있게 살아. 제발."

이놈의 빚 얘기는 내게 서운한 일이 있거나 술에 취하거나 사는 게 팍팍할 때마다 튀어나오는 테마였다.

"알았으니까 그만 좀……."

언니가 빚 이야기를 할 때마다 나는 괴로워 신음했다. 마치 언니의 피와 살을 빨아 기생하는 염치없는 생물처럼 느껴졌다. 정작 무슨 빚을 졌는지 따져 물으면 언니는 매번 저금통, 운동화, 체크카드 같은 철부지 시절 이야기를 하며 꼬리를 뺐다.

"그래, 내가 또 미안하다."

언니가 담요를 말아 머리에 베어주고 수면실을 나갔다. 캄캄한 어둠 속에서 천장의 열감지기가 초록색으로 빛났다. 윤경을 부르는 방법은 간단했다. 수액을 잠시 잠그기만 하면 된다. 간호사였던 그녀는 환자에게 문제가 생기면 본능적으로 찾아오게 되어 있다. 나는 조절기를 찾아 레버를 꼭 잠그고 출입문을 바라봤다. 그 옆에 놓인 포인세티아 화분의 붉은 잎사귀가 한들한들 움직였다. 침대 옆에 서 있는 트롤리 바퀴가 살짝 비틀어졌다. 천장 열감지기의 초록색 조명이 흐릿해지고, 진한 알코올 냄새가 풍겼다. 수액튜브를 매만지는 하얀 손이 보였다. 윤경이었다.

"윤경 씨, 차지웅 얘기 좀 해줘."

하얀 손으로 시작해 손목의 연녹색 가운과 동그란 얼굴이 형체를 갖춰갔다. 그녀는 몹시 놀란 듯 낯빛이 푸르스름했다. 납량특집 괴담 프로그램 출연자처럼 어설픈 연출이다 싶었지만, 실제 귀신은 말이나 행동보다 색으로 자신의 심리를 드러내곤 했다.

"그 환자 아직 살아있어요?"

윤경의 기억 속에 칠 년 전 차지웅은 어떤 모습이었을까.

"살아는 있지. 그런데 악귀가 되어가고 있어. 윤경 씨가 돕지 않으면 많은 사람들을 해칠 거야."

윤경의 낯빛이 푸른색에서 쪽빛으로 변해갔다. 두려움을 느끼는 거였다.

"본인은 신병이라고 주장했지만 원장님은 조현병과 해리성 정체감장애로 진단했어요. 다중인격이라고 부르는 병."

윤경이 기억하는 차지웅은 내성적이고 겁 많은 청년이었다. 그는 이 주에 한 번 병원에 들러 상담과 약처방을 받아갔다. 아버지에게 고물상을 물려받아 운영하는 그는 늘 작업복 차림에 낯가림이 심했다. 그러다 한 번씩은 멀끔한 슈트에 태블릿을 옆구리에 끼고 오는 날도 있었고, 가죽점퍼에 선글라스, 어느 날엔 목에는 커다란 뱀문신을 한 양아치처럼 나타나기도 했다. 뱀문신은 점점 커졌다. 한번은 새카만 한복 두루마기에 가죽신을 신은 중년남자 목소리를 낼 때도 있었고, 후드 티셔츠를 뒤집어쓰고 십대 소녀처럼 말하기도 했다. 하지만 열 중 아홉 번은 평범한 작업복 차림이었고, 윤경과는 눈조차 마주치지 못할 만큼 수줍음 많은 청년이었다.

"귀신이 된 다음에 차지웅 환자의 실체를 보게 됐어요. 그 사람 신병이나 정신병 환자가 아니에요. 사실 진짜 영혼은 보이지도 않았어요."

"그럼 뭐였어?"

윤경의 얼굴이 새카맣게 변했다. 극심한 공포를 느끼는 모양이었다. 어둠 속에 두 개의 눈만 둥둥 떠 있는 것처럼 보였다.

"삶은 것처럼 온몸의 가죽이 벗겨져 시뻘건 살만 남은 거구의 남자요. 인간의 가죽을 모아 누더기 옷을 해 입고 다녔어요.

그 남자가 차지웅의 얼굴을 뜯어 다 문드러져가는 자기 머리에 쓰고 차지웅인 척 흉내 냈어요. 그건 신의 형상도 잡귀의 모습도 아니었어요. 남자는 악귀가 아니라, 악신이에요."

윤경은 물에 번진 잉크처럼 형태가 허물어지고 있었다. 놈이 악신이 되었다는 건 이미 신물을 손에 쥐었다는 의미기도 했다. 일이 걷잡을 수 없는 방향으로 흘렀다.

"차지웅이 오지 않게 된 건, 언니가 본격적으로 병원에 드나든 다음부터였어요. 악신이 향 냄새를 맡은 거죠."

"왜 그때 내게서 향낭을 빼앗지 않은 거지?"

악신이라면 내 생령을 뽑아낸 다음 향낭을 갈취할 수 있었을 것이다. 그런데 왜 꽁무니를 뺀 걸까.

"우리 눈엔 언니의 피부와 숨결에서 푸른색 안개가 피어나는 게 보여요. 삼베 주머니에 든 건 그냥 상징물이고, 향낭은 언니 자신이에요."

명치를 가격당한 것처럼 숨이 막혔다. 나는 이 년 전 대전의 영안실에서 향낭을 얻은 게 아니라 향낭 그 자체가 되어버린 거였다. 내 머릿속에서 터진 동맥류를 틀어막고 있는 가늘고 푸른 생명체가 나였다. 돌이켜보면 냉소적인 성격으로 변한 것도 그 무렵부터였다. 내 의식의 대부분은 내가 아니라 푸른 실오라기의 성정에 맞게 변형되었으리라. 잘 웃고 잘 토라지고 뒷끝 없던 유수현은 그 시절 이미 죽어버린 걸지도 몰랐다. 머리를 헝클며 주저앉았다. 이 분노와 좌절감조차 내 것이 아닌 것만 같았다.

"윤경 씨가 악신이라면 날 어떻게 할래? 그냥 내버려둘까? 어차피 죽지 않는 몸이니 산 채로 잡아먹기라도 할까?"

곤란한 질문이었는지 윤경의 얼굴이 울긋불긋해졌다.

"언니의 머릿속에 든 그 신령한 존재의 사용법을 알아내기 전에 조치를 취하겠죠."

"조치? 내 머리를 가른단 얘기야?"

"향낭을 열어야 향을 꺼낼 수 있으니까…… 향주머니가 언니의 두개골이라면 그렇지 않을까요?"

귀신이 인간의 두개골을 열 수는 없을 터였다. 물리적인 힘을 사용할 수 있는 존재를 통해 나를 공격할 목적이 틀림없었다. 그는 이성과 상준 등을 이용해 베타테스트를 했으니 이제 본격적으로 내 주변인을 찾을 것이다. 나도 모르게 허탈한 웃음이 나왔다. 이 끔찍한 이야길 듣고서 웃는 게 나인지, 아니면 저승의 생물인지 헷갈렸다.

"언니, 사실 무당 귀신한테 악신에 대해 주워들은 이야기가 있어요."

"무슨 얘긴데?"

윤경은 난처한 모양인지 바비인형 크기로 줄어들었다.

"악신이나 악귀를 모아놓은 유배지가 어딘가 있대요. 거기서 탈출한 악신은 신물을 얻으면 자기 꼬붕이었던 악귀들을 이승으로 끌어올 수 있대요. 대신 우리 같은 잡귀나 산 사람의 영혼이 유배지로 넘어가는 거죠. 저야 이미 죽어서 몸뚱이가 없지만 언닌 다르잖아요. 영혼이 빠져나간 인간 몸에 악귀가 빙의되면…… 그게 범죄자 아니에요? 간단히 계정 털려서 개인정보 빠져나가는 것도 난리인데, 몸을 빼앗긴다고요."

무당 귀신의 말이 사실인지 허풍인지 가늠하기 어려웠지만, 악신이 신물인 나를 원하는 것만은 틀림없었다.

"걱정하지 마. 내 머릿속에 든 신령한 존재를 제대로만 사용하면 물리칠 수 있다는 거잖아. 자긴 계속 여기서 궁상이나 떨어. 내가 그렇게 만들어줄게."

적당한 허세도 필요했다. 먼저 겁먹는 자가 지는 싸움이니까. 하지만, 물러서고 싶은 마음이 더 간절했다.

언니는 약제실에서 태아처럼 웅크리고 잠들어 있었다. 악신을 제대로 파악하려면 놈이 깃든 차지웅부터 추적해야 했다. 나는 발소리를 죽이고 진료실로 걸음을 옮겼다. 창백한 호두나무 책상 위에 노트북이 놓여 있었다. 의자에 걸터앉아 부팅을 기다렸다. 등허리에 입김처럼 따뜻한 기운이 스몄다. 열선이 있는 의자인가 싶어 들여다봤지만 평범한 매시 소재의 회전의자였다. 패스워드를 입력해야 했다. 이미 언니의 많은 것을 훔쳐온 내게 패스워드 정도는 어렵지 않았다. 언니의 이니셜에 주민번호 앞자리 조합일 터였다. 스마트차트라는 아이콘이 눈에 띄었다. 클릭하자 환자의 이름으로 차트를 검색할 수 있었다. 차지웅을 검색했고 다행히 동명이인은 없었다.

그의 진료기록부에는 해석할 수 없는 몇 줄의 의학용어와 처방약이 나열되었다. 내가 필요한 건 주소였다. 환자정보 탭을 누르고 만년필을 집어들었다. 청동으로 만든 화려한 장식의 만년필은 잉크가 나오지 않았다. 서랍에서 볼펜과 메모지를 꺼냈다. 대송로 산11-1. 주소에 산이 붙은 걸 보니 산동네인 모양이었다. 그때 눈길을 잡아끄는 탭이 있었다. 검사보고서 항목이었다. 지웅의 심리를 들여다볼 기회였다. 탭을 누르자 종합심리평가보고서라는 제목의 파일이 열렸다. 병원이 아니라 상담실에서 작성된 보고서였다.

1. 인적사항

만30세, 고물상 운영

2. 내원 경위 및 이전 상담경험

이전 상담 경험 : 없음

3. 가족배경

모

4. 주 호소문제

- 사회복무요원 근무 당시 소방서 외근직으로 근무하며 중증환자, 시신을 자주 접하며 트라우마가 생겼다.

- 중년남자와 십대 소녀, 노파, 짐승 등이 눈에 보이고 말을 걸어오기도 한다.

- 폭식증과 거식증이 반복되고 간헐적으로 폭력성이 드러난다.

- 꿈을 꾸면 이튿날 현실에서 같은 상황이 나타난다.

- 자신도 모르게 하는 말이 자주 들어맞는다.

5. 첫인상 및 행동관찰

깨끗한 작업복에 야윈 체격임. 눈맞춤을 어려워하고 목소리가 작음. 질문에 대한 대답이 신중하고 조리 있음. 상담 초반부엔 환청만 호소하였으나 중반 이후부터 환각과 망상 증상이 뚜렷해짐. 신병이라고 주장하던 어머니 사망 후 야간 배회와 기억상실이 추가 관찰됨.

지웅은 언니의 병원을 찾기 전부터 많은 증상을 느껴왔다. 처음엔 누군가의 목소리가 환청으로 들리다 어느 순간 눈에 보이기 시작했고, 식이장애와 성격변화도 두드러졌다. 상담사는 예지력이라고 표현하지 않았지만 꿈과 무심결에 하는 말이 현실에서 이뤄지는가 하면 종종 의식 없이 거리를 배회했다. 언젠가 빙의와 신병에 대한 언니의 얘기를 들은 적이 있다.

"빙의나 신병이라고 주장하는 환자들이 많지. 상담할 땐 진지하게 들어줘. 어떤 부분은 나도 신비롭다고 느끼기도 하고. 그런데 둘 다 실재하지 않는 병이야. 왜인 줄 아니? 여러 차례 상담을 하며 가족 얘기로 넘어가면, 과거 부모나 조부모에게서 비슷한 이슈가 있었단 사실이 밝혀지거든. 조현병은 유전인자가 가장 커. 강박증도 낮다고 볼 수 없고. 진짜 빙의나 신병이라면 약물로 치료가 안 될 텐데 열에 아홉은 뚜렷한 호전을 보이니까."

그녀는 회의론자였다. 하지만 지웅은 긴 약물치료에도 불구하고 점점 더 상태가 악화되었다. 언니의 치료는 실패했고 그 결과 지웅은 악신에게 사로잡혔다.

옷을 갈아입고 언니의 진료실을 나섰다. 문 앞에 서 있던 윤경이 내 뒤를 졸졸 쫓았다.

"윤경 씨, 할 얘기 더 있어?"

굿 드라이버

윤경이 고개를 끄덕였다. 그러고는 손톱을 세워 자신의 얼굴을 긁기 시작했다. 살아있었다면 살이 뭉개지고 피가 쏟아졌을 테지만 창백한 피부가 마치 스크래치 페이퍼처럼 벗겨졌다.

"왜 이러는 거야?"

"전 여기서 보호받고 있는 귀신이잖아요."

"그런 셈이지."

누가 돌봐주는 건 아니지만 베이스캠프가 있다는 것만으로도 윤경은 만족하는 눈치였다.

"바깥에서 오랜 세월을 보낸 귀신…… 그중에서도 악귀는 이렇게 초콜릿 껍질처럼 피부도 벗겨지고 눈이나 입술, 손이나 발, 상체 혹은 하체만 남을 수도 있다고요."

"그래, 나도 본 적 있어. 바닥에 낙엽처럼 떨어진 귀나 샴쌍둥이처럼 뒤엉킨 모습들. 그 얘길 하고 싶었던 거야?"

어둠 속에서 피부 없는 윤경이 눈알을 굴렸다.

"그 악신에게 많이 달라붙어 있었어요. 지금도 병원 밖에 안구 한 쌍이 떠다니며 언니를 염탐중이고요."

지웅은 내게 꽤 많은 공을 들이는 모양이었다. 아직은 신물인 향낭 사용법을 모른다. 무기도 없이 섣불리 놈에게 대항하다 나도 먹잇감이 될 수 있었다. 오히려 그들에게 나는 만만하고 어수룩한 존재로 보이는 것이 나을지 모른다.

"알려줘서 고마워. 또 들를게."

병원 문을 열고 복도를 나섰다. 윤경의 말마따나 희끗한 안구 한 쌍이 CCTV처럼 나를 내려다보다 사라졌다. 아직 동이 트려면 십 분쯤 시간이 남았다. 양기가 강해지는 아침이 밝아야 지붕의 수하들도 활개를 멈출 터였다.

나는 주차장 대신 옥상으로 향했다. 가장 먼저 볕이 닿을 만한 장소였고 담배 한 개비가 간절하기도 했다. 계단을 올라 반쯤 열린 옥상 출입구로 들어섰다. 남색 하늘 가장자리에 아직 지지 않은 반달이 걸려 있었다. 동편 하늘이 발긋해지는 걸 바라보는데 건물 밖 공기가 아지랑이처럼 가볍게 일그러졌다. 몇 발짝 뒷걸음질쳐 물탱크 틈으로 몸을 숨기고 아지랑이를 관찰했다. 이윽고 청자켓에 투블록스타일의 머리를 한 이십대 남자, 그리고 포멀한 검정 재킷에 청바지 차림의 이십대 여자가 느리게 공중으로 부양했다. 마치 투명한 양탄자를 탄 것처럼, 혹은 보이지 않는 에스컬레이터에 오른 것처럼 느리게 하늘로 올라갔다. 하늘 저 너머 바늘구멍처럼 작은 태양이 떠오르는 중이었다. 귀신이 나다니기엔 양기가 충만한 시간이었다. 익숙하지 않은 존재 앞에서 나는 본능적인 두려움을 느꼈다.

터져 나오는 비명을 손바닥으로 막고 몸을 수그렸다. 그들이 나를 찾아내 왜 한낱 인간 따위가 향낭을 가졌느냐 따져 물을

굿 드라이버

것만 같았다. 아니, 내가 향낭 그 자체이니 포승줄로 묶어버릴지 몰랐다. 숨을 꾹 참고 눈꺼풀만 들어올려 남녀의 모습을 훔쳐보았다.

남자가 겨드랑이 사이에 꽂은 노트를 여자에게 보여주었다.

"위에서 이수혁, 정수정 영가 안 찾나요? 구슬케이지 두 개 빈 걸 어떻게 보고해야 할지 막막한데요. 두 영가 모두 유수현이라는 사람을 거쳤어요. 신물을 가진 인간인데 그냥 둬도 되는 거예요?"

두 사람의 목소리, 정확히는 소리라기보다 마음에 새겨지는 메시지 같은 것이 또렷하게 읽혔다. 남자가 호명한 이름들이 내게 익숙했다. 수혁과 수정. 며칠 전 길을 잃고 떠돌던 청년의 이름이 수혁이었고, 요양병원 간호조무사의 이름이 수정이었다. 영가를 찾아헤매는 걸 보면 저 둘의 정체는 저승차사일지 몰랐다. 지금쯤 수혁과 수정이 천도되었을 거라 막연히 생각했는데 아닌 모양이었다. 그들 또한 지웅의 손아귀에 들어간 건지 의심스러웠다.

"사라진 영가가 너무 많아. 그렇대도 이승 개차반 난 게 우리 잘못은 아니잖아. 영물을 난도질해 여기저기 신물로 나돌게 내버려둔 건 보스니까. 절대 그걸로 추궁 못 할걸."

여자가 주머니에 손을 꽂고 부루퉁하게 말했다.

"그래도 꺼림칙하단 말이죠. 명부를 뒤져봤는데 유수현이라는 여자는 출생일만 있고 사망일이 없어요. 그것도 분명 오류일 텐데, 보고하면 다른 부서에서 쌍욕 날아와요. 출산율도 낮은데, 출생부 인력 좀 줄이고 차사들이나 보충해줄 것이지."

남자가 유리구슬 두 개를 꺼내 손바닥 안에서 굴렸다. 그러고 보니 강의실에서 청자켓을 입은 학생과 남자가 오버랩됐다. 그땐 안구건조증 때문에 남자의 얼굴이 선명하게 보이지 않는 줄만 알았다. 그의 정체는 차사였고, 나를 염탐중이었다. 등줄기에 소름이 돋았다.

차사들이 시야에서 완전히 사라진 건 동이 트고 큰 도로에 첫 차가 호젓이 달릴 즈음이었다. 나는 엎드려 바닥을 짚었던 손을 털고 일어섰다. 이제 담배 생각이 나지 않았다. 내가 본 걸 예슬이나 도령에게 전해야 했다.

"나도 봤소. 서울에서도 범죄사만 관리하는 자들이라오. 사내가 일직, 계집이 월직이지."

내가 몸을 숨긴 물탱크 반대편에서 도령의 목소리가 들렸다. 공포영화의 한 장면처럼 눈앞이 어질하고 심장이 발등으로 떨어지는 순간이었다.

"제발…… 기척 좀 해요."

목소리를 낮춰 그를 타박했다.

"지상을 떠났으니 이제 목소리 내도 괜찮소."

도령이 사박사박 걸어 내게로 다가왔다. 갓 쪄낸 감자처럼 뜨겁고 노란 태양빛에 손 갓을 만들어 얼굴을 가렸다.

"내가 차에 태운 영가 둘이 사라졌대요. 내 뒷조사까지 했어요."

"그게 대수겠소? 저들에게 사라진 영가는 민원인에게 거슬러 주지 못한 몇십 원 정도의 무게일 거요. 그리고 선생의 뒷조사를 했다고 쉬이 움직일 공무원들이 아니오. 그저 입에 들어갈 만한 크기인가 대본 것이지."

도령의 시큰둥한 반응에 손 갓을 치우고 그를 노려보았다. 늘 입던 푸른 도포 대신 남색 슈트 차림이었다. 상투가 아닌 단발에 가까운 긴 커트머리, 얼음처럼 차가운 눈빛을 한 그가 내게 성큼 다가섰다. 송진내만큼은 여전했다.

"갑자기 왜 캐릭터 바꿔요? 무슨 게임도 아니고."

"지겨워서. 그 복색으로 살아온 시간이 신물 나게 길어 갈아입어봤소."

제법 잘 어울리긴 했지만 이따금 도령의 도포 자락에 감길 때 느꼈던 포근한 순간이 그리울 것도 같았다.

"영가들이 사라진 게 왜 대수가 아니죠? 박수무당 손에 들어갔으면 두 사람 노예가 된 거나 다름없어요."

담뱃갑을 열어 한 대 남은 담배에 불을 붙였다.

"걱정 마시오. 다들 겉보기엔 헐렁해 보이는 차사들이지만 악 귀…… 아니지 악신으로 업그레이드됐다고 했나? 차지웅이 쥐 고 있었다면 알아차렸을 거요. 그래봐야 이 부서 저 부서로 떠 넘기다 여럿 죽은 뒤에야 감찰이 나설 테지. 세상이 뒤집어진 뒤겠지만."

사람 사는 곳은 여기나 거기나 매한가지인 모양이었다.

"악신 얘기를 아는 거 보니 병원에서 저랑 윤경이 대화를 엿 들었네요?"

그렇다면 도령은 내가 향낭이라는 걸 알고 있다는 의미였다.

'비록 최윤경이라는 영가가 악귀는 아니나 원한이 많아 저승 으로 가지 못하는 목두기요. 상대의 말을 너무 신뢰하는 거 아 니오?'

반박하기 힘든 질문이었다. 익숙하다고 안심할 수 없는 게 망 자였다.

"그럴지도 모르지만 안심할 수도 없어요."

도령이 고개를 갸웃했다.

'선생은 방금 내 마음을 읽었소.'

그의 말이 이해되지 않았다.

"제가요?"

'내 입술을 보시게. 지금 말을 하고 있는가? 선생이 듣고 있는 건 소리가 아니라 마음이지.'

정말 도령의 입술은 달싹거리지 않았다. 하지만 고질적인 이명이 방해하지 않는 깨끗한 음성이 귀가 아닌 머리로 이해되었다.

"내게 무슨 짓을 한 거예요?"

이런 초능력이 갑자기 생긴 데에는 이유가 있을 터였다.

"아무 짓도 하지 않았소. 나도 신기할 뿐이라오."

이렇게 감정이 출렁일 때마다 두통이 시작되었다. 성마르게 무언가를 찾으려는 듯 간절하고도 격정적인 통증이었다.

"이런…… 고질병이 도졌구려."

내가 인상을 찌푸리자 도령이 타들어가는 담배로 손을 뻗었다. 작은 불씨가 그의 검지로 옮겨 붙었다. 인센스처럼 그의 몸에서 풍기던 송진내가 진하게 퍼졌다. 도령은 장미꽃잎처럼 타오르는 손가락으로 내 미간과 양 어깨, 가슴과 두 손을 짚었다. 따끈하다 느낄 뿐 통증은 아니었다.

"이걸로 조금은 머리가 가벼워졌을 것이오. 이제 약 생각이 나거든 내게 뜸이나 받으시게."

도령이 입김을 불어 손가락에 붙은 불을 껐다. 터질 것 같은 머리가 가벼워지고 뻐근했던 어깨가 부드러워졌다.

"도령이 아닌 다른 사람의 마음도 읽을 수 있나요?"

"알 수 없소. 내 마음을 읽는 자를 나도 처음 만났으니까. 선생이 향낭이기 때문에 가능한 일이겠지."

이로써 나는 본래의 유수현에서 한 걸음 더 멀어졌다. 좋지도 싫지도 않았다. 내가 죽음이 아닌 삶을 선택한 순간, 그로 인해 빚어질 결과도 예상했어야 했다. 죽지 않는 좀비, 마음을 읽는 독심술사, 다음은 뭐가 될까.

"어제 예슬이는 별일 없었던 거죠? 혹시 차지웅과 접촉한 건 아니죠?"

"예슬낭자가 만난 건 차지웅이 아니라 최이성의 가족이었소. 꽤 흥미로운 걸 찾아냈지. 낭자와 셋이 차지웅의 주소지로 갑시다. 가는 길에 얘기하는 게 좋겠소."

비록 슈트 차림이었지만 도령은 뒤춤에서 합죽선을 꺼내들고 앞장섰다.

어젯밤 예슬은 병실을 나와 다시 응급실로 향했다. 그녀는 대기실 벤치에 앉아 있는 육십대 중반의 여자를 발견했다. 반백의 단발머리에 다초점렌즈 안경을 쓴 여자는 코와 입매가 이성과 유사했다. 예슬은 자판기 커피 두 잔을 뽑아 여자 곁에 앉았다. 그러고는 휴대전화 갤러리에 저장된 사진을 보는 여자에게 한 잔을 건넸다.

"아직 밤에는 쌀쌀하죠?"

"고마워요. 난 정신이 홀딱 빠져서 커피 마실 생각도 못 했는데."

여자가 무릎 위에 휴대전화를 내려놓고 커피 잔을 넘겨받았다. 휴대전화 액정엔 이성의 대학 졸업사진이 상체만 확대되어 있었다.

"아드님인가 봐요. 닮았어요."

눈가에 까치발 주름이 상냥하게 잡힌 여자가 씁쓸하게 웃었다.

"나보다 인물이 낫죠. 오래 아파서 내 속을 썩이긴 했지만, 마음이 참 보드랍고 연한 애였어요. 살면서 허튼소리 한마디 한 적 없는데……."

그녀의 대답에 예슬은 의아했다. 상준이 묘사한 이성은 진실인지 거짓인지 알 수 없는 말을 늘어놓는 허풍쟁이였으니 말이다. 말끝을 흐리는 걸 보면 사근사근하고 진중했던 성격이 지금은 바뀌었다는 의미였다.

"예전하고 달라졌나요?"

"꽤 오래 의식불명으로 지내다 깨어난 뒤론 아주 많이 변했습니다."

여자는 커피를 다 마시고도 한참이나 주절주절 신세한탄을 했다. 그녀의 늦둥이 딸이 꼭 예슬 또래인 탓이었다. 물론 정보에 목마른 예슬에겐 기회였다.

여자의 말에 따르면 이성은 의식이 돌아온 후 여러 가지 기행을 벌였다. 영어교육을 전공한 그는 아끼던 해리포터 영문판을 팔아버렸고, 여동생의 화장품과 옷을 몰래 훔치는가 하면 어려서 크게 체한 후 거들떠보지도 않던 치킨을 매일 시켜 먹었다. 엄마를 아줌마라고 부르거나 아빠를 아저씨라고 부르는 일도 잦았고, 무엇보다 어린 시절의 기억이 통째로 날아간 것처럼 보였다.

"어쩌다 한 번씩은 옛날 우리 아들 모습이 슬쩍슬쩍 비치긴 해요. 주치의는 그럴 수도 있대요. 정밀검사에선 멀쩡해 보여도 뇌는 미지의 영역이 너무 많아서 이유를 찾기가 어렵다고. 그러고 보니 여태 내 얘기만 잔뜩 늘어놨네. 아가씨는 누구 때문에 응급실 왔어요?"

"친구 때문에 왔어요. 이제 일어나봐야 할 것 같아요."

여자의 이야기를 다 들은 예슬은 한 사람이 떠올랐다. 그녀의 곁에서 팔짱을 끼고 서 있던 도령 또한 마찬가지였다.

"최이성의 생령이 빠져나간 자리에 누가 들어갔는지 알 것 같아요."

예슬은 불안감에 휩싸였다. 그녀의 추측이 옳다면 지금 이성의 몸을 장악한 건 라가였다.

"나도 라가를 떠올렸소. 태아령들의 특징이 고스란히 담겨 있으니까."

태어나자마자 죽은 라가는 태아령과 다름없었다. 그들은 귀신세계에서도 오롯이 한 명 몫의 취급을 받지 못했다. 그 탓에 태아령들은 허풍이나 과장이 심하다. 사춘기 귀신이 사실에 기반한 거짓말을 잘한다면 태아령은 사실과 무관한 망상을 늘어놓는다. 비록 육신은 없지만 예슬 곁을 이십 년이나 맴돈 라가는 동생이 입는 옷과 화장품이 탐났을지도 몰랐다.

"라가와 차지웅이 한 패라는 건, 역시 우리 아빠가 다리를 놨다는 건데……."

둘 사이에 관계를 만들었다는 얘기였다. 예슬은 일생을 광인처럼 살다 지명수배자가 되고, 어느 날 홀연히 사라져 서울의 재개발지구에서 분신자살을 한 아빠를 떠올렸다. 지금도 예슬은 마른오징어나 쥐포를 먹지 않았다. 타오르는 불, 그 위에서 천천히 오그라드는 한 시절의 생명을 바라보기가 괴로웠다. 아빠를 광인으로 만든 존재가 무엇인지, 왜 유서 한 장 남기지 않은 채 몸을 양초 삼아 불을 긋게 되었는지 궁금했지만 물어볼 사람이 없었다.

"그렇다 해도 변하는 건 없소. 우린 여전히 알바비가 필요하고, 악귀든 악신이든 후련하게 치워버리는 일이 산 자와 죽은 자 모두에게 이로운 것 아니겠소?"

도령의 쿨한 농담에도 예슬은 웃지 못했다. 라가에게서 안전해지고 싶은 건 사실이지만 자신의 손으로 해칠 용기는 없었다.

"낭자, 유수현 선생을 믿고 가봅시다."

"교수님은 잃어버린 제자 영가를 간절히 찾고 있지만 여건이 허락하지 않으면 언제든 포기할 수 있잖아요. 근데 전 다르잖아요. 내 혈육이 더러운 흉계로 죄업 쌓는 꼴을 지켜볼 수만은 없어요."

마음이 뜨겁게 달궈진 예슬이 콧물을 들이마셨다.

"아니, 낭자보다 선생이 더 이 일에 갈급할 것이오."

"왜 그렇게 생각하세요?"

"나와 선생, 그리고 삼충의 운명이 그러하다오."

도령이 아주 오랜만에 그것의 이름을 발음했다. 푸른 노루 한 마리가 그의 뇌리에서 겅둥거렸다.

대송로 산11-1은 산동네였다. 내비게이션엔 대송마을 전체가 텅 빈 공간으로 표시되었다. 마을 초입에서 올려다보자 페스트리 빵처럼 겹겹으로 지은 집과 담벼락, 그리고 무허가 천막이 가파른 산등성이에서 드레스처럼 펼쳐졌다. 도로가 평탄할 리 없었고 이따금 목재나 무단 투기한 쓰레기가 있으면 차에서 내려 치워야 진입할 수 있었다. 무엇보다 신기한 건 어디에나 있기 마련인 잡귀가 하나도 보이지 않는 것이었다. 사람이 모여 부락을 이룬 곳이면 터주신이 맞이할 법도 한데 그 또한 찾아볼 수 없었다. 인간도 귀신도 없는 황량한 공간은 처음이었다.

뒷좌석에 앉은 예슬이 고개를 푹 수그린 게 마음에 걸렸다.

"예슬이 컨디션 별로야?"

그 애나 나나 오전 강의 하나를 포기하고 나선 길이었다. 예슬이 들어야 하는 교과 담당교수는 출석에 민감한 사람이었다.

"그런 거 아녜요. 신경 쓰지 마세요."

도령의 속마음은 잡음 없이 깨끗이 들렸지만, 그 외의 사람들은 해당되지 않았다. 푸른 실과 도령 사이엔 사연이 있을 법했지만, 그걸 짐작하는 속마음을 들키고 싶지 않았다.

목적지가 얼마 남지 않았을 때 플라스틱 목마 하나가 길을 가로막은 게 보였다.

"도령이 좀 치워주시겠어요?"

차에서 내렸다 다시 타기를 반복하는 게 여간 성가신 일이 아니었다.

"저건 그냥 목마가 아니라오. 자세히 보시오."

안장 위에 작은 종잇조각 같은 게 나풀거렸다.

"전혀 모르겠네요."

내 대답에 도령이 스마트폰을 들어 목마 사진을 찍고는 엄지와 검지로 확대해 내 눈앞에 들이밀었다. 나풀거리던 건 종잇조각이 아니었다. 작고 통통한 아이의 손가락이었다.

"사념체라는 거요. 아주 작은 에너지의 파편들이라오. 누군가 몹시 아끼고 마음을 주었던 물건엔 저렇게 사념체가 따라붙곤 한다오. 먼지나 풀씨, 무지개, 신체의 일부 같은 모양새가 많지. 굳이 세상의 언어를 붙여야 한다면 그리움이 아닐까 싶소."

거대한 폐기물보관소 같은 공간에 그리움이 존재한다는 게 반갑고 다행스러웠다.

"사념체를 만지면 상사병이라도 걸리는 건 아니죠?"

내 질문에 도령이 빙긋 웃었다. 그저 심부름이 귀찮아 딴청을 피웠던 모양이었다.

나는 차에서 내려 그리움이라는 이름의 목마를 조심스레 담벼락에 붙여 세우고 돌아섰다. 어느 사이에 도령이 뒷좌석으로 자리를 옮겨 앉았다. 그는 재킷을 펼쳐 예슬을 품에 끌어안고 있었다. 순간 얼굴이 후끈 달아오르며 예슬이 부럽다는 생각이 들었다. 아니 부럽다기보다 내가 갖지 못하는 걸 독차지하고 있다는 시샘에 가까웠다. 고까운 표정을 숨기고 운전석에 앉았다. 도령은 여전히 예슬을 안고 그녀의 등을 토닥거렸다. 그의 부드러운 검은 머리카락이 예슬의 목덜미로 쏟아지는 게 보였다.

차창에 비친 내 얼굴이 석고상처럼 완고한 표정을 띠었다. 내가 질투라니, 낯선 일이었다. 어디서나 나를 제치고 유독 돋보였던 언니에게도 느끼지 않은 감정이었다. 연인의 옛 애인 얘기에도 이 정도의 불안감은 들지 않았다. 불꽃처럼 튀는 시기심이 내가 느끼는 건지, 아니면 내 뇌 속의 실의 감정인지 알 수 없었다.

"무슨 일인지 나만 모르는 거 같네요. 그러길 바라는 이유가 있다면 더 묻지 않고요."

목적지를 향해 나아가며 룸미러로 도령과 예슬을 바라보았다. 눈가가 벌게진 예슬이 천천히 도령의 품을 빠져나와 흐트러진 머리를 쓸어 넘겼다.

"아빠 시신이 발견된 동네예요. 저 꼭대기에 있는 벽돌집에서 분신하셨어요."

예슬의 말에 고개를 들어 마을 꼭대기를 바라보았다. 한때는 붉었을지 모를 벽돌이 검게 그을러 있었다. 누군가의 품에 안겨 올 만한 일이었다. 사정도 모르고 격해졌던 감정이 머쓱하게 주저앉았다. 그제야 예슬의 아버지가 죽은 곳과 지웅의 주소지가 가까운 게 우연인지 의아했다. 그럴 리 없다. 나는 운명이 그리 친절하지 않다는 걸 잘 안다. 어느덧 차는 지웅의 주소지 앞에 다다랐다.

"예슬이는 잠깐 차에서 기다려. 내가 먼저 훑어볼게."

악신이 되었지만, 그녀의 피와 살의 원천은 그 아비일 터였다. 슬픔이 북받친 예슬에겐 휴지기가 필요해 보였다.

나는 옷깃을 여미며 차에서 내려 집 안 마당으로 들어섰다. 지은 지 족히 오십 년은 넘은 듯 슬레이트 지붕이 떨어져 나간 디귿자 모양의 판잣집이었다. 회반죽을 여러 번 덧대 벽의 균열을 가린 자국이 보였고, 창문이란 창문은 모조리 깨져 있었다. 두서너 가구가 한 지붕 아래 사는 전형적인 구식 다가구주택이었다. 마당엔 고철과 썩은 흙만 남은 화분이 쌓여 있고, 악취가 풍겼다. 아무도 그리워하는 사람이 없는 걸까. 사념체는 보이지 않았다.

'아무래도 나는 이 마을의 터주신을 수소문해봐야겠소. 마을에서 일어난 흉흉한 사정을 알 만한 건 역시 터줏대감뿐이지.'

굿 드라이버

살풍경을 바라보던 도령이 말했다. 아니, 생각했다.

"저번부터 궁금했는데 대체 그런 정보는 어디서 굴러들어오는 거예요?"

도령이 자신의 구두코를 물끄러미 바라보며 대답을 미뤘다.

"잡귀 하나 없는 마을에서 누구한테 물어보실 건지 궁금했던 건데, 곤란한 질문이었나요?"

그가 고개를 돌려 나를 지그시 내려다보았다. 담백한 눈빛이었다.

"선생 눈엔 보이지 않겠지만 내겐 천라지망이 있소. 하늘과 땅에 그물을 쳐놓았지. 옥황이나 염라가 아니라 나 스스로 만든 감옥이라네. 귀신도 신도 아닌 내까짓 놈이 자칫 세상을 소란에 빠뜨리지 않기 위해 운신의 폭을 좁혀놓은 것이지. 내가 이따금 하늘 산책하는 걸 봤을 게요. 하늘에 쳐놓은 그물 끝까지 걸어갔다 오곤 한다오. 거기가면 갈 곳을 잃은 터주신과 산신들, 그리고 조왕이나 성주 같은 가신들이 노닐고 있지. 대답이 되었소?"

도령의 대답은 친절했지만 새로운 의문이 보태졌다. 스스로 그물을 놓아 감옥살이를 하는 이유는 무엇이며, 합죽선과 지난번 사용하고 사라진 장검 외엔 별다른 무기도 없는 그가 과연 세상을 소란에 빠뜨릴 능력이 있긴 한 건지 궁금했다. 왜 그는 자신의 정체를 시원하게 밝히지 않는 걸까. 하지만 질문은 멈추기로 했다. 이미 내 마음을 손바닥처럼 들여다보고 있는 그가 아무 대꾸도 하지 않는 걸 보면 묻는다고 달라질 것이 없었다.

"도령, 괜찮다면 예슬이도 데려가주세요."

도령이 없는 상황에서 집 안에 악신이나 라가가 기다리기라도 한다면 낭패였다. 비록 아직은 사용법을 모르지만 나는 신물인 향낭 그 자체이니 목숨 정도는 보전할 터였다.

"그리하겠소. 별다른 기운은 느껴지지 않지만 선생도 몸조심하시게. 다시 말하지만, 선생은 내 것이니까."

내 것을 힘주어 발음한 도령이 뒤로 한 걸음 물러섰다.

마당에서 보이는 가구별 현관문은 세 개였다. 그중 가장 가까운 문으로 다가섰다. 조금 열린 문 사이로 손가락을 넣어 당겼다. 죽은 지네가 문에 함께 달려 나왔다. 볕이 들지 않는 집 안엔 냉기가 흘렀다. 노란색 장판 위에 알록달록한 이불과 아기포대기 따위가 엉켜 있었다. 지웅의 가족관계에 아기가 없었던 걸 떠올리며 문을 닫았다. 다른 가구 현관문도 마찬가지였다. 먼지 더께를 뒤집어쓴 여성용 하이힐, 거울이 깨진 화장대가 있었다.

마지막 가구의 현관으로 걸음을 옮겼다. 앞서 들여다본 집들과 달리 현관문 손잡이가 온전했다. 섬뜩하도록 차가운 손잡이를 잡고 당기자 깨끗하게 정돈된 현관이 드러났다. 먼지 없는

굿 드라이버

바닥 위 양철 쓰레기에는 우산 하나가 담겨 있었다. 누가 살고 있는 건 아닌지 의심스러웠다. 나는 현관과 거실 사이를 가로막은 연한 푸른색 주름문에 귀를 가져다댔다. 아무 소리도 들리지 않았다. 조심스레 주름문을 밀어내자 이번엔 방범문 하나가 더 기다리고 있었다. 산동네, 그중에서도 가파른 구간의 다세대 판잣집에 어울리지 않는 보안이었다. 다시 방범문을 열고 집 안으로 들어섰다.

거실엔 5단 서랍장이 하나 놓여 있었고, 창가 아래 광주리 안엔 얇게 저민 무를 널어 말린 흔적이 있었다. 광목을 접어 만든 걸레와 조제약이 잔뜩 든 비닐봉투, 가장자리가 닳은 교자상을 제외하면 별다른 짐도 없었다. 부엌 바닥에 남은 자국을 보면 한때 냉장고가 있었던 자리 같았다. 흔한 거미줄 하나 없이 깨끗한 거실에서 유독 시선을 잡아끄는 건 벽에 박힌 수백 개의 못이었다. 못은 거대한 십자가와 만(卍) 자, 동심원 모양으로 박혀 있었다.

"악한 눈과 마주치면 돌이 되고⋯⋯."

못을 자세히 보려고 거실 벽을 향해 다가섰을 때 누군가의 음성이 들렸다. 도령은 분명 별다른 기운을 느끼지 못했다고 했다. 내가 잘못 들은 걸까.

"주눅 들지⋯⋯ 냄새나지⋯⋯."

목소리는 바로 내 등 뒤에서 속삭이는 것 같기도, 집 밖 마당에서 떠드는 것 같기도 했다. 방문이 열린 안방으로 들어가봤다. 문짝이 기울어진 장롱 하나만 덩그러니 놓여 있었다. 이번엔 문이 닫힌 건넌방 앞에서 섰다. 방문엔 유성매직으로 쓴 'Only evil eyes can read the death roll'이란 낙서가 있었다. 악한 눈만이 죽음의 명단을 볼 수 있다는 뜻으로 해석했다. 악한 눈은 악마의 눈이라고도 부른다. 로마 전설 바실리스크처럼 눈길 한 번만으로도 인간의 생명을 앗아가기도 하고 돌덩이로 만들기도 한다고 알려졌다. 그러고 보니 주눅 드는 눈, 냄새 나는 눈, 혹은 죽음의 명부라고 부르는 경우도 있었다.

지웅이 노리는 저승사자의 신물 또한 저승명부와 붓이었다. 그를 본 목격자들의 얘기에 따르면 목에 커다란 뱀 문신이 새겨져 있다고도 했다. 어쩌면 그건 뱀이 아니라 서양 용의 전형, 바실리스크의 형상일지 몰랐다. 안에서 중얼거리는 소리가 지웅일지 모른다고 생각하자 손이 움츠러들었다.

문고리를 잡고 전전긍긍하고 있을 때 방문 안쪽에서 반투명한 손이 불쑥 나왔다. 온몸의 모공이 조여들며 잔털이 곤두섰다. 숨이 쉬어지지 않고 심박이 제멋대로 날뛰었다. 정신과 약을 한 번에 끊을 경우 감정 기복에 따라 공황장애가 발생할 수 있다는 얘길 들었다. 차 안 콘솔박스에 공황발작 시 먹을 응급약이 있었지만 거기까지 가기 전에 숨이 멎을 것만 같았다.

반투명한 손, 손목, 그리고 팔꿈치와 어깨, 갸름한 얼굴이 방문을 빠져나왔다. 귀신이었다. 삼십대 중반 정도로 보이는 청년은 내 시선을 느끼지 못하는 것 같았다. 의당 귀신이라면 자신과 눈이 마주친 인간을 무시하지 않는다. 그들의 눈은 마치 올무와 같아서 인간의 관심을 끌면 언제든 그 몸으로 들어갈 촉수를 뻗곤 한다.

거실로 나온 청년은 방바닥에 앉아 벽에 박힌 못을 바라보았다. 열망, 경멸, 바람, 갈구 그 어떤 감정도 담기지 않은 빈 눈빛이었다. 나는 비로소 청년이 생령이라는 걸 깨달았다. 그 탓에 도령조차 기운을 느끼지 못한 것이었다. 나는 여전히 호흡이 거칠고 눈앞이 캄캄했지만 내 몫의 일을 감당해야 했다.

청년이 나온 방문을 열었다. 싱글 침대 하나, 발치 책상 위에 소설책 몇 권과 컴퓨터활용능력1급 문제집, 필기도구가 놓여 있었다. 문제집 첫 장을 들추자 차지웅이라는 이름이 적혀 있었다. 책상 서랍을 열었다. 영수증 몇 장과 스테이플러 심, 포스트잇을 밀어내자 사진관 상호 아래 손글씨로 차지웅이라 적힌 정사각형의 봉투가 나왔다. 봉투 안에 든 건 이십대 초반 정도의 청년이었다. 방금 방문을 빠져나간 청년의 얼굴이었다. 악신에게 육체를 빼앗긴 동안 지웅은 생령이 되어 익숙한 공간에 찾아

든 모양이었다. 악신의 주 활동지와 은거지는 다른 곳에 존재한다는 얘기였다.

　시야가 점점 좁아지고, 어제처럼 현기증이 일기 시작했다. 쓰러지지 않으려 벽에 손을 짚고 기도를 열어 크게 호흡했다. 비닐이나 종이봉투가 있으면 좋았겠지만, 호흡의 리듬을 되찾기 위해 잠시 숨을 참아냈다. 비로소 무뎠던 전신의 감각이 조금씩 돌아오고 있었다. 벽을 짚은 손끝에 뭔가 거칠한 것이 만져졌다. 고개를 들어 벽지를 바라보았다. 벽지 사이가 들떠 풀 바른 면이 검지와 중지에 닿았던 거였다. 손을 거두려다 벽지 뒤 벽에 뭔가 적혀 있다는 걸 깨달았다. 조심스레 엄지와 중지를 모아 벌어진 벽지를 찢어냈다. 그러자 초벌지 위에 얇은 약포지가 촘촘하게 붙어 있었다. 약포지엔 세필로 적은 범어(梵語)가 가득했다. 무슨 뜻인지 해석할 수 없었다. 다만 중간중간 기괴한 문양과 그림이 섞여 있는 걸로 보아 부적일지도 모른다는 생각이 들었다.

　정신없이 벽지를 벗겨냈다. 벽 한 면에 범어가 가득했다. 도령과 예슬을 불러야겠다고 생각하며 방문을 나섰다. 까드득, 까드득, 까득, 까득, 까까까, 기괴한 소리가 집 안을 가득 메웠다. 지웅의 생령이 내는 소리인가 싶어 거실로 나가보았지만 어느결에 사라진 뒤였다.

까드드드득, 요란한 소리와 함께 거실 벽에 박아놓은 못 하나가 총알처럼 반대편으로 발사되었다. 5단 서랍장 5층에 구멍이 뚫렸다. 기괴한 소리의 정체는 벽에 박힌 못이 뽑히는 소리였다. 수백 개의 못이 비명을 지르며 벽을 밀어냈다. 이대로 서 있다간 벌집이 될 걸 알고 있지만 피하기엔 늦었다. 첫 번째로 발사된 못 구멍 안에서 머리가 덥수룩한 노인이 빠져나왔다. 그는 치아가 없는 입을 크게 벌리며 고통스럽게 몸을 뒤틀었다. 상준이 말한 지웅의 귀신 봉인 방식이었다. 이 마을에 귀신이 없는 건 놈이 수백, 어쩌면 천 개가 넘는 못 안에 봉인했기 때문은 아닐까. 내가 건넌방의 벽지를 뜯어 부적을 드러내자 봉인이 풀려버린 것이다. 섣부른 판단의 대가로 원혼을 가두었던 못이 일시에 나를 향해 달려들었다. 온몸에 못이 박혀도 죽지는 않을 터였다. 하지만 영원히 흉측한 몰골로 살아야 할지도 몰랐다.

위기를 극복할 방법은 두 가지였다. 하나는 도령이 위기를 감지하고 내 앞에 나타나는 것, 그리고 또 하나는 향낭의 쓰임을 내 힘으로 발현시키는 것이었다. 여러 가지 시도를 하기엔 시간이 부족했다. 바지주머니에 손을 찔러넣었다. 호두알만 한 향낭이 손끝에 달려 올라왔다. 외울 줄 아는 주문도 없었다. 예슬처럼 수인을 맺는 법도 몰랐다. 남보다 특별히 예민하지도 않았고, 태생부터 신기 같은 건 없었다.

내가 할 수 있는 건 헤어진 누군가를 그리워하는 일밖에 없었다. 다정을 만날 수 없지만, 어쩌면 내 그리움이 사념체가 되어 그녀 주위를 맴돌고 있을지 몰랐다. 사향노루의 향샘 또한 이성이 그리울 때 발동한다고 읽었다. 미치도록 그리운 이 마음이 나를 구원하지 않는다면 어떤 고통도 감내해야겠다고 생각했다.

'북방흑제의 몸은 현무이니라. 큰 짖음이 두렵거든 살기를 거두어라.'

내 몸 깊은 곳에서 커다란 진동과 함께 소리가 울려나왔다. 나는 본능적으로 내 머릿속에 봉인된 푸른 실의 목소리라는 걸 느꼈다. 동시에 손끝에서 깨진 픽셀처럼 각진 빛이 흘러나왔다. 향낭에서 올라온 빛이 아니었다. 손등 위 혈관이 전구같이 노라발갛게 빛나는 걸 보면 나의 일부였다. 빛의 픽셀은 반으로 잘라져 크기를 늘려갔다. 처음엔 하나에서 시작한 빛이 둘, 넷, 여덟, 열여섯 늘어갔다. 몸이 달아오르는 게 느껴졌다. 까드득, 까드득 벽을 밀고 달려 나오던 못이 바닥으로 곤두박질쳤다.

못 구멍에서 쏟아진 귀신들을 빛 하나하나가 캐시미어담요처럼 감싸안았다. 너무나 눈이 부셔 눈을 제대로 뜰 수 없는 장관이 펼쳐졌다. 첫 번째로 빠져나왔던 덥수룩한 노인의 앙상한 몸도 빛이 감싸안자 그의 인생 전성기인 듯 젊고 단정한 청년으로 변해갔다.

"교수님!"

등 뒤에서 예슬의 목소리가 들렸다.

"내가 무슨 일을 한 건지 모르겠어."

나도 모르게 과호흡이 멎고 식은땀과 현기증도 사라졌다. 따뜻한 물에 몸을 담그고 차가운 와인을 마시는 것처럼 편안했다. 내 앞에서 귀신들이 하나둘 사라지고 있었다.

"사용법을 알아내신 거죠?"

"향낭을 손에 쥐고 그 애를 그리워한 게 다야. 내 속에 뭔가가 끓어오르며 피와 살을 달구고 빛으로 빠져나갔어. 저 사람들 정말 천도되는 게 맞겠지?"

손에선 이제 빛이 나오지 않았다. 오히려 물방울이 뚝뚝 떨어져 구두코를 적셨다. 내가 알기로 현무는 수신(水神)이다. 물의 힘을 빌려 위기를 모면했다고 추측할 수 있었다.

"맞는 거 같아요. 밖에 저승차사가 있는 걸 봤거든요."

오늘 아침 본 저승사자 둘이 떠올랐다.

"젊은 남녀 한 쌍이었지?"

"네, 잔뜩 짜증난 얼굴로 사람들 이름을 확인하고 있었어요. 다친 덴 없으세요?"

예슬이 바닥에 떨어진 못을 하나 주워 올리며 물었다. 나는 건성으로 고개를 끄덕거렸다. 마음에 걸리는 것이 있었다. 지금 천도되는 귀신은 이미 오래전에 죽은 사람들일 터였다. 누군가 미리 기별하지 않았다면 기다렸다는 듯이 저승사자 둘이 그들을 맞이하진 않았으리라. 도령은 앞으로 벌어질 일을 이미 알고 있었다는 이야기였다. 왜 그가 나를 극한으로 몰아붙인 건지 알아내야 동맹을 유지할 수 있다.

연구실 책상 위에 우재의 흔적이 남아 있었다. 학장님 주재 월례회의 결과보고서, 보강일정안내문, 학업성적처리지침 등이었다. '메일이나 문자로 드리면 편하게 쉬지 못하실 것 같아서 출력했습니다. 김우재.' 노란색 포스트잇에 짧은 메모가 적혀 있었다. 우재 본인처럼 정갈한 글씨체였다. 그와 나는 고작 두 살 차이지만 때론 지나치다 싶게 깍듯했다.

다정이 입학하던 해 조교가 된 우재는 내가 출간한 모든 소설을 읽었다고 했다. 지나치게 장르색이 짙다, 포즈가 과하다, 마르케스의 아류다, 스펙트럼이 좁다는 혹평도 있었지만 그는 담백하게 재미있었다며 책에 서명을 받아갔다. 삼 년의 시간 동

굿 드라이버

안 내가 펄펄 끓는 용암에서 차가운 돌덩이가 되기까지, 우재는 묵묵하게 내 지척에 서 있었다. 그는 뜨거웠던 적도, 차가웠던 적도 없는 사람이었다. 체온 정도로 미지근한 온도를 유지하며 마치 내 향낭처럼 손을 뻗으면 닿는 거리에 따라 붙었다.

지난해 울릉도로 창작답사를 떠났을 때 아이들이 내게 권하는 술을 제가 다 받아 마시고 이튿날 끙끙 술병을 앓던 파리한 얼굴이 떠올랐다. 그의 무모한 친절이 나를 불편하게 했고, 그의 흔들림 없는 정온이 어쩌면 연민이 아닐까 의심됐다.

강의를 마치고 주차장에 내려왔을 때 예슬과 도령도 차 앞에서 기다리고 있었다. 도령에 대한 의문은 아무리 곱씹어도 목구멍을 넘지 못하는 질긴 힘줄 같았다. 내가 운전석에 앉자 도령이 보조석으로 올라탔다. 그가 의자에 앉는 순간 달칵달칵, 유리구슬 부딪히는 소리가 들렸다. 한두 개의 소리가 아니었다. 어쩌면 지웅의 집에서 천도를 기다리던 귀신 몇 명을 더 거두었을지 모를 일이었다.

"어제 혼자 곤욕을 치르게 해서 미안하오."

도령은 슈트 대신 가벼운 블루종에 셔츠 차림이었다. 속으로 비웃음을 지었다. 내가 뭔가 눈치챘다는 걸 도령도 알고 있다. 스스로 정체를 밝히는 게 모양새가 좋을 터였다.

"터주신은 만나셨나요?"

도령이 고개를 끄덕였다.

"말을 아끼더이다. 마을 근처에선 입을 열지 않을 성 싶어 오늘 남산 팔각정에서 만나기로 했으니 그리로 갑시다."

뒷자리에 앉은 예슬의 안색은 오늘도 좋지 않았다. 그녀가 축축한 눈길로 차창에 머리를 기댔다. 조심스럽게 차를 몰아 명동으로 향했다.

벚꽃이 피기 시작한 남산은 저녁에도 인파로 복작댔다. 사람 손이 닿을 만한 자리의 나뭇가지는 벚꽃이 떨어져 앙상했다. 차에서 내려 팔각정으로 향했다. 팔각정 입구에는 기념사진을 찍으려는 사람들로 붐볐다. 그중 드문드문 귀신도 섞여 있었다. 도령은 솜사탕을 파는 행상 앞에 멈춰 섰다.

"오시는구려."

솜사탕 기계에 환호하는 초등학생 넷, 유모차를 끌고 나온 부부, 개량한복을 입은 자그마한 할머니와 회색 카디건에 붉은 셔츠 차림의 젊은 여자가 팔각정을 향해 걸어왔다. 저들 중 누군가는 터주신일 터였다.

"예슬아, 넌 신과 귀신을 구분할 수 있어?"

난 아직 귀신과 생령조차 구분하기 힘들었다.

"자발적으로 이승에 남은 귀신은 뭔가를 갈망하잖아요. 그래서인지 다들 목말라 보이고. 신은 나무나 바위처럼 느긋한 인상이에요. 큰 신일수록 따뜻한 온기를 내뿜기도 하고요."

솜사탕이 만들어지는 걸 바라보는 네 아이는 사람이었다. 유모차를 끌고 나온 부부도 사람, 개량한복의 할머니는 브러시로 문지른 것처럼 흐릿했다. 선명하진 않지만 온화한 표정에 걸음걸이도 느긋했다. 그 뒤에 종종걸음으로 다가오는 카디건 여자는 선이 날렵한 미인이었지만 오만상을 찌푸렸다. 개량한복 할머니를 향해 인사를 하려고 고개를 숙이는 순간 도령이 카디건 여자 앞으로 다가섰다.

"터주마님, 오셨습니까?"

뜻밖에도 터주신은 할머니가 아니라 카디건 여자였다,

"모든 신이 다 온화한 건 아닌가 봐요, 교수님."

예슬도 놀란 모양이었다. 카디건 여자는 짧은 투블록 커트머리를 손가락으로 빗어 넘기며 사람이 적은 자판기 쪽으로 턱짓을 했다.

"사람 많은 데를 골라 미안하오. 목멱산 산신은 덕망이 높아서 인간이 개미처럼 끓어도 역정을 낼 줄 모르시지. 저리로 갑시다."

터주를 따라 화장실 건물 옆에 붙은 낡은 자판기 앞으로 모였다.

"그간 어디 기거하셨는지요?"

도령이 물었다.

"오늘은 목멱산이니 내일은 삼각산이든 노고산이든 옮겨봐야지. 그나마 버림받은 터주 받아주는 건 산신뿐이더이다."

터주는 붉은기 도는 눈동자에 사내처럼 굵고 짙은 눈썹, 얄팍한 입술의 도시적인 외모였다. 여의도에 있으면 증권맨처럼 보일 것 같았고, 상암동에 있으면 프로듀서처럼 보일 법했다.

"두 처녀는 누구신가?"

터주의 물음에 예슬이 고개를 조아렸다.

"무당 자손 조예슬이라고 합니다, 어르신."

"자네 라가의 자매인 거지?"

터주가 한쪽 입술만으로 웃었다.

"어르신께서 라가를 어떻게 아시는지요?"

예슬의 눈동자가 흔들렸다.

"내 그 아이를 이미 만나서 잘 알지. 천천히 얘기하세."

그녀를 한동안 톺아본 터주의 시선이 내게 향했다. 예슬처럼 공손하게 인사를 건넬 수 있을지 몰랐지만 일단 고개를 조아렸다.

"자넨 소개하지 않아도 알 만하네. 몸에서 향내가 보통 진동해야 말이지."

퍼뜩 고개를 들었다.

굿 드라이버

"푸른사향노루의 향샘이로구먼. 자네가 갖기 전에 마지막으로 그걸 들고 다니던 수녀를 본 적이 있어."

나도 모르게 입에서 탄성이 터졌다.

"수녀님을 아시나요?"

대전의 안치소에서 스치듯 잠시 만나 내게 향낭을 주고 간 그녀는 지금쯤 어떻게 지내고 있을까.

"수녀원에서 우리 마을 애들한테 정기적으로 밥을 해먹였어. 그 향낭을 쥐고 있어서 날 발견하곤 먼저 다가왔지. 듣자하니 향낭의 힘으로 구마의식도 곧잘 한 모양이더군. 근데 작년 겨울에 소천하셨어. 본인이 그리도 고대하던 큰 신의 부름을 받았거든. 자네도 누굴 찾고 있는 게지?"

향낭으로 구마의식을 했다는 건 사탄도 물리칠 만큼 강한 신물이란 의미였다.

"네, 간절히 그리워하는 사람이 있습니다."

향낭의 본질은 그리움일 터였다.

"자네 생각이 절반은 맞아. 그리움이기도 하고 후회이기도 하지. 본래 후회하지 않으면 그리움도 남지 않는 법이거든. 그나저나 낯선 도령께서 나를 긴히 만나자고 한 이유가 있을 텐데?"

터주도 내 마음을 읽어냈다. 봄볕처럼 따스한 기운이 얼굴과 어깨 위로 쏟아졌다.

"대송마을이 어쩌다 황무지가 된 것인지 여쭙고 싶습니다. 인간은커녕 귀신조차 볼 수 없으니 필시 저희가 모르는 크나큰 변고가 있었을 것 같습니다."

도령이 끼어들었다.

"귀신이나 사람은 물론이고 나도 돌아가지 못하고 있지 않은가. 바로 그 박수무당 때문에 이 사달이 나고 말았지."

터주의 눈동자가 모닥불처럼 환하게 타올랐다.

대송마을의 재개발은 그리 놀라울 일이 아니었다. 재개발 조합이 세워지고 어느덧 이십 년이란 시간이 흘렀으니 떠날 사람들은 진즉 떠나고 남은 건 극빈자와 노인, 그리고 이 터에서 죽은 귀신들뿐이었다. 터주가 수천 년을 입어온 치마저고리를 갈아입은 것도 그즈음이었다. 가뜩이나 귀신도 흔한데 기력 없는 노인이 한복 차림의 그녀와 마주치면 크게 놀라 심장마비를 일으키기도 했다. 터주는 행인들이 버리고 간 학원 광고지 속에서 가장 눈에 띄는 일타 강사의 복색을 그대로 재현했다. 광고지에 적힌 카피대로 '누구보다 빨리, 누구보다 높이, 누구보다 쉽게'

사람들 속에 섞이기 위해서였다.

당산나무 앞에 재개발조합 컨테이너가 들어섰다. 그래서 터주의 근거지도 컨테이너 위로 옮겨갔다. 더는 와자하지 않은 버스정류장을 바라보며 터주는 인간을 흉내 내 하품을 했다. 대개 마을이 사라지면 터주도 은퇴를 한다. 간혹 아파트 조형물에 스며들어 이승에서 안식을 취하는 신도 있지만, 그녀는 가능하면 다른 대륙으로 이주해 새로운 부족과 마을을 만들고 싶었다. 그걸 가능하게 해줄 신물로 뿔피리까지 하사받았으니 헛된 꿈만은 아니었다.

새 터가 아프리카나 오세아니아면 좋겠다 생각하며 터주는 느리게 달려오는 용달차로 눈길을 붙였다. 운전자는 중년남자였고, 보조석엔 십대 중반의 눈썹 짙은 소녀가 앉아 있었다. 화물칸에는 잡다한 살림살이가 실려 있는 걸로 보아 이삿짐이었다. 대송마을은 이사를 나가는 주민은 있어도 들어오는 일은 없는 곳이었다. 터주는 의아한 마음으로 빈집의 지붕을 가뿐가뿐 밟으며 트럭의 뒤를 쫓았다.

마을에서도 가장 꼭대기 집에 멈춘 트럭에서 중년남자가 내렸다. 터주는 꼭대기 집 가로등 위에 서서 남자가 짐을 부리는 걸 가만히 지켜보았다. 용촛대와 향로, 색색의 공단에 직접 자수를 놓은 번(幡)과 끝이 버섯코처럼 올라간 거대한 칠성칼을

날랐다. 박수무당이란 증거였다. 게다가 조수석에서 내린 소녀
는 그림자가 없었다. 직업의 귀천을 가리지 않고 사람을 좋아하
는 터주였지만, 눈에 형살이 가득 찬 박수무당만큼은 탐탁지가
않았다.

"수녀, 저기 꼭대기 집에 이사 온 남자를 봤지? 나는 왜 저자
가 꺼림칙하지?"

어른들이 일을 나가면 마을엔 여남은 명의 어린아이들만 덩
그러니 남았다. 터주는 아이들에게 밥을 주러 온 수녀에게 다가
가 속삭였다. 수녀가 눈을 찡그려 언덕 위를 유심히 바라봤다.

"이 무더위에 겹겹으로 껴입고 딸 같은 귀신하고 서 있네요.
마을에 무슨 일 있나요?"

향낭을 지닌 수녀의 눈에도 박수무당과 그의 딸 라가가 선명
히 보였다.

"저 부녀가 오고 난 다음부터 토박이 귀신들이 하나둘 사라
지고 있어. 아무래도 귀식을 하는 자 같아."

귀식이라는 말에 수녀가 얼른 성호를 긋고 주머니의 향낭을
쥐었다.

"귀신을 먹는단 말씀이시죠?"

처음 마을에 들어섰을 때와 달리 박수무당의 몸집은 귀기가
뭉치며 훌쩍 불어 있었다. 수염과 머리카락이 거칠고 무성하게

굿 드라이버

자란 데다 인간에게선 보기 힘든 샛노란 안광까지 희번덕거
렸다.

"그런 거지. 나도 말로만 듣고 본 적은 없어. 대송마을은 서울
에서도 음기가 가장 강한 곳이야. 한국전쟁 때 대학살이 일어난
곳이기도 하지만, 사실 네안데르탈인과 호모사피엔스의 격전지
이기도 했어. 수없이 많은 인간이 서로를 미워하며 피 흘린 곳
이지. 그래서 오만 잡귀가 다 모여들었지만 귀식을 하는 자는
처음이야. 뭣보다 찜찜한 건 무당이 자기 딸을 라가라고 부른다
는 걸세."

"그 이름이 왜요?"

"수녀는 하나님의 제자라 모를 수도 있겠네. 라가는 마구니의
딸 이름이지. 탐욕이라는 뜻이기도 하고."

박수무당과 라가도 수녀와 터주를 흥미롭게 바라보고 있
었다.

"어르신, 그럼 저 남자가 마귀라는 얘기예요?"

"아직은 악귀에 빙의된 인간이지만…… 거의 다 된 것 같아.
곧 변신을 하겠지. 제물을 얻어 저 거추장스러운 인간의 몸뚱이
만 걷어내면 좀 더 세력을 키울 수 있거든."

박수무당이 자신의 키보다 조금 작은 칠성칼을 바닥에 질질
끌고 나와 보란 듯이 허공을 그었다. 마을을 떠난 사람들의 사

넘체가 썰려나가 톱밥처럼 사방으로 튀었다.

"자네들이 악마라고 부르는 존재야. 아주 오래된 살기 그 자체이지. 나만큼이나, 어쩌면 나보다 더 오래됐을 거야. 우린 악마 대신 악신이라고 불러. 악신이 귀식을 하다 보면 결국 마군이 되기 마련이야. 솔로몬의 72마신 같은 거지."

마군은 악신이 이끄는 군대였다.

"72악마는 인간을 제물로 쓰는데, 설마 마군도 그런가요?"

수녀의 눈에 눈물이 글썽했다.

"맞아. 악신은 저승의 신물을 다 모으면 염라와 힘을 견줄 만큼 강력해져. 마군이 있는 곳은 인간도 귀신도 살 수 없게 되지. 오직 악신과 그를 섬기는 악귀, 그리고 먹잇감으로 분류된 신기 있는 어린아이들만 남길 거야. 터주나 조상신도 배겨내지 못하고 소멸되거나, 운이 나쁘면 유배지에 끌려가 영원히 고통받을 테지."

수녀가 지닌 향낭이 저승의 신물이라는 걸 알고 있는 터주의 마음이 착잡했다.

"그래서 말인데, 여기 오지 않았으면 좋겠어. 아니면 그 향낭을 다른 이에게 넘기는 것도 방법이지. 필시 저자가 신물의 냄새를 맡으면 자네를 요절낼 거야."

터주가 가진 뿔피리와 달리 수녀의 향낭은 지나가던 귀신도 돌아보게 만드는 힘이 있었다. 향낭에서 풍기는 향을 맡으면 누구나 한 번쯤 느껴본 익숙한 감정인 그리움이 솟구치기 마련이었다. 수녀는 그걸 여객선 침몰사고로 자녀가 실종된 어느 부부에게서 받았다고 말했다. 박수무당과 라가는 대송마을을 매일 드나드는 수녀를 유심히 바라보았지만 아직 마주치지는 않았다. 한 번쯤 가까이 다가올 법도 했지만, 그녀 주위엔 늘 크고 밝은 빛의 성령이 어른거려 선뜻 다가서지 못했을 터였다. 터주는 수녀를 보호하고 싶었다.

"저자가 지금 어르신께 뭔가 신호를 보내는 거 같아요."

칼춤을 멈춘 박수무당이 빈집을 향해 손가락을 뻗었다. 슬레이트 지붕 위에 앉아 무당의 칼춤을 넋 놓고 바라보는 귀신 한 무리가 있는 방향이었다. 라가가 고양잇과 동물처럼 네 발로 벽을 뛰어넘었다. 그러고는 앞니를 응등그리며 총각귀신에게 달려들어 목덜미를 물어뜯었다. 인간이라면 피와 살점이 튀었으련만, 귀신인 총각의 베어진 목덜미는 검게 타들어갔다.

"제 이름만큼이나 탐욕스러운 귀신이야. 언젠가는 더 큰 사고를 칠 게야. 내가 그냥 두진 않겠지만 자네는 아직 할 일이 많으니 다치면 안 되잖아."

둘의 대화는 거기서 끝났다. 더 길게 이야기하지 않아도 수녀는 터주의 마음을 알았고, 터주 또한 수녀가 현명한 사람이란 걸 알았다. 다시 만나지 못할 걸 둘 다 직감했으나 그리 슬퍼하지 않았다. 귀한 인연이란 흔적조차 남기지 않고 깨끗이 주워가는 것이라 생각했다.

박수무당은 나날이 흉포해져 마을의 귀신을 거의 먹어치웠다. 라가가 마을의 귀신을 잡아들이는 사이, 박수무당은 인간과 교류를 시작했다. 이웃집 청년 지웅이었다.

지웅은 사회복무요원으로 인근 소방서에서 근무했고, 매일 한두 명의 귀신을 어깨나 등에 매달고 돌아왔다. 그가 살려내지 못한 사람들이었다. 라가는 퇴근하는 지웅의 뒤를 밟았다. 그가 가파른 언덕길을 헐떡이며 오르는 사이, 귀신들은 취향에 맞는 집이나 골목을 찾아 몸을 날렸다. 조용히 추격하던 라가가 개구리 혀처럼 달라붙어 귀신을 포집했다. 그때마다 지웅은 모기가 목덜미에 앉는 느낌을 받아 몸서리를 칠 뿐 자신에게 무슨 일이 벌어졌는지 알지 못했다. 그는 신기도 없었고 영안이 트인 사람도 아니었다. 기질적으로 예민한 데다 조금 소심한 사람일 뿐이었다. 박수무당은 그 점이 좋았다. 신기나 영안이 있다면 자신의 정체를 단박에 알아볼 테니 쉽사리 다가서기 힘들 터였다.

"저기 나 좀 봅시다."

그날, 지웅은 어머니의 부탁으로 생닭 한 마리를 사 들고 언덕길을 올랐다. 그의 어깨에 오십대 후반의 남자가 목말 타듯

굿 드라이버

얹혀 있는 게 박수무당의 눈에 보였다.

"저 부르셨나요?"

박수무당의 부름에 지웅이 걸음을 멈췄다. 가로등 아래서 마주친 박수무당은 씨름선수처럼 큰 체구에 수염이 짙어 위협적으로 느껴질 법했다.

"내가 눈이 밝아 그런데, 꼭 이쯤 지나가면 뒷목이 뻐근하거나 따끔하지 않습니까?"

박수무당의 말에 라가가 지웅의 목말을 탄 오십대 귀신의 다리를 성큼 베어 물었다. 놀란 귀신이 손톱을 세워 지웅의 목덜미를 긁었다.

"앗, 따거! 저 지금도 따끔했어요. 생각해보니 자주 그랬던 거 같기도 해요. 여기…… 딱 이 가로등 지날 때마다요."

지웅이 불그스름하게 변한 목덜미를 손바닥으로 쓸며 놀란 시늉을 했다.

"이거 가지고 다니면 그런 일 없을 겁니다."

박수무당은 자신의 피를 뽑아 직접 범어로 적은 부적을 내밀었다.

"고맙습니다만, 저 이런 거 안 믿어요."

지웅은 매일 죽어가는 사람들을 병원으로 실어 날랐다. 때로 신분을 확인하기 위해 지갑을 들출 일도 생겼는데, 생각보다 많은 사람들이 이런 부적을 꼬깃꼬깃 접어 신분증 아래 넣고 다녔다. 그럼에도 재난이나 질병을 피하지 못하고 구급차를 부른 이들이었다.

일이 박수무당의 계획대로 흐르지 않자 이번엔 다시 라가가 나섰다. 그녀는 지웅이 들고 있는 검은 봉지로 몸을 욱여넣었다. 그러고는 가볍게 몸을 뒤채자 봉지가 펄떡거리기 시작했다. 지웅은 죽은 닭이 든 봉지를 떨어뜨리고 겁에 질려 담벼락에 몸을 바짝 붙였다. 벌어진 봉지 안엔 태아 시절 모습을 하고 누운 라가가 들어 있었다.

"이걸 지니면 해괴한 일이 없을 겁니다. 앞으로 필요할 테니 받아두세요."

박수무당이 지웅의 손아귀에 부적을 쥐여주고 돌아섰다.

당연하게도 부적은 귀신으로부터 지웅을 보호하는 것이 아니라 되려 끌어들이는 역할을 했다. 라가의 장난에 놀란 지웅은 매일 밤 가위에 눌렸고, 직장에 출근을 해도 넋이 나가 있었다. 그가 드나드는 병원과 영안실, 인적이 뜸한 골목 어귀에서 거머리처럼 수십 수백 개의 귀신이 피 냄새 나는 부적을 좇아 달려들었다. 잠을 잘 수도 밥을 먹을 수도 없는 지경에 이르렀다.

지웅은 어머니의 손에 이끌려 심리상담실과 정신건강의학과를 떠돌았다. 뻥튀기를 집어 먹듯 많은 약을 삼켜도 차도는 없었다. 사회복무요원이 해제된 뒤 그는 자신의 방에 처박혀 지냈고, 밤이 깊으면 고라니처럼 소리를 지르며 골목을 날뛰었다. 때로 어린아이처럼 굴기도 했고 노인처럼 지척거리며 걷기도 했다.

터주는 박수무당과 라가를 몰아내야겠다고 결심했다. 인간 개인사에 관여하지 않는 원칙을 처음으로 깬 행동이었다. 그녀는 조합 컨테이너 밑으로 들어가 조약돌과 당산나무 뿌리를 꺾어왔다. 신물은 아니지만 마을을 드나든 사람들의 정성과 염원이 깃든 영물이었다. 조약돌과 나무뿌리를 든 터주는 박수무당의 집으로 날아가 지붕에 수북이 뿌리고 남은 것은 금줄처럼 엮어 대문 위에 걸었다. 인간의 눈엔 그저 말라비틀어진 섬유질과 돌조각이지만 귀신에겐 잘 벼린 칼과 오랏줄로 보일 터였다.

둘이 방문 밖을 나서길 기다리며 터주는 담장에 걸터앉아 한때 아름다운 뿔이었던 가늘고 흰 피리를 꺼내 불었다. 처연한 가락에 하늘을 날던 참새와 박새 한 무리가 터주의 무릎과 어깨로 날아들었다. 박수무당의 패악질에 땅속을 파고들었던 지박령 두엇도 살그머니 고개를 내밀었다. 뿔피리를 거쳐 나온 가락은 유독 귀신을 자극했다. 터주는 상상했다. 머지않아 박수무당이 드럼같이 큰 몸뚱이를 끌고 대문으로 나섰다 오랏줄에 묶일 것이다. 시퍼런 칼날이 놈의 몸에 달라붙은 악귀를 도려내면 호두알처럼 뭉쳐 손안에 갖고 놀아도 좋으리라. 언젠가 반들반들 윤이 나면 몸집 큰 짐승의 먹이로 던져주고 엄니에 깨져나가는 것을 지켜보면 재미있을 거라고 생각했다.

"그런 일은 없으니 꿈 깨시지."

허스키한 목소리에 터주가 뿔피리를 손에서 놓친 줄도 모른 채 뒤를 돌아보았다. 라가였다. 마치 더빙을 하듯 라가의 입으로 박수무당의 목소리가 우렁우렁 쏟아졌다.

"내가 터주씩이나 돼서 더러운 말은 안 하고 싶었는데, 너네 참 양아치야."

터주가 담장 위에 꼿꼿이 서서 라가가 있는 안마당을 내려다 봤다.

"터주? 누굴 지키고 어딜 다스리는 터주란 말인가? 모두 떠난 이 마을에 산 사람을 위한 터주가 필요한가? 여긴 이제 귀신들의 마을이잖아. 귀신을 다스리는 자가 진짜 터주라는 걸 인정할 때도 되지 않았나."

입으로는 박수무당의 말을 전하지만 라가의 눈은 마당과 지붕에 널린 나무뿌리로 향했다.

"천벌이 두려워서 기어 나오지 못하고 어린 딸 앞세우는 놈이 말이 많구나. 시러베아들이나 혀가 긴 법이다. 나와서 오라를 받거라."

터주의 얼굴이 말고기처럼 붉어지고 우레 같은 목소리가 쩌렁쩌렁 퍼졌다. 그러자 나무뿌리가 라가에게 달려들어 그 몸을 옥쥤다. 지붕 위에 뿌려둔 조약돌이 볶은 콩처럼 튀어 슬레이트를 뚫었다. 뚫린 구멍으로 나무뿌리가 파고들어 안방에서 가부좌를 튼 박수무당에게 향했다. 모든 게 터주의 계획대로 흘러가는 것 같았다.

"터주어르신! 저기……."

담장 위 터주를 부른 건 상투 튼 지박령이었다. 그의 앙상한 손가락이 가리킨 곳은 마을 입구 컨테이너 박스였다. 컨테이너 아래에서 피어난 회색 연기가 마을을 자욱하게 덮어가고 있었다. 지웅은 혼이 나간 얼굴로 굴삭기를 끌고 와 컨테이너 박스를 들어낸 뒤 당산나무 밑동에 불을 지폈다. 간밤에 꿈에서 만난 그의 아비가 당산나무를 불태워야 네가 살고 네 어미가 산다고 호통을 친 탓이었다. 당산나무만 불태우면 자신 주위를 하이에나처럼 맴도는 잡귀들도 깨끗이 사라질 것만 같았다. 어차피 다 뭉개고 다시 지을 마을에 나무 하나 불 지르는 게 대수는 아니라고 생각했다.

터주는 모든 게 박수무당의 설계라는 걸 알아차렸다. 놈은 터주 스스로 마을에서 가장 영묘한 물건을 찾아내 무기 삼기를 기다렸고, 그게 당산나무와 돌탑이었음을 알아냈다. 터주는 선택해야 했다. 자신의 탯줄이나 다름없는 당산나무를 지켜낼 것인가, 아니면 신물인 뿔피리로 요사스러운 악귀들을 처단할 것인가.

당산나무가 사라지면 그녀는 대송마을에서 튕겨나갈 터였다. 그렇다고 악귀를 살려두자니 곧 마군이 되어 인간계를 어지럽힐 터였다. 터주는 자신이 아닌 인간을 구하기로 마음먹었다. 뿔피리를 부는 방향에 따라 그녀를 도울 군병들이 결정된다. 동쪽의 청제(靑帝), 서쪽의 백제(白帝), 남쪽의 적제(赤帝), 북쪽의 흑제(黑帝), 그리고 중앙의 황제(黃帝)가 이유여하를 막론하고 터주의 편에 서줄 터였다. 그녀가 담벼락 아래로 떨어뜨린 뿔피리를 주우려 고개를 숙였다.

"아줌마, 혹시 이거 찾나?"

나무뿌리가 타올라 화염에 감긴 라가가 뿔피리를 들고 있었다.

"얘…… 그거 이리 줘. 너 그거 들고 있으면 안 돼. 죄짓는 거야. 내 말 무슨 뜻인지 알지?"

라가는 보란 듯 뿔피리를 살품에 꼭 끌어안고 뒷걸음질했다.

"삼천 년 공든 탑이 이렇게 무너지기도 하네."

라가는 이미 터주에 대해 잘 알고 있었다. 모든 터주가 다 신물을 갖고 있는 건 아니었다. 삼천 년 이상 한 번도 터를 옮기지

굿 드라이버

않은 터주에게만 주어진 영예였다. 그걸 인간이나 악귀가 갖게 되면 무슨 일이 벌어질지 그녀 또한 알지 못했다.

신물은 신물을 쥔 자를 섬긴다. 부디 라가와 박수무당이 신물의 용도를 알아내지 않기만을 바라야 했다. 당산나무 밑동이 활활 타들어갈수록 라가와 박수무당을 얽어맨 뿌리의 불길도 거세졌다. 육신이 없는 라가는 고통을 느끼지 못했지만 박수무당은 달랐다. 그의 얇은 살갗 아래 지방층이 지글지글 타들어가자 꽉 깨문 어금니가 콰득 소리를 내며 부서져버렸다. 큰 눈을 부릅뜨고 인간의 육신이 벗어진 뒤 진정한 영생만을 기다렸다. 그의 비뚤어진 믿음과 광기가 불길보다 거센지도 몰랐다. 라가는 제 아비의 무릎 위에 걸터앉았다.

"조석주의 육신을 바칩니다. 피와 살과 영혼을 바쳐 당신을 부릅니다. 신이여, 여기 강림하소서."

두 덩어리의 불은 천장을 뚫고 타올라 검은 재로 사방에 풀풀 날렸다.

예슬은 끝내 울음을 참아냈다. 슬픔과 분노를 게워내지 못한 그녀의 가는 목덜미가 발긋발긋했다. 그녀도 나도 어렴풋이 짐작은 했던 일이었다. 하지만 누군가의 입에서 자신의 아버지가 악귀를 받아들여 악신이 되고, 그 악신이 무고한 청년의 정신과 육체를 좀먹고 있다는 이야길 들었을 때 이처럼 덤덤하기는 어려울 터였다.

"조석주예요. 그 박수무당의 생전 이름요."

예슬이 갈라지는 목소리로 아버지 이름을 발음했다.

"아버지 죄지 처자의 죄는 아니니까 어깨 펴고 사시게."

터주가 예슬의 어깨를 매만졌다. 위로의 말을 건네지만 정작 우리 중 가장 처지가 초라한 건 터주였다. 신물을 빼앗기고 거처인 당산나무까지 잃은 그녀는 어디에서도 환영받지 못하는 신세였다. 짐작컨대 터주는 지금 대기발령 상태나 다름없을 거였다.

"이 모든 걸 예슬 아버지와 그에게 빙의된 악귀가 꾸몄을까요? 한낱 인간과 귀신 따위가 작당모의해 악신이 되고 마군을 일으킬 수는 없지 않을까요."

내 질문에 터주가 상한 음식을 씹은 것처럼 시큼하게 인상을 구겼다.

"자네, 예리한 구석이 있구먼. 나 또한 당연히 뒷배가 있을 거라고 보네. 향낭이야 향이라도 풍긴다지만 뿔피리는 누가 말해주지 않으면 모를 테니까. 누군가 개입해 향낭과 뿔피리를 한 곳으로 모아놓은 거야. 수녀가 처음 우리 마을에 찾아온 것도 이유 없이 자동차 시동이 꺼졌기 때문이거든. 아마도 이승과 저승 사정에 눈이 밝은 천상신이거나 저승신 중 하나가 큰 그림을 그린 게 아니겠나."

터주의 시선이 도령을 향했다. 옷을 갈아입고 마음을 읽어내고 물건을 집어들거나 문을 여는 걸 보면 그의 도력은 귀신보다 신에 가까웠다. 막연히 예슬의 조상신이 아닐까 추측했지만, 변절한 천상신이나 저승신이라면 위험한 존재였다. 그는 어제 내가 못 공격을 받을 걸 알면서도 혼자 내버려둔 자였다.

도령이 주눅 든 기색 없이 온화하게 웃어 보였다.

"제 정체가 궁금하신 것 같군요, 어르신."

의도치 않게 도령의 정체를 알게 될 모양이었다.

"그래, 도령 말이 맞아. 난 자네가 누군지 도무지 모르겠어. 몸에선 천상의 향기가 풍기고, 눈에선 저승의 유황불이 타오르거든. 내가 어쩌다 보니 동가숙서가식 하는 처지인데, 반란의 주모자를 붙잡으면…… 누가 알겠나, 그 공을 높이 사 복권시켜 주지 않으려나?"

터주가 도령의 손목을 붙잡았다. 길고 가느다란 손이 야청색으로 변해갔다. 손가락 사이에서 돌가루가 떨어졌다. 붉은 셔츠와 카디건이 사라진 자리에 거친 돌조각이 자라났다. 갸름한 턱은 한없이 길어져 흙바닥에 닿고 머리카락과 귀, 코가 자라나 촛농처럼 매달렸다. 그녀의 본래 모습은 촛대처럼 곧게 뻗은 바위였다.

"네놈의 정체를 알기 전까진 놓아주지 않겠다. 이름을 말하라!"

도령의 몸 위로 따개비처럼 돌조각이 자라났다. 그의 팔과 어깨, 그리고 목덜미가 시커멓게 변해갔다. 겁먹은 예슬이 내 품을 파고들었다. 나 역시 숨을 곳이 있다면 납작 엎드려 기어들고 싶은 심정이었다. 하지만 신의 거대한 위엄에 압도되어 손가락 하나 움직여지지 않았다. 몇 걸음만 걸어가도 꽃망울 진 나무 아래서 사진을 찍는 사람들과 한 무리의 중국인 관광객이 복작대는 거리였다. 아무도 우리가 거대한 바위의 노여움을 샀을 거라 짐작하지 못할 터였다. 이대로 심장이 멎나 싶은 몇 초가 흘렀다.

도령이 바위로 변한 터주 앞에서 여유로운 미소를 지으며 고개를 숙였다.

"말씀드리지요. 이름 석 자 밝히는 것이 무어 어렵겠습니까. 제 이름은 이백현입니다. 비단 백(帛) 자에 밝을 현(炫) 자를 쓰지요."

도령에게 이름이 있을 거라곤 생각하지 못했다. 그도 한때나

마 인간이었다는 증거였다. 도령을 닮은 누군가가 성씨를 물려주고 밥술을 떠먹이고 인사를 가르치며 백현이라고 다정히 불렀다는 걸 상상하자, 내 눈앞에 회색 블루종 재킷을 걸친 창백한 남자의 정체를 더욱 헤아릴 수 없게 되었다. 그보다 놀라운 건 터주의 반응이었다. 그녀는 어느새 바위에서 인간으로 돌아와 있었다. 도령을 잡은 손이 가늘게 떨리는 것도 같았다.

"내 실례를 범했소."

터주가 손을 놓고 한 걸음 물러섰다. 이백현이라는 이름만으로도 신분을 증명한 셈이었다.

"진작 이름을 아뢰지 않은 제 잘못이 더 크지요."

도령의 상냥한 대꾸에도 터주는 고개를 들지 못했다.

"도령이라면 악신을 잡을 수 있을 거요."

"어르신께서 그리 말해주시니 고마울 따름이지요. 부디 때를 만나 복권하시기를 바랍니다."

터주가 고개를 들어 나를 바라보았다. 분명 무언가 내게 할 말이 남은 듯한 표정이었다. 하지만 그녀는 입술을 달싹이다 몸을 돌렸다. 봄볕이 쏟아지는 화창한 거리로 나가자 표백한 것처럼 터주의 형체가 옅어지다 이내 사라졌다.

그걸 바라보는 도령의 표정도 편치는 않았다.

"본의 아니게 무뢰한이 된 것 같구려. 하루빨리 뿔피리를 찾아 터주에게 돌려주어야겠소."

도령이 방백을 하듯 말했다.

"터주가 저렇게 낭패스러워하는 걸 보면 이백현이라는 사람이 꽤 유명한가 보네요. 그쪽 세계에서."

유명인사가 내 몸과 마음의 주인이라는 게 불안했다. 그가 날 무슨 용도로 사용하든 여러 사람의 입방아에 오를 것이 분명했다. 그러고 보니 새삼 내 진짜 주인이 누구인지 궁금했다. 머릿속 실타래인지, 이백현인지. 싸움은 둘이 벌이면 좋으련만.

"도령은 우리 아빠와 라가를 천도할 수 있죠?"

도령을 바라보는 예슬의 눈빛이 간절했다. 인간에서 악신이 되어버린 아버지지만, 예슬은 여전히 그를 그리워하는 것 같았다.

"그리는 못 하오. 난 누굴 천도할 수 있는 능력 같은 건 없으니까. 내가 알기로 악신이 된 자는 달의 뒷면에 유배된다고 들었소."

달의 뒷면이라면 가까이 있어도 인간의 눈으론 절대 볼 수 없는 곳이었다. 한때 나고 자란 고향별과 혈육을 영원히 바라볼 수 없는 암흑의 바다, 그곳이 바로 지옥이란 의미였다.

"낭자의 아비는 그걸 알고도 악귀를 받아들였소. 인간으로서 품어선 안 되는 마음이 자란 것이지. 내 반드시 악신을 찾아 요절내고, 조석주와 라가는 놈을 부활시킨 죗값을 받게 할 것이오. 만약 뜻대로 되지 않는다면 낭자가 대신 대가를 치러야 한다는 걸 미리 말해두리다."

도령의 말은 애호박에 박아넣는 쐐기처럼 무자비했다. 예슬이 맨몸으로 소나기 맞은 표정을 지었다.

"터주도 벌벌 떨게 만들 만큼 명망 높으신 분이 말본새는 왜 그래요? 지금 애한테 협박하는 겁니까. 애 멘탈 나간 거 안 보이냐고요?"

죄는 죄인이 받는 것, 그의 무고한 딸이 대신할 수 없다는 게 내 생각이었다. 도령의 모진 말을 듣고 나자 예슬이 꾹꾹 눌러두었던 눈물을 쏟았다.

"도령이 이 일에 뛰어든 저의가 궁금하군요. 예슬이를 보호한다는 명분은 너무 약해요. 정말 그게 걱정이라면 알바를 못하게 말렸겠죠. 결국 당신도 신물인 나를 얻어 한 자리 차지하고 싶은 야망가 아닌가요?"

입이 터진 김에 할 말은 하기로 했다.

"틀린 말도 아니오. 한낱 인간이 신물을 품게 놔둘 순 없지. 흩뿌려진 신물을 모아 푸른사향노루를 되살리는 게 내 목적이오. 허나 예슬낭자를 보호하겠다는 명분 또한 유효하오. 아비인 조석주는 악귀가 되어 아직 이승 어딘가에 머물고 있소. 그들이

칫값을 달게 받아야 낭자가 횡래지액을 면할 것이니 나설 수밖에."

신물을 찾는다는 건, 날 죽이겠다는 의미였다. 가장 가까운 곳에 가장 위험한 적이 도사리고 있었다. 그러나 쉽지 않을 것이다. 저승의 생물은 이미 나와 동기화되었다. 배신감과 울분이 치솟았다. 머릿속 푸른 실이 느끼는 강한 적대감이 내 피부를 전율시켰다. 예슬이 작은 어깨를 들썩이며 울었다. 믿고 의지하던 사람에게서 모진 말로 받은 상처는 영원히 아물지 않는다. 내가 그랬으니까.

초등학교 입학을 한 달 앞둔 날, 부모님은 날이 밝지도 않았는데 나를 흔들어 깨웠다. 언니가 수두에 걸렸다며 나를 외삼촌 차에 태워 춘천 외가로 보냈다. 한동안 내가 열병을 앓을 때 입원도 시키지 않더니 언니에게만 유난 떠는 모습이 서운했다. 태어나 몇 번 만난 적 없는 외할머니에게 나는 구박덩어리였다. 가시오이처럼 가늘고 긴 외할머니의 얼굴만 봐도 주눅이 들고 목소리가 나오지 않았다. 네가 태어나 너희 집이 망조가 들었다며 혼잣말을 하는 그녀의 주름진 입에선 노각처럼 쓴내가 풍겼다.

부모님은 전화를 받지 않았다. 몰래 전화를 걸다 외할머니에게 들킨 날은 가느다란 회초리로 전신에 매를 맞았다. 울다 지쳐 잠이 들면 외할머니는 틀니를 빼고 다가와 기괴한 주문을 웅얼거리며 어깨를 뒤흔들었다. 그런 날은 머리가 깨질 듯 아프고 속이 울렁거려 구역질을 했다. 살려달라고 빌어보아도 외할머니는 단호했다. 그녀는 나를 발가벗겨 마당에 세워놓고 찬물을 끼얹어 목욕을 시키고 등허리에 멍이 들 때까지 두들겼다. 그때마다 하던 말은 "이 망할 년의 굿것! 네년이 뒈져야 내 딸이 살지"였다.

나를 굿것이라 부르며 죽기를 바라던 외할머니는 어느 일요일 아침, 고요한 얼굴로 맑은 죽에 간장을 끼얹어 아침을 차려준 다음, 내게 새 옷을 입혔다. 그리고 얼마 후 부모님이 나를 데리러 왔다. 내가 배낭을 짊어지자마자 도망치듯 그 집을 뒤로 했을 때 외할머니가 한 말이 아직도 생생하다. "저 징그러운 년 때문에 내가 죽는 줄 알았다." 아무 죄도 없는 내게 뒈지라고 소리치고 모욕한 외할머니는 아직도 춘천에 살아있다. 그날 이후 단 한 번도 만난 적 없지만, 돌아가신다 해도 들여다볼 마음은 없다. 상처에선 아직 피가 흐르니까.

"울지 마, 상처준 사람 앞에서 함부로 우는 거 아냐. 넌 나랑 있어. 이제 나도 능력을 쓸 줄 아니까 도령 도움 같은 건 필요

없어. 내 머리통이 호두처럼 깨부숴지지 않는 한 아무도 너 못 건드려."

예슬을 끌어안고 도령을 노려보았다.

'선생과 나, 단둘이 풀어야 할 이야기가 있으니 늦은 시간 찾아가리다.'

도령이 허공을 성큼성큼 디디며 걸어 올라갔다. 나는 예슬을 추슬러 남산을 걸었다. 멀어져가는 케이블카를 바라보고, 긴 줄을 참고 기다려 돈까스를 사 먹었다. 시답잖은 농담에 예슬이 싱긋 웃자, 다정이 더욱 그리웠다.

예슬의 짐은 많지 않았다. 코스트코 쇼핑백 크기 상자에 담은 옷과 노트북, 그리고 백팩에 구겨넣은 잡동사니가 다였다. 다정이 소설을 고치던 서재를 예슬에게 내어주었다. 일인용 에어베드에 바람을 넣어주고 서늘한 방에 보일러를 틀었다.

"궁금한 게 하나 있어."

얼굴에 수분크림을 문지르며 예슬이 고개를 끄덕였다.

"몸주라고 해야 하나. 너한테 내려야 할 신은 지금 어디 있니?"

도령이 예슬의 조상신이 아니라면 그녀가 받아야 할 신은 따로 있을 터였다.

"저희 증조할머니가 모시던 조상신이라고 들었어요. 도령이 곁에 있으니 못 오고 계실 거예요. 그래도 느껴져요. 눈을 감으면 원래 캄캄하다잖아요. 근데 전 늘 오른쪽 한 부분이 환해요. 그분이 잘하고 있다, 더 열심히 버텨내라, 나 여기 있다, 말해주는 느낌이에요."

예슬이 부은 눈을 감았다. 순리대로라면 그녀 곁에서 도령이 떠나고 몸주인 조상신을 받아들여야 할 것이다. 기껏 아비와 악귀를 물리쳐봐야 예슬이 걸어야 할 길은 무속인의 삶이었다. 감히 상상하기 힘든 일이었다.

"무녀 되기 싫지?"

내 물음에 예슬이 고개를 가로저었다.

"싫지도 좋지도 않아요. 어디서 읽었는데, 모든 인간은 무수히 환생하다 보면 어느 생에 한 번은 영매가 된대요. 그 운명을 살고 나야 환생의 굴레를 벗어난다고 했어요. 진정한 수고가 끝나는 거죠. 좋은 거 아닐까요."

예슬이 읽은 글이 사실이길 바랐다.

나는 조용히 서재 문을 닫고 거실로 나왔다. 약 없이 잠을 잘 엄두가 나지 않았다. 어차피 내일 수업을 하려면 읽어야 할 과제가 많았다. 나는 화이트와인을 잔에 따라 욕실로 들고 갔다. 욕조에 물을 받아 몸을 담갔다. 뜨겁다 못해 아프다고 느껴지는 물속에서 프린트한 원고를 읽었다. 진부하고 지루하고 유치하고 뻔한 이야기들이지만 그 시절의 나도 이런 글을 썼던 것 같다. 차가운 와인을 입에 한 모금 머금고 욕조에 뒷목을 기대며 물속으로 몸을 눕혔다.

"예슬낭자는 선생에게 보낼 수밖에 없었소. 곧 악신을 만나러 갈 생각이니, 내 곁에 있으면 낭자도 위험해질게요."

수증기로 뿌연 욕실 안에 도령의 목소리가 울렸다.

"당신이 살던 시대하고 지금은 많이 달라요. 이제 여자를 가축 취급해선 안 된단 얘기죠. 혼자 세상을 구할 생각에 비장해졌다 해도 그건 타인에게 상처 줄 구실이 안 되죠. 뭐 대단한 전쟁인지 몰라도 예슬이한테 사과할 게 아니라면 그만 가줘요. 욕실에서 이러는 거 불편합니다."

가릴 것이라곤 물 위에 뜬 거품 몇 조각이 다였다. 인간이 아니라지만 외형이 남자인 도령에게 알몸을 보이고 싶지 않았다.

"걱정 마시오. 선생이 질색할까봐 밖에서 소리만 던지고 있으니까."

말은 저렇게 해도 믿을 만한 작자가 아니었다. 나는 재빨리 몸을 일으켜 가운을 걸쳤다.

"사과도 없고, 가지도 않는 걸 보니 정말 내 머리통을 깨부수러 온 건가요?"

"선생이 원치 않으면 난 신물을 얻을 수 없소. 둘은 이미 정교

굿 드라이버

하게 맞물려 서로의 감정을 나누며 공생하는 관계거든."

나는 욕조에 걸터앉아 남은 와인을 홀짝였다.

"깨부수는 대신 살살 달랠 셈이군요."

"달랜다고 넘어올 선생이면 좋겠구려. 나 혼자 세상을 구할
수 없소. 내가 느끼기로 예슬의 아비 조석주는 후회하고 있소.
생전엔 어리석어 몸을 착취당했고, 죽어선 발목이 잡혀 옴짝달
싹도 못 하고 있지. 그만큼 악신은 강력한 존재요. 놈의 정체는
아주 오래 묵은 무명의 존재이고, 조석주의 육신공양을 받아 신
이 되었을 거요. 차라리 조석주가 악신이라면 어찌 대적해보련
만…… 인간이 태동한 순간부터 함께해온 존재를 이길 방법이
막연하구려."

도령의 일방적 주장일 뿐이지만 거짓을 말하는 태도가 아니
었다. 이 기회에 더 많은 진실을 알아야 했다.

"솔직하다 말았네요. 숨기는 게 더 있잖아요. 이수혁과 정수
정의 영가가 감쪽같이 사라진 일을 알고 있어요. 나를 거쳐 간
두 사람이 왜 차사들에게 인도되지 않은 건지, 도령은 답을 알
고 있죠?"

"사라진 건 이수혁, 정수정 영가뿐이 아닐 거요. 차지웅의 집
에서 봉인 해제된 영가 몇도 내가 쥐고 있다오."

무슨 염치로 저런 고백을 하는 건지 이해할 수 없었다. 나는

와인 잔을 뒤집어 술을 비워내곤 얼굴을 붉혔다.

"악신은 박수무당이 아니라 도령이네요. 영가들을 삼켜 도력을 키우고 있는 건가요? 그런 거라면 악신이나 도령이나 다를 게 뭐죠?"

한 마리 짐승처럼 나는 사방을 이리저리 훑으며 단전의 힘으로 소리쳤다.

"진정하시오. 내가 선생이라 해도 그렇게 추측할 만한 행동이었소. 귀신들을 갈무리한 건 우리에게 곧 닥칠 위기를 대비해서요. 상대는 군대를 이끄는 세력인데, 우리도 아군이 필요하지 않겠소. 선생에게 은혜를 입은 영혼들이 자발적으로 합류한 일이오."

담백한 도령의 대답에 조금 머쓱해졌다. 여전히 마음에 앉은 앙금이 사라진 건 아니지만 도령 앞에서 사춘기 아이처럼 토라지고 싶진 않았다. 나는 세면대 앞에서 대차게 칫솔에 치약을 짰다. 가운 소매로 수증기 맺힌 거울을 닦아내고 양치를 시작했다.

"더 묻지 않는 거요? 다른 비난은 없는 거냔 말이오?"

그의 말이 사실이라면 더 따져 물을 것이 없었다. 내가 그의 꼬임에 넘어가지만 않으면 될 일이었다. 오히려 잘된 일이었다. 영생불사로 사느니, 죽고 싶을 때 도령을 불러 머리에 든 실타래를 걷어가라고 하면 되니까.

"도령은 오늘 밤 악신과 시원하게 한판 붙고 싶을지 모르지만 난 의견이 달라요. 놈이 공격하면 최선을 다해 방어하겠죠. 그러다 보면 언젠가 상대도 지칠 거고 틈이 보이지 않겠어요. 그때 기회를 잡을 생각이에요. 도령이야 하루 빨리 신물을 모아 하늘의 보답을 바라겠지만 예슬인 지금 이 전쟁이 누구보다 끔찍할 거예요. 그 애의 유일한 혈육을 유배지로 보내는 일이잖아요."

시큰둥하게 대답을 했다. 그러자 욕실 거울에 도령의 모습이 비쳤다. 나는 수건으로 치약 거품을 닦고 도령을 물끄러미 바라보았다.

"이렇게 쳐들어오면 어쩌자는 겁니까, 이백현 씨."

내 입에서 이백현이라는 이름이 나오자 도령의 눈동자가 흔들렸다.

"신물을 얻어 보답을 받기 위해서가 아니오. 내가 왜 그자를 이토록 증오하게 되었고, 놈의 죗값을 받으려는지 알려주고 싶소."

도령이 자신의 블루종을 펼쳤다.

"어쩌라고요? 그냥 말로 하면 되잖아요."

"말보다는 눈으로 보는 게 오해가 없을 거 아니오. 가까이 다가서시오. 내가 놈을 처음 만난 시절로 데려갈 테니."

나는 도령의 블루종 아래 베이지색 스웨터를 바라보았다. 마치 살아있는 사람처럼 적당히 부푼 근육이 편안하게 오르락내리락했다.

"다른 방법은 없어요? 꼭 포옹을 해야 하냐고요?"

말은 퉁명스럽게 뱉었지만 싫지 않았다. 그의 품은 언제나 내게 깊은 안식을 주었고, 그 어떤 약물보다 위로가 되었다.

"지극한 사연을 전할 방법은 이것뿐이오. 선생도 안식과 위로가 필요하잖소."

나는 마지못해 그의 가슴에 고개를 붙였다. 이마의 핏줄 하나가 꿈틀하는 것 같았다. 천천히 등허리에 놓이는 도령의 두 손, 향긋한 송진내, 그리고 욕조에서 물 빠지는 소리가 나를 나른한 잠으로 이끌었다.

중산에서 춘천으로 시집 온 이래, 그녀는 중산댁으로 불렸다. 멋모르고 결혼한 남편은 보잘 것 없는 소작농으로 마흔 살이 되자 기다렸다는 듯이 급사했다. 단명은 그가 말해주지 않은 시가

굿 드라이버

의 내력이었다. 어린 남매만 둘인 과부가 농촌에서 할 만한 일은 많지 않았다. 억세게 기운이 좋은 편도 아니었고, 삽삽하게 사람을 반길 줄도 몰랐다. 성정이 끈질긴 편이었으나 여자 팔자에 진득함은 곰 같다는 험담이 되어 돌아오기나 했다. 맛있는 음식은 먹어본 적이 없어 할 줄도 몰랐고, 손이 야무지지 않아 걸레 한 장 멀끔히 빨지도 못했다. 그렇다고 이렇게 앉아 새끼들과 굶어죽을 수는 없는 노릇이었다. 중산댁은 자본도 들지 않고, 고된 노동 없이도 입에 풀칠할 방법을 골몰했다. 그리고 내린 선택이 무녀의 길이었다. 타고난 신기는 없었다. 그저 자신이 곁방 살던 집, 꼬부랑 집주인 할멈이 한때 잘 나가던 만신이라 가능했을 뿐이었다.

"굿만 하는 세습무들도 있으니까 영 안 되는 건 아니지. 해서 된다는 보장도 없고."

마당 한편에 광주리를 깔고 어금니 모양의 동부콩을 까던 집주인은 고개를 가로저었다.

"그니까 형님이 날 좀 도와달라는 거잖아요. 신이 아니면 어때? 똘똘한 귀신이라도 붙잡아 점 봐주면 먹고는 살 거 아니에요."

중산댁이 날콩을 씹으며 입을 비죽거렸다.

"중산댁아, 너 지금 날콩 먹고 비리지?"

집주인의 말대로 날콩은 비리고 풋내가 났다.

"귀신이 들면 말이야, 날콩을 씹었을 때 꼬소하다. 신기하지?"

중산댁이 집주인의 손을 덥석 잡았다.

"형님! 나도 날콩 고소하게 먹고 싶어. 응? 내가 돈 벌면 모른 척할 사람이야? 산신각에 다달이 쌀 서 말씩 올리고, 정월엔 돼지도 한 마리씩 잡고 할게. 입심 좋은 귀신 한 마리만 내 등에 딱 붙여줘요."

과부 사정은 과부가 알아주는 법이었다. 집주인은 한국전쟁에서 남편을 잃고 홀로 육남매를 키워냈다. 남들 눈엔 앉아서 돈 버는 것처럼 보일지 몰라도, 매일 새벽같이 정성 들여 몸과 마음을 씻어내야 허튼소리가 새어나지 않는 일이었다. 남이 공짜로 가르쳐준대도 악착스럽지 않으면 해낼 수 없는 일이었다.

"중산댁아, 허주를 불러들여 무당이 되면 둘 중 하나야. 총기 있는 놈이 들어오면 짧고 굵게 벌어먹을 것이고, 게으르고 미련한 놈이 들어오면 빈대만 터뜨리다 곯아죽어. 내 말 알겠니?"

집주인이 걱정스러운 눈으로 중산댁의 메마른 얼굴을 바라봤다.

"싫어, 할 거면 난 크게 해먹을 거예요. 애들 아빠가 살아생전 좀 똑똑했소? 종이도 없이 눈만 껌뻑거리면서 여섯 자리 곱셈

을 하고, 애들 불러 모아 맹자 왈 공자 왈은 오죽 잘했냐고. 근
데 물러터져서 남의 집에 공짜로 나무 해다주고, 남의 밭에 공
짜로 거름 지어다주고. 평생을 허허실실 사람 좋게 살다 처자식
이 꼴 만든 거 아니냐 이거예요. 난요, 총명한 것보다 모질고 사
납더라도 내 주머니에 돈 채워줄 귀신을 섬길 거예요."

　바란다고 이루어질 소원이 아니었지만, 집주인은 악에 바쳐
씨근덕대는 중산댁이 줄곧 마음에 거스러미처럼 남았다.

　도령의 품에 고개를 묻고 반수면 상태로 잠꼬대하듯 입을 열
었다.

　"중산댁은…… 외할머니예요. 무당이 아니었어……."

　외할머니는 중년부터 시내에서 과일가게를 했다. 어째서 왜
곡된 과거를 보여주는 걸까. 도령의 손이 내 등을 가볍게 어루
만졌다.

　"중산댁이 신을 물리고 과일가게를 차리기 전 일이오. 게다가
예슬이 아버지 조석주와도 밀접한 이야기이니 그저 지켜보
시게."

외할머니에 대해 좋은 기억이 없는 나는 정신을 차리려고 눈을 부릅떴지만 이내 의식이 몽혼해졌다.

⁘

중산댁은 집주인으로부터 어둠의 귀신내림을 받았다. 서낭당 안에 하룻밤 묵힌 쌀로 지은 밥과 소뼈를 고아 기름을 떠낸 곰국 한 주발, 오래된 우물에서 퍼 올린 물 한 대접을 소반에 올렸다. 몰래 하는 굿이라 재비를 불러 장구나 징을 칠 수도 없고, 작두를 가져다놓지도 않았다. 그런데 어째 집주인의 눈이 침침하고 골치가 지근거렸다. 좋은 징조는 아니었다. 신의 제자가 되기 위해선 신어머니의 눈이 밝아야 했다. 둘 중 한 명이 부정 탈 짓을 해 악귀에게 뒷문을 열어준 건 아닌지 염려스러웠다.

"중산댁아, 너 오늘 동토날 짓 한 거 있으면 지금 말해라. 동토가 나면 귀신내림이 아니라 푸닥거리로 쫓아내야 해. 내가 골이 아프고 눈이 맵고, 코에서 두엄냄새가 펄펄 나서 그런다. 이게 무슨 일일까."

중산댁은 진득한 대신 둔한 구석이 있었다. 그녀는 오늘 아침 서낭당에 들러, 전날 가져다놓은 쌀 한 주머니를 품에 끌어안고

굿 드라이버

급히 나오는 통에 소매로 금줄을 끊고 말았다. 마을의 액막이를 해주던 금줄이 잘려나간 것도 모른 채, 중산댁은 부루퉁한 얼굴로 고개를 가로저었다.

"형님, 판 다 벌려놓고 딴소리하시기예요?"

중산댁은 집주인이 애먼 트집을 잡아 귀신내림을 거절할까봐 잔뜩 골이나 있었다.

"으이고, 설마하니 해주기 싫어 꽁무니를 뺄까! 만에 하나 잘못 되면 니 새끼들이 딱해서 그런다."

집주인은 뭔가 기연미연한 것이 있었지만, 죽을상을 짓고 바라보는 중산댁을 외면할 수 없었다.

"모르겠다. 늙어빠진 나야 죽으면 그만이지."

살기로 작정한 과부를 다 죽게 생긴 과부가 막을 길이 없었다. 집주인은 중산댁이 재봉틀을 팔아 마련한 새끼염소 한 마리를 마당으로 끌어냈다. 그녀는 염소의 목에 무명실을 둘둘 감아 중산댁의 무명지에 묶었다.

"니 정성을 받아주면 새끼염소 목이 잘리면서 실을 타고 피가 흘러내릴 것이다. 귀신이 보기에도 니 그릇이 가당치 않게 작으면 손바닥만 불나고 염소는 멀쩡하겠지. 내가 그렇다는 게 아니라 어른들 말씀이…… 말씀이."

귀신내림의 절차는 간단했다. 누군가 기도에 응답해 무명실로 새끼염소의 목을 베고 타래를 따라 중산댁에게 건너가면 신기가 발동할 터였다. 이런 일이라면 빠꼼이인 집주인도 확신은 없었다. 저 가늘디가는 실에 염소의 목이 날아간다는 건 불가능해 보였고, 그 정도로 강력한 귀신이라면 중산댁의 보잘 것 없는 몸뚱이로는 만족할 리 없었다. 그저 주위들은 이야기를 끄집어내 적선하는 셈치고 돕는 시늉을 할 뿐이었다. 일이 틀어지면 쌀이나 몇 되 채워주고 조용히 다독거릴 심산이었다.

기나긴 싸움이 시작되었다. 중산댁은 앞니가 부서질까봐 입에 손수건을 물고 절을 시작했다. 얼마 안 가 깔깔한 돗자리에 무릎이 쓸려 피가 났지만 엄살을 부릴 처지가 아니었다. 자칫 앓는 소리라도 냈다간 잠든 아이들이 방문을 열고 마당으로 나와 못 볼 꼴을 볼지도 몰랐다. 밥이나 먹고살게 이 몸뚱어리를 써달라고 어둠을 향해 연신 고개를 조아리기 바빴다.

그러기를 한참, 차려입은 소복이 땀에 젖어 살갗에 달라붙었다. 골수부터 얼어붙는 듯한 냉기에 중산댁이 절을 멈추었다. 그러자 그녀의 무명지에 감아놓은 실이 팽팽해지는 게 느껴졌다. 왼쪽 귓가에선 서걱서걱 심상치 않은 소리가 들렸다. 그즈음 집주인도 손빔을 멈추었다. 대문을 넘어서는 하얀 소용돌이가 보인 이유였다. 고드름처럼 차가운 기운이 마당을 휩싸고 돌았다. 거울에 반사된 빛처럼 재빠르게 어룽거리던 소용돌이는

굿 드라이버

이내 사라졌다.

"형님, 형님이 실 땡기는 거 아니죠?"

중산댁의 물음에 집주인이 잠든 것처럼 조용히 엎드린 염소를 바라보았다. 하얗고 성긴 털 아래로 분홍빛 살가죽이 나비치는 어린 생명도 그녀를 올려다보았다. 샛노란 눈동자 안에 가로로 누워 있어야 할 동공이 고양이처럼 곤두서 있었다.

"네가 나를 불렀나?"

염소가 작은 입을 들썩거리며 물었다. 짐승의 입을 빌려 말을 할 수 있는 귀신은 본 적이 없는 그녀였다. 히뜩 놀란 집주인이 자기도 모르게 무릎걸음으로 돗자리를 벗어났다. 중산댁이 절을 하지 않는데도 무명실은 저절로 움직이며 염소의 목을 서걱서걱 베어내고 있었다.

"묻지 않니? 네가 나를 부른 거냐고."

염소가 접어두었던 다리를 펴고 일어나 집주인을 바라봤다.

"제가 아니라 저이의 청입니다."

집주인이 중산댁을 가리켰다. 염소의 목에서 흐른 피가 무명실을 타고 대여섯 걸음 떨어진 중산댁으로 향하고 있었다.

"부와 명예를 간청한 게 너로구나."

납처럼 차갑고 무거운 목소리였다. 중산댁이 작은 어깨를 파르르 떨며 염소를 마주 보았다. 점점 빨라지는 실의 움직임에 염소의 피부는 찢기고 붉은 살과 혈관이 드러나 앞가슴의 털을 적셨다.

"먹이고 가르쳐서 인간 꼴을 만들어야 할 새끼가 둘이나 있습니다. 영검을 주시면 반드시 보답할 테니 받아주세요."

중산댁이 주먹을 쥐고 실을 당겼다. 중간쯤 맺혀 있던 피가 속도를 내기 시작했다.

"무엇으로 보답할 거지?"

실에 목이 베어 고개가 한쪽으로 쓰러져가는 염소가 물었다.

"사람 죽이는 일만 아니면 뭐든 하지요."

"그 일은 왜 못 하지?"

어느새 목이 반절은 잘려나간 염소가 피를 게워내며 떠듬떠듬 물었다. 중산댁은 대답할 말을 잃었다. 아무리 돈이 좋아도 사람 목숨을 빼앗을 배짱은 되지 못했다. 그때 중산댁의 귀에 또 다른 목소리가 들렸다. '숙희엄마! 안 된다고 해. 그놈은 자네가 부려먹을 귀신이 아니야.' 필시 죽은 남편의 목소리였다.

"중산댁아, 아무래도 안 될 거 같다. 악귀다, 악귀! 너 어서 그 실 끊어라."

집주인은 오래전 몸주가 떠나 신력이 사라졌지만, 지금 염소의 몸에 깃든 귀신은 보통내기가 아니란 걸 알아차렸다. 이 살기 띤 귀신이 중산댁의 몸을 비집고 들어오면 인간의 진액을 빨아 큰 악귀가 될 것이 틀림없었다. 그러나 염소를 바라보는 중산댁의 표정은 발갛게 달떠 있었다. 성마르게 숙희엄마를 찾는 남편의 목소리는 점점 작아졌다.

"나를 받아들여 손과 발이 되어준다면 너는 흐르고 넘치는 재복을 얻고, 아들은 감춰도 드러나는 관복을 얻고, 허약한 딸은 수복을 얻어 장수할 것이다."

중산댁은 결심이 섰다. 자손을 번영시킬 수만 있다면 귀신이 아니라 마귀여도 상관없을 것 같았다. 그 순간 염소의 목이 돗자리 위로 툭 떨어졌다. 그러나 무명실만큼은 희뿌연 새벽빛 아래 둥실 뜬 채 중산댁의 손가락으로 차츰 젖어들었다. 희끄무레하게 중산댁의 죽은 남편이 나타나 아내의 손을 감싸쥐었다.

"숙희엄마! 자네, 가난해도 염치는 있는 사람이잖어. 저놈의 노예로 살 작정이야? 그럼 우리 애들은 애비도 없는데, 에미까지 잃는 거야."

그녀는 어둠 속 소용돌이에 눈이 팔려 남편의 애타는 목소리가 들리지 않았다.

이 사달을 끝낼 사람은 한 명뿐이었다. 귀신내림을 알려주고, 감히 겁도 없이 실행하게 만든 집주인이었다. 죽어서 이 죄를 어찌 다 갚을까, 막막해진 그녀는 창고로 뛰어 들어갔다. 흰 실이 고작 손가락 한 마디만큼 남았을 때, 집주인이 천지팔양신주

경을 외우며 낫을 들고 달려들었다.

"문여시 일시 불 재비야달마성요확태중……."

그녀가 휘두른 낫이 새빨갛게 젖은 실을 썽둥 잘라냈다. 마치 자신의 손가락이라도 잘린 것처럼 중산댁이 몸을 뒤틀며 비명을 질렀다. 피 묻은 실이 새카만 연기를 내며 타들어갔고, 그걸 본 중산댁이 집주인의 머리채를 휘어잡았다. 숱이 없어 방울만큼 쪽을 졌던 흰 머리칼이 북두갈고리 같은 중산댁의 손가락에 뽑혀났다.

"내 돈 내놔, 돌려내놔!"

중산댁의 어린 남매가 방문을 열고 툇마루로 나왔다. 소복 차림으로 더러운 마당을 구르며 지악스럽게 소리 지르는 제 어미를 불안한 눈으로 바라보았다.

"중산댁, 너는 두고두고 나한테 은혜 갚아야 할 것이다. 사람으로 태어나 사람으로 죽어야지, 어디 그런 악귀를 받아 부리려고 해."

애가 끊어지게 우는 중산댁을 털어낸 집주인은 삼태기를 가져와 죽은 염소와 실타래를 담았다. 목이 잘려나간 염소가 들썩거리고, 실타래가 저절로 뒤엉키는 것을 바라보며 집주인의 마음은 착잡했다. 큰 부정은 부정 탄 물건을 묻거나 태우는 것으로 끝나지 않는다. 서낭신께 바치고 납작 엎드려 처분을 구해야 했다. 그녀는 삼태기를 들고 서낭당으로 향했다. 자신을 내려다보는 솟대와 장승의 눈이 두려워 고개를 꺾고 종종걸음으로 돌계단을 올랐다. 비로소 끊어진 금줄이 눈에 들어왔다. 원흉을 발견한 집주인이 무릎이 깨지게 주저앉아 손바닥을 비볐다. 그녀는 자신의 수명을 베어가도 좋으니, 서낭신이 마을로 스며든 악귀를 물리쳐주기만을 바랐다.

집주인은 한참 만에야 기도를 멈추고 고개를 들었다. 삼태기 안에 있던 실타래는 사라졌고, 들썩거리던 염소도 잠잠했다. 서낭신이 자신의 간청을 들어주었다고 생각한 그녀는 시름을 내려놓고 산에 올라 염소를 묻었다.

돌아온 집은 깨끗했다. 더러운 돗자리도 걷어냈고 굿상과 낫도 보이지 않았다. 때마침 부엌에서 나온 중산댁은 어느새 옷을 갈아입고 헝클어진 머리도 함함하게 빗어 묶었다. 눈빛은 고요했으며 붉게 달아올랐던 낯빛 또한 미색으로 돌아와 있었다.

"형님, 아까는 천지분간 못해서 죄송했어요."

집주인은 중산댁의 목소리가 중성적으로 변한 걸 알아차렸다. 멋쩍은 얼굴로 다가온 중산댁이 집주인에게 꾸벅 인사를 건넸다. 그러고는 손바닥을 슬며시 펼쳐 삶은 콩을 한 알 보여주었다.

"중산댁아, 콩맛이 어떠니? 비리니?"

집주인의 말에 중산댁이 고개를 가로저었다.

"희한하게 이게 고소하네요."

악귀가 아니라 귀신이 들어온 게 틀림없었다. 그래도 조마조마한 마음으로 집주인이 그녀의 귓바퀴를 잡았다. 악귀에 빙의되면 유난히 차가운 곳이었다. 그러나 따끈했다.

귀신내림으로 중산댁은 무당이 되었다. 악귀가 아닌, 자신의 죽은 남편이 깃든 터였다. 곧잘 영험하다는 소문이 나며 먹고사는 일도 수월해졌다. 사별한 후에야 동업을 하게 된 부부를 보며, 집주인은 오래 살고 볼 일이 세상엔 참 많다고 생각했다. 그러나 중산댁과 집주인이 모르는 이야기가 하나 더 있었다.

집주인이 서낭당에서 기도에 골몰해 초월적 의식세계로 빠져들었을 때, 서낭당 댓돌 위에 올려둔 무명실이 검은 재를 털어내고 고개를 빳빳이 세웠다. 신기가 다한 집주인의 눈엔 보이지 않지만 서낭당 안에는 서낭신이 없었다. 금줄이 끊어진 사이 잡귀가 끓어 뉘 집 아이는 배앓이를 하고, 뉘 집 노인은 중풍을 맞아 입이 돌아갔으니 부처처럼 앉아만 있을 수는 없었던 것이다.

집주인이 서낭신도 없는 서낭당에 치성을 드리는 사이 악귀가 엉겨붙은 무명실은 새로운 몸을 찾아 바람결에 몸을 맡겼다. 그때 마을 안에서 누군가 간절하게 비는 사람이 또 있었으니,

굿 드라이버

곧 건강한 사내아이를 출산하게 될 조 씨의 아내였다. 악귀에겐 볼품없는 중산댁보다 혈기로 단단히 뭉친 갓난아기 쪽에 군침이 돌았다.

조 씨의 아내는 두 번의 유산 끝에 간신히 산달을 맞이했다. 아홉 달을 누워 지내다시피 한 그녀는 삼신에게 혀가 마르고 손바닥이 닳도록 기도를 했고, 이제 열흘에서 보름 안으로 출산일이 다가왔다. 조씨의 아내는 베개를 세워 등을 기대 앉아 배냇저고리 박음질을 시작했다. 꼬리뼈가 아프고 숨이 받아 밤잠을 설친 그녀는 꾸벅꾸벅 졸다, 배가 서늘한 기운에 눈을 떴다. 드나든 사람은 없었다. 바느질감을 내려놓고 자신의 배를 어루만지던 그녀의 손에 반드르르 광택이 흐르는 비단실 한 오라기가 잡혔다. 물론 조씨의 아내 눈에 보이길 비단실일 뿐, 실체는 거뭇한 재가 박힌 무명실이었다. 어디서 묻어 들어왔는지 몰랐지만, 귀한 비단실로 배냇저고리를 지어 입힐 생각에 그녀의 손이 바빠졌다. 조씨의 아내는 배냇저고리를 곱게 지어 물에 삶았다. 남은 비단실로는 남편의 터진 바지주머니를 기워 입히고, 그 이튿날부터 진통을 시작했다.

아내의 진통 소식에 밭에서 돌아온 조 씨가 물을 끓이느라 아궁이 앞에 앉았다. 그는 아내가 꿰매놓은 바지주머니에서 꺼낸 담배에 불을 붙여 길게 빨아들이곤 곧 태어날 아기 생각에 저절로 히죽이죽 웃었다.

"우리 항렬이 덕 자였으니까 내 새끼는 주 자 돌림이구먼."

자신의 이름이 천하디 천한 조개덕인 탓에 새 식구의 이름만큼은 세련되게 지어주고 싶었다. 곰곰이 아이 이름을 떠올리는 그의 귓가에서 차갑고 묵직한 목소리가 들렸다.

"딸이면 은주, 아들이면 석주는 어떤가."

놀라 고개를 이리저리 둘러보았지만 조 씨의 곁엔 장작 더미뿐이었다. 무시로 드나드는 장인의 목소리일 거라 넘겨짚은 그가 고개를 끄덕였다.

"은주, 석주…… 그거 좋네요. 배 모양을 보면 아들이 틀림없다고 했으니까 내 아들 이름은 조석주네. 석주, 조석주. 참 좋네."

그가 악귀의 청을 받아들인 순간이었다.

조 씨의 아내는 예상대로 아들을 낳았고 이름은 석주로 지어졌다. 아이가 태어난 뒤 조 씨의 일은 수월하게 풀려갔다. 증조부터 삼 대를 이어 살아온 오두막집이 신작로에 수용되며 목돈이 생겼다. 부부는 남양주에 축사가 달린 집을 사 이사했다. 조 씨는 사료 값이 들지 않는 개장수를 시작했다. 축사 뒤꼍 밤나무에 도르래를 설치해 개를 매달았다. 밤나무엔 무수한 발톱자국과 잇자국이 늘어갔다. 또 집 도랑엔 한겨울을 제외하곤 늘

굿 드라이버

핏물과 파리가 들끓었다. 이웃들은 진저리를 쳤지만 석주는 도랑에서 자란 미나리와 토란을 아무렇지 않게 먹을 만큼 비위가 좋았다. 고등학교를 졸업하면서부터는 아버지 대신 몽둥이질을 하거나 토치로 개털을 그스는 일도 능숙해졌다. 석주의 어머니는 남편과 아들의 업장을 닫아야 한다며 절에 다니다가 돌연 공양주가 되어 암자에 들어앉았다.

조 씨와 석주는 떠난 이를 그리워하지 않았다. 식사는 개고기 부속을 소금 넣고 끓인 국으로 각자 해결했다. 옷은 세탁을 하는 대신 입을 수 없을 만큼 더러워지면 불을 놓아 태워버렸다. 조 씨는 매일 밤 뜨겁게 데운 술을 마셨다. 석주는 피씨통신에 접속해 클래식 동호회에 가입했다. 도살을 할 때 그는 라흐마니노프의 〈악흥의 순간〉을 즐겨 들었다. 격정적인 피아노 연주를 들으며 몽둥이질을 하고 축 늘어진 개를 감싸안아 수돗가에 던지는 순간엔 쇼팽의 〈혁명〉을 허밍했다. 부드러운 배에 칼집을 넣고 아직 식지 않은 장기를 대야로 옮길 땐 베토벤 〈소나타〉를 즐겼다. 그가 음악도 듣지 않고 허밍도 하지 않는 순간엔 누군가의 노랫소리가 들렸다. 때론 영어, 때론 중국어, 러시아어, 불어, 그리고 이따금 어디서도 들어보지 못한 언어가 나직한 소리로 흥얼거려졌고, 석주의 마음엔 파충류가 허물을 벗듯 나른한 통증을 동반한 평온이 깃들었다.

석주는 군입대를 앞두고 거대한 몸집의 도사견에게 오른쪽 허벅다리를 물렸다. 깊지 않은 상처였지만 병원에 들러 파상풍 주사까지 맞았다. 송곳니가 파고든 자리는 쉽게 아물었다. 그런데 외려 상처 주변이 시커멓게 멍이 들면서 건드릴 수 없이 아팠고, 무릎도 새큰새큰 시렸다. 한 달간 병원을 들락거린 뒤에야 멍은 빠졌지만 바지가 살갗에 스치기만 해도 칼로 베는 것처럼 아파 쩔쩔맸다. 걷기는커녕 잠자리에서 돌아눕지도 못할 지경이 되자, 조 씨는 석주를 대학병원으로 데려갔다. 그는 두 달간 열세 가지의 검사를 받은 뒤에야 복합부위통증증후군이라는 병명을 진단받았다. 확실한 치료법이나 약물은 없었다. 걸을 수도 없었고, 바지를 걸치거나 혼자 샤워를 할 수도 없었다. 그는 목발을 짚고 나와 자신이 수없이 많은 개를 목매달았던 밤나무를 올려다봤다. 석주는 도르래 끝에 달아놓은 철사 올가미를 끌어다 목에 걸어보았다. 목발만 던져버리면 죽는 건 일도 아니었다.

"너, 천국이 어떤 곳인지 아니?"

늘 귓가에서 노래만 흥얼거리던 목소리가 말을 했다.

"누구세요."

석주는 올가미에서 목을 빼고 플라스틱 의자에 걸터앉았다. 잔상처럼 희끗한 소용돌이가 철사로 대충 기운 고무통, 오그라든 개가죽과 밤나무 이파리를 지나 석주의 무릎으로 다가왔다.

"천국을 잘 아는 사람이다. 그곳에서 간신히 탈출했거든."

석주에겐 좀처럼 이해되지 않는 말이었다.

"천국을 왜 탈출해요?"

"지옥처럼 천국도 계층이 있기 때문이지. 천국은 낭만적인 곳이 아니야. 인간은 죽은 뒤에도 자신을 필요로 하는 세상으로 가거든. 수많은 생명을 구한 의사는 그곳에서도 누군가를 치료할 수밖에 없어. 왜냐하면 그자가 원한 건 대중의 사랑과 존경이었기 때문이지. 인류애 같은 명분은 대중이 지어낸 환상이란다."

소용돌이가 석주의 무릎에서 허벅지로 올라왔다. 그걸 떨쳐 버리려 애썼다간 통증발작이 시작될지도 모른다는 생각에 석주는 다리에 힘을 풀었다.

"그럼 평범한 사람들은 어디로 가나요?"

"지은 복도 지은 죄도 많지 않은 절대 다수의 사람들은 평범한 천국에 떨어진단다. 이승보다 많은 연봉에 넓은 평수의 집과 다정한 가족이 옵션으로 생기지만 중위 계층을 넘을 순 없어."

목소리가 답했다.

"별 볼 일 없네. 그럼 진짜 악인만 지옥으로 가는군요."

착하게 살아봐야 이승보다 나을 것 없는 곳이 천국이라는 답이었다.

"그렇지 않아. 악인도 달의 뒷면이라는 천국에 가지. 예를 들자면 연쇄살인마는 그들 계층만 따로 모아놓은 마을이 있단다. 그곳은 사냥감으로 넘쳐나는 세계야. 늑대처럼 도시를 누비다 곳곳에 숨어 있는 어리거나 늙거나 혹은 나약한 자를 마음껏 해칠 수 있단다."

목소리의 대답에 석주는 자신이 가게 될 천국을 상상했다. 올가미에 개를 엮어 흠씬 두들겨 패는 순간 느꼈던 노곤한 희열. 그게 인간이라면 어떤 느낌일지 가늠할 수 없었다. 자신을 향해 목숨을 구걸하는 나약한 인간의 육신을 떠올리자 삶에 대한 미련이 저만치 멀어져갔다. 불치병을 벗어나 마음껏 활개 칠 수 있는 곳이라면, 어디든 천국일 터였다.

"저도 천국에 갈 수 있겠네요. 그런 근사한 곳을 왜 탈출한 거죠?"

목소리는 석주의 배와 가슴, 목울대와 턱을 타고 기어올랐다. 석주는 서늘한 기운에 몸이 반으로 갈라지는 것만 같았다.

"뭐든 반복되면 질리기 마련이지. 만한전석도 매일 먹으면 물리는 것처럼 같은 패턴의 살육을 수천 년 해오다 보면 넌덜머리가 나거든. 난 그곳에 내 육신을 남겨두고 도망쳤단다. 강하고 아름다운 내 몸이 많이 그립구나. 네가 나를 받아주면 이승을 천국으로 만들어줄 수 있어. 나는 내 육신을 찾고, 너는 천국을 얻는 거지."

석주는 아픈 다리로 천국 같은 이승 생활을 이어갈 생각이 없었다. 죽으면 아픈 육신을 벗고 훨훨 날 테니 말이었다.

"싫습니다. 난 죽기로 했으니 죽을래요. 그게 맞는 거 같아요."

"말했잖아. 그곳은 지루해서 넌덜머리나는 세계라고. 네 그 붉은 입술을 벌려 나를 삼키면 아픈 다리가 나을 거야. 해봐. 손해 볼 것 없잖아. 아니면 그때 죽으란 말이다."

석주는 목소리에게 설득되었다. 지금보다 더 최악의 상황은 없을 테니 놈이 시키는 대로 입술을 조금 벌렸다. 그의 이 사이에 얼음이 달칵 부딪히는 소리와 함께 차가운 무언가가 식도와 위장을 타고 지나가는 게 느껴졌다. 심장이 쿵쿵 들뛰며 눈앞이 흐려졌다. 의학적으로는 부정맥이었고, 무속에서는 빙의라고 부르는 순간이었다.

저녁 무렵, 석주의 다리에서 통증이 가셨다. 그러나 목소리에게 자신의 일부를 넘긴 대가로 원치 않는 행동이나 말을 해야 했다. 그는 예전의 숫기 없고 음침한 청년이 아니었다. 넉살 좋게 사람들을 홀리고 이용할 줄 아는 능구렁이가 되었다.

그는 잠든 아버지를 물끄러미 바라보았다. 그건 석주가 아닌 목소리가 행한 일이었다. 만취해 잠이 들었던 아버지는 물주전자를 찾느라 눈을 떴고, 방구석에서 자신을 내려다보는 아들과 눈이 마주쳤다. 그러고는 심장마비로 즉사했다. 집을 처분하고 아버지의 보험금을 챙긴 석주는 피씨통신 클래식 동호회에서 만난 은영이라는 여자를 찾아갔다. 그녀를 흠모한 건 석주였지만, 교제를 시작하기도 전에 은영을 겁탈하라고 지시한 건 목소리였다. 끝내 석주가 목소리를 막아섰지만 그 순간을 기점으로 일주일간 복합부위통증증후군에 시달려야 했다.

석주의 육체는 어느덧 목소리의 지분이 더 커졌다. 은영과 결혼을 하고 쌍둥이를 임신한 뒤엔 본격적으로 목소리가 정체감을 드러냈다. 그는 신당을 차리고 기도를 올리며 박수무당을 자처했다. 그러나 목소리가 모시는 신은 마라라고 불리는 악신으로 귀신과 인간의 영혼을 마구잡이로 탐하려 했다. 아니, 애당초 목소리는 마라의 것이었다. 석주는 마라가 시키는 대로 말하고 행동했다. 신당에 찾아온 손님에게 악귀가 붙었다고 엄포를 놓았다. 거액의 부적이나 굿을 하지 않으면 수일 내로 가족이나 애완동물이 죽을 수 있다는 악담도 서슴지 않았다. 그래도 정성을 보이지 않으면 마라는 진짜로 가족이나 애완동물이 죽게 하고 끝내 원하는 것을 쟁취했다.

물론 궁극적으로 마라가 원하는 건 돈이 아니었다. 하지만 현대사회에서 인간을 다루는데 가장 효과적인 게 돈이라는 걸 알아차렸다. 마군을 만들기 위해선 토지를 사들이고 건물을 짓고 세를 확장해야 했다. 마라는 서울 귀퉁이에 재개발을 기다리는 대송마을을 탐냈다.

석주의 아내는 남편이 무슨 일을 하는 사람인지 몰랐다. 새벽에 나가 밤에 들어오는 그의 몸에선 향내가 풍기곤 했다. 생활비조차 제대로 주지 않아 임신 삼십오 주 차까지 그녀는 피아노 레슨을 다녀야 했다. 산기를 느낀 것도 레슨을 마친 뒤 차 안이었다. 쌍둥이여서 일주일 뒤 제왕절개 수술로 분만일을 정했는데 조산의 기미가 보인 거였다. 지하주차장에서 배앓이를 하며 은영은 전화를 받지 않는 남편을 원망했다. 그녀는 자동차 시동을 걸고 자신이 있는 곳에서 대학병원까지 얼마나 걸릴지를 헤아리고 있었다.

그때, 은영 앞에 남편 석주가 나타났다. 집으로부터 30킬로나 떨어진 외딴 아파트 지하주차장에서 남편과 우연히 마주치기 어렵다는 걸 그녀도 알고 있었다. 더구나 석주의 얼굴은 평소와 달랐다. 따개비처럼 붉고 거친 무언가가 피부 위에 융기해 꾸물거렸다. 검어야 할 눈동자는 흰 소용돌이가 번뜩거렸으며 아랫입술은 힘을 잃고 저절로 늘어져 아랫니가 훤히 보였다. 그는 마라에게 완전히 잠식된 석주였다. 은영이 오늘 중 출산할 것을 미리 알고 뒤를 좇은 터였다. 악귀에게 최고의 제물은 신기 있는 신생아였다. 그것도 한 번에 두 아이를 취할 수 있는 기회를 놓칠 리 만무했다.

"여보, 당신이 왜 여기 있어?"

은영은 겁에 질려 자신의 부푼 배를 두 손으로 감쌌다.

"내가 아기를 받아야 하거든."

석주가 은영의 배에서 눈을 떼지 않고 보조석 문을 열고 들어왔다.

"낳으려면 병원 가서 수술받아야 해. 당신이 어떻게 아기를 받는다고 이래?"

은영은 종이죽 탈바가지처럼 변한 남편의 얼굴을 마주 보지 못했다. 석주의 손이 은영의 손을 밀어내고 배를 쓰다듬었다. 뱃가죽 아래 두 자매가 아비의 손을 피해 몸을 웅크렸다. 격한 태동에 은영은 숨이 턱 막혔다. 이내 그녀의 운전석이 맑은 양수로 젖었다.

"병원에 데려다줄 거 아니면 내려. 나 119 부를 거야."

석주가 양수에 코를 박고 킁킁 냄새를 맡았다. 그의 기행을 더는 참아내기 힘든 은영이 휴대전화를 꺼냈다. 하지만 석주의 손이 더 빨랐다. 그는 은영의 휴대전화를 뒷좌석으로 집어던지고 그녀의 윗배를 누르기 시작했다. 시뻘건 얼굴이 은영과 정면으로 마주쳤다. 하복부를 잡아 찢는 통증보다 눈동자에 회오리를 담은 남편의 낯선 얼굴이 더 끔찍하다 느낀 은영이었다.

"너 석주 씨 아니구나. 아니, 사람도 아니지?"

은영이 그걸 깨달았을 즈음, 자매 중 언니인 라가 산도를 넘고 있었다.

"난 너를 너의 천국으로 보내줄 천사다."

석주는 체중을 실어 배를 눌렀다. 어떻게든 정신을 놓지 않으려 애썼지만 과다출혈로 은영의 생명은 서서히 꺼져갔다. 좁은 산도를 빠져나온 라가는 한쪽 머리가 짓눌린 상태였다. 첫 호흡이 시작되기 전, 석주는 탯줄을 당겨 태반을 끄집어내고 크게 입을 벌려 욱여넣었다. 붉은 살덩이에서 김이 솟아나고, 그걸 베어 먹는 석주의 몸에서도 김이 뿜어졌다. 라가는 끝내 울음을 터뜨리지 못한 채 제 아비의 입으로 들어갔다.

문제는 은영과 라가 모두 제 명대로 살다 죽지 못했다는 것이었다. 저승의 생사부대로라면 은영은 아흔다섯 살까지 장수를 누리다 폐렴으로 사망할 예정이었다. 라가 또한 제 어미만큼이나 수명이 길고 건강한 여자로 점지된 아기이건만 마라에 의해 운명이 끊기고 말았다.

석주가 동생 예슬을 꺼내기 위해 죽은 은영의 배를 누를 때, 이 아파트 1층의 노인이 강도사고로 명을 달리했다. 세 저승차사는 노인에게 죽음을 고지하고 영혼을 수습하여 저승으로 떠날 참이었다. 그런데 셋 중 귀가 가장 밝은 인황차사에게 갓난아기와 젊은 여자의 울음소리가 들렸다.

"다들 들으셨는가?"

인황의 질문에 일직은 노인의 혼령이 봉인된 구슬을 소매에 넣고 고개를 가로저었다.

"인황, 제발 모른 척하시오. 명부에 없는 망자까지 오지랖을 넓히다간 하루가 천년처럼 길지 않겠소? 이만 갑시다."

범죄사가 아니라 자연사라면, 다른 저승차사들의 움직임이 보이련만 기척이 없었다. 사고사나 자연사가 아닌 죽음은 자살뿐이었다. 그러나 자살귀는 울지 않는 법이다. 그토록 갈망하던 죽음을 제 손으로 맞이한 자들인 탓이었다.

"이건 범죄요. 듣고도 못 들은 척 할 수는 없소. 구천을 떠도는 귀신들이 어쩌다 생겨났소? 우리의 부덕과 무능 때문 아니오? 더구나 갓난아기의 울음인데 어찌 이리 매정하시오?"

일직은 이미 한 걸음 물러섰고, 월직도 미간을 찌그리며 생각에 잠겼다.

"인황의 말씀은 틀림이 없으나, 무단으로 인간계에 관여했다 뒤탈이 나면 곤란하니 보고부터 하는 게 어떻겠습니까?"

월직의 대답에 인황은 한숨부터 나왔다.

"정식 절차를 밟자는 말씀이십니까? 저승으로 내려가 품의서를 쓰고 직인을 받아 그걸 들고 다시 돌아오면 저 갓난아기와 여인이 여기 그대로 있겠소? 죄인의 악업은 누가 기록한단 말이오."

인황차사는 일직이나 월직과 달리 인간계를 돌보고 죄인을 수사할 권한이 있었다. 다른 저승차사단은 인황 대신 천황, 지황, 혹은 강림이 함께했다. 그들 모두 온전히 저승의 공무원이지만 인황만큼은 이승과 저승 양쪽에 발을 담그고 있었다. 그러니 차마 못 들은 척을 할 수 없었다.

"이번 한 번만 내 청을 들어주시오."

인황은 그들이 거절할 것을 알고도 마지막으로 청유했다.

"저는 감당할 자신이 없습니다, 인황."

일직의 말에 월직도 옷소매에 손을 넣고 뒤로 물러섰다. 잘한다고 치사받을 일이 아니었다. 그러나 만에 하나 어긋나면 인황혼자 뒷감당을 져야 했다. 카랑카랑한 아기의 울음소리가 거세졌다. 인황은 갈 길을 정해야 했다.

"알겠습니다. 두 분만 돌아가시지요."

인황의 대답에 일직과 월직은 가벼이 혀를 차고 돌아섰다. 두 차사를 올려 보낸 인황은 예사롭지 않은 울음소리를 따라 지하로 내려왔다. 김이 뿌옇게 서린 흰색 소나타 위에 젊다 못해 어려 보이는 여자 은영이 핏덩어리 갓난아기를 안고 있었다. 두 망자는 뚜렷한 형체를 지니고 있었으므로 인황은 그들이 죽은 지 얼마 안 된 모녀라고 짐작했다.

"새댁은 이름이 무엇이오?"

인황이 은영 곁으로 다가서며 물었다.

"이은영입니다. 우리 아긴 아직 이름이 없어요."

인황은 관복 비단주머니 안에 잠들어 있는 심복, 삼충을 깨웠다. 작은 밤송이처럼 생긴 삼충이 바닥으로 툭 떨어지더니 몸을 몇 번 뒤채자 푸른빛이 번지며 고고한 사향노루의 모습으로 변하였다. 푸른사향노루의 털은 하나하나가 영력을 지닌 작은 생명이었다. 털은 길게 자라나 갓 태어난 아기의 코로 들어가 핏줄을 타고 그의 일생을 기록하였다가 때가 되어 죽음을 맞이하면 인황에게 돌아와 인생 데이터를 전하는 일을 했다.

"삼충아, 죽은 아기의 몸엔 네 털이 없는 게냐?"

인황이 목소리를 낮춰 물었다. 그러자 삼충은 아무 대꾸 없이 굵고 단단한 뿔로 소나타 범퍼를 들이받았다. 놀란 은영이 보닛에서 내려와 인황의 등 뒤에 몸을 숨겼다. 삼충이 몸을 부딪기를 한참, 운전석 문이 열렸다. 진한 피비린내를 풍기며 석주가 내렸다. 그의 한 손에는 두 주먹을 야무지게 움켜쥔 예슬이 소리 없이 자지러지는 중이었다.

"네놈은 인간의 몰골을 한 악귀로구나. 근래 명부에 없는 망자가 늘어가는 것도 네놈 소행이렷다."

인황은 석주와 눈을 맞추며 말을 했지만 손으로는 삼충에게 공격을 지시했다. 어미와 언니는 이미 돌이킬 수 없는 강을 건넜다지만 아직 살아있는 아기를 외면할 수 없었던 거다.

"인간을 생식하였으니 이제 나는 악귀가 아니라 악신이니라."

석주가 라가의 살점을 질겅거리며 인황을 향해 걸음을 옮겼다. 인황은 선택해야 했다. 그와 삼충이 온 힘을 다하면 악신 하나 정도는 능히 물리칠 수 있었다. 그러나 은영과 아기를 저승으로 올려 보내려면 붓으로 명부에 이름을 적어야 했다. 악신과 다투다 망자를 놓치면 그 가여운 넋은 영원히 이승을 떠돌며 한 많은 잡귀로 살아갈 터였다. 가장 좋은 건 삼충 혼자 석주를 자신의 뿔에 봉인하는 것이었다. 인황은 삼충의 실력을 믿어보기로 했다. 그가 눈으로 석주를 주시하며 소매 안에 넣어둔 세필 붓과 명부를 꺼냈다.

삼충의 공격이 시작되었다. 그는 석주의 단전에 숨겨두었던 자신의 털을 소환해 그의 생이 어떻게 흘러왔는지 읽어냈다. 오른쪽 허벅지가 약하다는 걸 깨달은 삼충은 끝이 펜처럼 예리한 뿔로 석주의 다리를 들이받았다. 살을 푹 파고든 뿔을 이리저리 움직이자, 석주의 얼굴이 일그러졌다. 삼충을 쳐내려 무릎을 들었지만 뿔은 가지를 뻗어 그의 넙다리뼈와 신경으로 파고들었다. 석주가 갓난 딸을 내려놓고 항복 의사를 밝히지 않으면 삼충의 뿔은 배 속을 휘젓고 심장까지 뻗어나갈 터였다. 이는 마라로서도 견뎌내기 힘든 공격이었다. 제아무리 악신이라도 신전이 무너지고 주저앉으면 길바닥 신세가 되고 말기 때문이었다.

"아기 이름을 말하시오."

인황은 이은영의 이름을 명부에 적은 뒤 그녀의 갓난 딸의 이름을 물었다. 하지만 아기에겐 아직 이름이 없었다.

"아직 이름이 없어요. 태명이라도 말씀드리면 되나요?"

경험 많은 차사인 인황에게도 이런 일은 처음이었다.

"태명이라도 불러주시오. 내 명부차사에게 사정을 이야기 해 볼 터이니."

은영이 달콤이라고 태명을 불러주었다. 그때 마라가 삼충에게 마지막 공격을 퍼부었다. 애초 두 딸들을 잡아먹은 뒤 차에 불을 지르고 떠날 생각이었던 그는 주머니에서 라이터 기름을 꺼냈다. 삼충의 몸뚱이에 기름을 붓고는 지포라이터로 불을 댕겼다. 삼충은 신비로운 능력을 지녔고 그 수명에 한계가 없었다. 하지만 삼충은 염라가 쪽물을 옅게 먹인 종이를 곱게 오려 만든 생명인지라 불과는 상극이었다. 마라가 이걸 알고 전략을 짠 건 아니었다. 그는 막다른 골목에서 허벅지 하나쯤은 잘라버려도 괜찮다는 심정으로 삼충의 몸 위로 지포라이터를 던졌다. 몸이 자유로웠다면 도망쳐 목숨을 구했겠지만, 삼충의 뿔은 석주의 허벅지에 단단히 박혀 있었다.

놀란 인황이 붓을 내려놓고 삼충에게 달려갔다. 그에겐 제 새끼나 다름없는 존재였다. 삼충은 석주의 피와 살을 파고든 뿔을 거두려 애쓰느라 털과 가죽이 불타는 것도 느끼지 못했다. 인황은 어찌할 바를 몰랐다. 그토록 늠름하고 아름다웠던 심복이 순식간에 타들어가는 중이었다. 그가 석주의 몸에서 떨어져 나왔을 때에는 이미 뿔과 한 오라기의 털, 생식기를 제외한 모든 곳이 모래처럼 묵직한 재로 변한 다음이었다.

마라는 부상당한 몸으로 분노한 저승차사와 싸워 이겨낼 승산이 없단 걸 알았다. 그는 이미 명부에 이름을 적혀 서서히 옅어지고 있는 은영의 품에서 아기를 강탈해 주차장을 빠져나갔다. 죽은 언니와 산 동생이 악귀의 품에서 동시에 울음을 터뜨렸다.

인황은 삼충의 재를 손에 쥐고 목 놓아 울었다. 독단으로 행동하다 심복을 잃고, 악귀까지 놓친 죄가 컸다. 인황의 몸에 걸친 붉은 철릭이 사라졌다. 상투가 숭덩 잘려나가며 머리카락이 그의 얼굴로 쏟아졌다. 푸른색 갓신과 삼충을 담았던 주머니가 삭아 내렸다. 비단 붓과 명부 또한 소멸되었다. 마지막으로 삼충의 뿔, 그리고 한 올의 털과 향샘마저 그의 손에서 사라졌다. 범부와 다를 바 없이 변한 인황이었다.

"대왕께선 어찌하여 신을 돕지 않으셨습니까? 가여운 어린 영혼 둘이 악귀의 손에 넘어가는 걸 왜 방관만 하셨느냔 말입니다!"

인황이 어둠을 향해 울부짖었다. 차사의 상징이 사라졌으니 인황은 파직된 터였다. 인간의 영혼을 구제하는 일은 돕지 않던 신이 부하를 처벌하는 일엔 일사천리라는 게 원망스러웠다. 그때 어둠보다 더 짙은 어둠이 인황 앞에 나타났다. 이는 대왕의 칙령을 전하는 무명의 관리였다.

"인황 이백현은 들으라. 너는 어찌하여 자신의 허물을 부끄러이 여기지 않고 지엄하신 대왕과 왕국을 모욕하는가. 너 또한 당나라 유학길에 악귀를 받아들여 천륜을 저버리고 산 채로 저승에 압송되지 않았는가. 그 죄업을 씻기 위해 영겁의 시간 동안 차사로 봉직할 것을 명받은 것을 잊었느냐. 이 땅에 악귀가 활개 치는 것은 이백현 네놈이 타국에서 밀수한 것의 부스러기들이다."

인황은 인간 시절 자신이 저지를 죄를 낱낱이 기억하고 있었다. 핏발 선 눈으로 자신을 바라보던 아버지, 숨이 넘어가면서도 그를 끌어안아주던 어머니, 배 속에 알밤만큼 작은 태아를 품은 아내와 하인들. 장검을 타고 뚝뚝 흐르던 따뜻한 피의 촉감과 냄새가 선명했다.

"삼충을 재건해주시면 이 일을 바로 잡겠습니다. 실패하면 달의 뒷면으로 유배를 보내셔도 받아들이겠나이다. 아니, 무간지옥도 기꺼이 걸어 들어가겠습니다."

"대왕도 그리는 못한다. 삼충이 너의 심복이긴 하였으나 엄연히 자아가 있는 생물인 바, 스스로 네게 돌아와 돕고자 마음먹기 전엔 누구도 강제할 수 없다. 네가 삼충을 설득하거나, 사라진 뿔을 찾아 재건하는 수밖에 없다. 만약 너보다 악신이 신물을 먼저 모으면 그땐 삼충을 되살릴 방도가 없다. 허나 그런 모험을 맡길 만큼 너는 현명하지 않다. 유배지의 문을 열 터이니, 네 발로 걸어 들어가거라."

대왕의 칙령을 전한 무명의 관리가 뒷걸음으로 사라졌다. 그 자리에 오토바이 한 대가 겨우 통과할 만한 길쭉한 거울이 생겼다. 거울 너머엔 온통 눈보라가 휘몰아쳤다. 인황이 우레처럼 고함을 지르며 문으로 뛰어갔다. 그때 인황의 앞에 한 여인이 나타났다.

"물렀거라."

여인이 인황을 막아섰다.

도령의 품에서 불쾌하게 깨어난 건 처음이었다. 나는 세면대에 고개를 숙이고 헛구역질을 했다. 이 모든 사건의 원흉이 외할머니였다는 사실도 충격이었지만, 석주가 딸 라가를 짐승처럼 찢어발겨 입에 넣고 질겅대는 장면이 눈에서 가시지 않았다.

"선생이 모르는 아주 치명적인 약점이 하나 더 있소."

도령이 입을 열었다.

"여기서 더 놀랄 일이 남았다고요?"

욕조에서 올라온 뜨거운 수증기가 도령과 나 사이를 어슴푸레 갈라놓았다.

"선생의 외할머니는 선생이 태어날 즈음, 퇴송굿으로 신을 물리고 과일장사를 시작하셨지. 자신의 몸주를 담아 단지에 넣어 고이 모셔두었건만, 어린 시절의 선생이 그걸 깨뜨렸다오."

"하나도…… 기억나지 않아요."

자반고등어처럼 내 유아기 시절 기억은 숭덩 잘려나가 있었다. 부모님은 이따금 앨범을 꺼내 사진을 보여주며, 내가 기억하지 못하는 사진 속 에피소드를 얘기해줬다. 이건 후룸라이드 탔을 때 찍은 사진이네. 이날 길 잃어버린 거 기억나? 간염 주사 맞기 싫어서 우는 사진이야. 아기 땐 이렇게 흥이 많았지. 나는 부모님의 증언으로 없는 기억을 만들곤 했다. 생일마다 놀이 공원에 갔고, 미아가 될 뻔했고, 주삿바늘이 닿기도 전에 울고, 재롱잔치 맨 앞줄에 서는 아이였다는 가공된 과거를 믿고 살아 왔다.

"단지 안의 조상신, 그러니까 선생의 외조부는 손녀의 몸에 깃들어 다시 영검을 뽐내고 싶어했소."

"얼토당토않은 얘기예요. 난 신기 같은 거 없던 사람이에요. 우연히 향낭을 얻어서 귀신을 보게 된 것뿐이라고요."

그의 말을 조금도 믿지 않는데 이유 없이 뜨거운 눈물이 쏟 아졌다.

"중산댁은 어린 선생을 데려가 자신이 아는 여러 가지 방법 으로 신줄을 끊어보려 했지만 결국 실패했지. 외조부에겐 단지 를 대신할 어리고 건강한 그릇이 필요했고, 그 의지는 좀처럼 굽혀지지 않았다오. 선생이 중년남자의 목소리를 내며 날고기 씹는 모습을 본 부모님은 내림굿을 준비했지. 그때 선생 대신 신줄을 잇겠다고 나선 사람이 있었다오."

아무것도 기억나지 않는다. 도령의 말이 사실이라면, 나는 어 린 시절을 잊은 게 아니라 스스로 지웠던 것이다. 나 대신 내림 굿을 받은 그 사람 앞에서 당당할 수 없었을 테니까.

"언니군요."

나도 모르는 빚의 정체였다. 나는 그녀의 기생충이었다. 손바닥을 펼쳐 바라보았다. 우둘투둘한 돌기가 빼곡히 박힌 촉수처럼 느껴졌다. 혐오감에 신음하며 눈을 감았다. 내게 언니는 비인간적일만큼 똑똑하고 실속 있다 못해 이기적으로 느껴졌던 사람이다. 그녀가 수험생이던 시절엔 감히 집에서 음악을 듣거나 발소리를 내지 못했다. 조금이라도 심기가 틀어지면 손에 잡히는 건 뭐든 집어던지고 보는 성질머리에 가족 모두가 죽은 듯 지냈다. 우리가 한집에 사는 동안 그녀는 늘 방문을 잠그고 다녔다. 그땐 내가 언니의 운동화나 신용카드, 헤어롤을 훔쳐갈까 봐 유난을 부리는 줄만 알았다. 그녀가 방에 틀어박혀 숨죽여 했던 것이 기도였다는 사실이 나를 오랜 피해자에서 가해자로 바꾸었다.

"엄밀히 따지자면 조상령은 신이 아니오. 선생 자매를 돕는 데 한계가 있단 얘기지."

언니의 진료실에서 지웅의 정보를 훔치던 순간이 떠올랐다. 따뜻하고 기분 좋은 온기가 등 뒤에 내리쬐었다. 내 외할아버지가 책장 너머 어딘가에서 나를 지켜보고 있었으리라. 너무 많은 비밀이 한 번에 드러났다. 거대한 파도가 휩쓸고 지나간 해변처럼 마음 이곳저곳이 깊이 팼다. 흐느껴 우는 것조차 염치없는 행위였다.

"괴롭군요. 정말 많이."

도령을 바라봤다. 그의 시선이 나를 비껴갔다. 어쩐지 그도 슬픔을 감추고 있다는 생각이 들었다.

"나도 내 과거를 보여주는 일이 비참하고 괴로웠소. 하지만 대의를 위해선 더 미룰 수 없는 일이었지."

도령이 자신과 나의 비밀을 까발린 이유가 있단 얘기였다. 불안이 엄습했다. 예슬이 아니어도 그와 나 사이를 잇는 무언가가 있을지도 몰랐다. 머릿속에서 거칠고 검은 입자가 화면 노이즈처럼 지직거렸다. 실이 제 몸을 뒤채는 느낌이었다.

"내 머릿속 실이 삼충이죠?"

그와 나 사이의 볼일은 이것뿐이었다. 삼충은 혈관을 타고 다니며 인간의 생애를 기록하는 역할을 했다. 푸른사향노루의 털이니 푸를 것이고, 길게 자랄 수 있으니 실처럼 보일 터였다. 나를 죽음으로부터 구제한 저승의 생물은 다름 아닌 인황의 심복 삼충이었다.

"선생이 나의 제안을 거절하지 않은 게 이상하지 않소? 보통 사람이라면 귀신인지 도깨비인지 모를 자가 몸과 마음을 갖겠다고 하면 쉽게 허락하지 않을 거요. 대송마을에서 예슬낭자에게 느낀 질투심도 선생이 아닌 삼충의 마음이었소. 선생과 삼충은 서로를 위해 공생해왔고, 녀석이 나를 그리워했기에 가능한 일이었단 말이오."

도령과 처음 만난 날, 유난히 두통이 심했다. 삼충이 그를 알아보고 내게서 벗어나려 했던 순간일 터였다. 그가 내 미간에 검지와 중지를 가져다 댔을 때 통증이 사라지고 알 수 없는 슬픔이 벅차올랐다. 어쩌면 전생의 인연일지도 모른다고 생각했던 도령과 나는, 끈끈한 동료였다.

"내가 삼충을 품고 있단 걸 알고 접근한 거군요. 되찾고 싶어서!"

예슬이 내게 천일염을 건넨 것도 도령의 계략이었을지 몰랐다. 그가 내게 보낸 모든 호의는 결국 사탕발림이었다. 양치컵을 도령에게 집어던졌다. 벽에 부딪혀 떨어진 컵이 바닥을 굴렀다.

"성난 마음, 이해하오. 결과적으로는 이리 되었지만 작정하고 접근한 건 아니었소. 낭자가 듣는 수업에서 선생을 보게 되었고, 몸에서 풍기는 향과 푸른 숨결로 알아차렸지. 처음엔 곁에 있는 걸로도 좋았네만, 어느 순간 대화를 하고 싶어졌다오. 그리고 이제 내게 돌아와주길 바라게 됐소. 몸과 마음을 갖겠다는 약속을 잊지 않았다면 부디……."

"설마, 당신 지금 삼충을 돌려받겠다는 거야? 내가 죽을 걸 알면서도?"

내 물음에 도령은 부유하던 시선을 내 미간으로 모았다. 얇은 살갗과 두개골 밑에 몸을 옹송그린 삼충을 바라보는 것이었다.

"오늘 결투는 미룰 수 있는 일이 아니오. 최이성의 이름이 저 승명부에 올라왔소. 그가 숨을 거두면 차사들이 행차할 것이고, 마라는 마지막 기회를 놓치지 않을 거요. 필사적으로 붓과 생사부를 강탈할 테지. 헌데 선생은 아직 삼충을 완전히 다룰 줄 모르지 않소. 그러니 내가 나설 수밖에 없다는 거요."

잔인한 서사 안엔 서슬 퍼런 복선이 숨어 있었다.

"어쩜 그렇게 아무렇지 않은 표정으로 나를 죽이겠단 얘길 하죠? 차라리 망나니 칼춤을 추는 게 진솔하지 않겠어요? 당신 정말 쓰레기잖아!"

도령이 자신의 벨트버클을 끌러 잡아당겼다. 쇠스랑 소리가 요란했다. 가죽벨트처럼 보였던 것은 장검이었다. 그가 나를 향해 칼을 겨누었다.

"삼충은 듣거라. 전우의 이름으로 너를 부르니, 이제 그만 돌아오라."

도령이 뿜어내는 살기에 그와 나 사이를 흐르던 수증기가 걷혔다. 삼충이 나를 빠져나가려는 걸까. 날카로운 두통이 느껴졌다. 뒷목이 뻣뻣하게 굳고, 구역질이 밀려왔다. 대전의 안치실에서 쓰러지기 직전 느꼈던 전조증상이었다. 내일 아침, 내 시체를 마주할 예슬이 걱정되었다. 쓰러지지 않으려 욕실 벽에 어깨를 기댔다. 칼끝이 나를 따라 느리게 움직였다.

"영감! 영감이 내 전우였던가? 진정 그리 생각하시는가?"

저절로 턱이 벌어지고 제멋대로 입술과 혀가 움직였다. 삼충이 내 몸을 빌려 도령에게 말하고 있었다. 삼충은 언제든 나를 조종할 수 있었고 이 순간을 기다려왔는지 몰랐다. 아뜩했다. 이 기괴한 현상이 일어나는 동안, 나는 내 몸의 통제권을 잃었다. 삼충의 시간이었다.

"삼충아, 네 어찌 그런 의문을 갖는단 말이냐?"

삼충과 한몸인 나는 감정마저도 공유했다. 그는 절망에 빠져 있다. 무거운 추를 허리에 매달고 바다로 가라앉는 느낌이었다. 자유롭고 아름다운 영물에서 한낱 실오라기가 되어버린 자신의 처지가 도령에게도 책임이 있다고 생각했다.

"영감이 나를 전우로 생각한다면, 칼을 겨눌 수 없겠지. 부리던 가축이나 허리춤의 노리개가 아니라면 이리 방자할 수는 없을 것이오."

삼충의 말에 자루를 쥔 도령의 손이 흔들렸다.

"나는 단 한 번도 누구의 소유물인 적 없소. 영감의 심복이 된 것도 내 선택이었고, 이 여인을 구명한 것 또한 내 선택이었지. 야만적으로 겁박한다고 영감에게 돌아가진 않을 것이오."

삼충의 마음이 격정에 치달았다.

"나는 천년이고 만년이고 기다릴 수 있었다. 너를 위해서라면 영원히 저 여인의 호위병으로 살아도 괜찮았다. 그러나 세상이 한 발 앞 낭떠러지다. 이 환란을 막을 자는 너와 나뿐이니 어찌하란 말이냐!"

도령의 대답에 내 입꼬리가 스르르 올라갔다.

"왜 호도하시는가? 여인 앞에서 진짜 이유를 말하시게."

도령이 대답 대신 어금니를 꽉 깨물어 뺨에 힘살이 올라왔다.

"남방적제의 몸은 주작이니라. 죽음을 잃은 자는 두려울 것이 없으니, 나와 여인의 권능으로 너를 벌하겠다."

삼충의 말이 끝나자마자 가슴이 들썩이게 심장이 들뛰고 몸 안의 피가 뜨겁게 달아올랐다. 대송마을에선 혈관을 따라 빛이 퍼졌지만, 지금은 숫제 내가 내 몸뚱어리가 인간 모양의 전구처럼 빛났다. 도령이 장검을 떨어뜨리고 한 걸음 뒤로 물러섰다.

"영감이 지키고 싶은 건 세상이 아니라 바로 자신이겠지."

마치 유튜브 쇼츠 같은 짧은 영상이 머릿속을 빠르게 지나갔다. 지하주차장에서 처참한 패배를 맞이한 도령이 울부짖었다. 깨진 거울 앞에 나타난 여인의 얼굴로 영롱한 베일이 떨어졌다. 전신을 가린 그녀가 손가락 두 개를 펼쳤다. 앞으로 그 아기가 성인이 될 때까지 집행을 유예하도록 막겠다는 여인. 눈물로 얼룩진 도령이 가까스로 고개를 들자 여인은 간데없이 사라졌다. 여인의 얼굴이 선명하진 않지만, 놀이공원 바이킹 위에 서 있던 우는 여자와 같은 사람이란 생각이 들었다.

여인이 사라지자, 도령 앞에 있던 금 간 거울에 삭막한 풍경이 펼쳐졌다. 끝없는 사막, 붉은 흙과 바위 사이에 벌거숭이 인간들이 웅크리고 있었다. 그들은 모두 귀와 코, 성기가 뜯겨나간 모습으로 서로에게 달려들어 살점을 베어 먹었다. 상처는 누런 고름이 차오르며 느리게 아물어갔다. 어딘지 알 것 같았다. 악귀들의 천국, 아니 유배지인 달의 뒷면일 터였다. 물과 음식이 없는 건 당연했고, 죽음조차 존재하지 않았다. 유배자들이 굶주림을 이길 방법은 다른 죄인의 피와 살뿐이었다. 신체 말단이 떨어져 나갈 만큼 혹독한 추위와 굶주림, 그리고 차마 인간이라고 말할 수 없는 몰골로 영원히 생존할 수밖에 없는 운명이 도령을 기다리고 있는 거였다.

"영감이 수호하던 아기가 곧 스무 살이 되지. 유예했던 집행이 시작될 테고 그걸 막으려면 나를 취해 하늘이 감복할 만한 공을 세워야 하는 거 아니오? 영감은 이 여인이 죽거나 말거나 상관없을 거야. 마라를 만난 날도 그랬으니까. 영감에겐 나를 구할 방법이 있었잖아! 장검으로 내 뿔을 쳐내면 이 꼴이 되진 않았겠지. 하지만 영감은 내가 불타오르는 걸 지켜만 봤어. 뿔이 무기인 내가 그걸 잃으면 아무짝에도 쓸모없다고 생각했으니까. 내 말이 틀린가!"

도령은 부인하지 않았다. 그도 나와 다르지 않은 파렴치한이었다.

도령의 침묵에 삼충의 마음은 요동쳤다. 그의 욕심만 아니었으면 비록 외뿔일망정 아름다운 피모를 자랑하며 이승과 저승을 누볐을 생물이 이젠 갈가리 찢겨 악신과 인간에게 던져졌다. 비록 한 가닥의 털이지만, 삼충은 내 뇌동맥을 수호하며 인간으로 살아있음을 만끽했다. 그러나 원망만 있는 건 아니었다. 인황은 그에게 이름을 지어주고, 이승과 저승의 가장 아름다운 순간을 함께 나눴다. 쏟아지는 유성, 일식과 월식, 어느 해인가 유난히 붉었던 동백꽃과 황천이 맑은 날만 볼 수 있던 숭어떼가 그랬다. 가장 늙은 소나무로 빗을 만들어 매일 털을 빗겨주던 손길이 그리웠다. 매 순간이 필름처럼 선명하게 그려졌다. 애증의 감정을 느낀 삼충이 진저리를 치는지 정수리가 홧홧했다.

"너는 한 번도 틀린 적이 없다."

힘겹게 도령이 입을 열었다. 내게서 뿜어지는 열기 때문일까, 그의 소맷자락이 불타기 시작했다. 그가 쥐고 있는 장검이 휘고, 손등을 덮은 피부가 우글거렸다. 이대로 버티면 도령뿐 아니라 나와 삼충도 촛농처럼 녹아 사라질 것 같았다.

"나는 비겁자였다."

도령이 바싹 마른 입술로 쥐어짜듯 희미하게 목소리를 내곤 물방울처럼 터져 사라졌다. 후회와 슬픔이 눈물처럼 가득 차올라 그렁거렸던 그의 눈동자가 잔상으로 남아 잠시 머물었으나 이내 사라졌다. 동시에 내 몸도 식어갔다. 뜨거운 사우나에서 나와 냉탕에 몸을 담근 것처럼 정수리에서 땀이 솟구쳤다. 거울 속의 나는 뺨과 눈자위는 붉었지만 입술은 파랗게 질려갔다.

삼충이 말한 신물의 권능을 사용한 탓일까, 아니면 도령에게 살해될 뻔한 위기의 뒤끝일까. 무기력하게 늘어진 육신은 강한 자극을 원했다. 나는 먹다 남은 와인을 병째 들어 목구멍으로 넘겼다. 한기는 좀처럼 가시지 않았다. 더 많은 술이 필요했다. 어딘가에 브랜디가 있을 터였다. 따뜻하게 데운 브랜디를 마시고 이불을 뒤집어써야 살 것 같았다.

"멈춰, 과음하면 나는 무력화된다고. 몇 시간 지나면 오한이 잦아들 거야."

삼충이 다급한 목소리로 경고했다. 하지만 두려움과 추위를 견디는 건 뇌에 기생하는 그가 아닌 내 몸뚱어리였다.

"날 기생충쯤으로 여기는 거야?"

"내 입장도 생각해달라는 거야! 방금 동료에게 배신당했고, 지금은 얼어죽을 것 같으니까…… 제발 지금은 아무 말도 말아

줘. 내 몸에서 나 외의 것이 목소리를 내는 일은 나도 처음이니까 받아들일 시간을 달라고."

마침내 펜트리에서 오래된 브랜디를 찾아냈다. 정수기에서 뜨거운 물을 받아 토렴하듯 잔을 몇 번 헹궈낸 뒤 술을 따랐다. 침실로 들어가 이불을 어깨에 걸쳤다. 문득 고개를 들었을 때 벽지에 장검을 든 도령의 그림자가 어른거리는 것 같았다. 이제 잔은 필요 없었다. 나는 목구멍을 열고 나팔 불듯 독주를 삼켰다. 도령의 그림자가 더 큰 그림자 앞에 장검을 놓치고 거꾸러졌다. 그림자는 도령을 집어삼키고 있었다. 다시 한 번 술병을 들어 목구멍으로 기울였다. 사과향과 나무향이 적절히 섞인 비싼 알코올이 서서히 몸을 달궜다. 도령은 격렬한 몸부림을 쳤지만 얼마 지나지 않아 큰 그림자에게 흡수되었다. 큰 그림자는 더 커졌고, 방 한쪽 벽면을 모두 어둠으로 채웠다.

어둠이 집어삼켰던 침실로 햇살이 스며들었다. 눈꺼풀 위로 부지런히 움직이는 그림자가 비쳤다. 뇌동맥류를 앓은 이후 처음으로 두통 없이 개운하게 맞이한 아침이었다.

"교수님, 이걸 혼자 다 드셨어요?"

예슬의 목소리가 평소보다 들떠 있었다. 드르륵 창문 여는 소리가 들렸다.

"감기 기운이 있어서 마셨어. 덕분에 나은 거 같아."

손등으로 눈두덩을 덮고 늦봄의 싱그러운 공기를 들이마셨다.

"타이핑 거의 끝나가요. 개정판 작가의 말 새로 쓰실 거죠?"

아무리 생각해도 예슬의 목소리가 아니었다. 나는 튕기듯 몸을 일으켰다. 테이프클리너로 방바닥에 떨어진 머리칼을 걷어내는 다정이 보였다. 통통한 몸에 단발머리를 한 스물한 살의 그녀가 의아한 표정으로 나를 바라봤다.

"왜 그러세요? 꿈자리 사나웠어요?"

다정이 테이프클리너를 내려놓고 물티슈를 뽑아 내게 다가왔다.

"감기 안 나았네. 이마에 땀 봐요."

선뜩한 물티슈의 감촉을 느끼고서야 이게 꿈이 아니라는 걸 깨달았다. 그러고 보니 침실의 가구 배치도 달랐다. 다정의 실종 후 내다버린 화장대와 리클라이너가 제자리에 있었다. 화장대 거울에 비친 나는 브래지어 선까지 내려온 긴 머리에 조금 살집이 있는 삼 년 전 모습이었다.

굿 드라이버

"오늘 몇 월 며칠이지? 아니, 몇 연도야?"

나는 이런 총천연색 꿈을 꾸지 않는다. 피부를 덮은 잔털이 바람결에 움직이고 어느 집에선가 풍기는 생선 탄내가 선명했다.

"2020년 5월 2일요. 교수님, 괜찮으세요?"

다정이 실종되기 전날, 정확히 삼 년하고 일 개월 전이었다. 그 애가 물티슈를 내려놓고 내 손을 그러잡았다. 따뜻하고 말랑한 감촉이 느껴졌다.

"이상한 꿈을 꿨어. 네가 사라지고 죄책감에 시달리며 너를 찾아다니는 꿈이었어."

수년의 세월이 하룻밤 꿈으로 압축되었다는 게 놀라웠다. 일상이라 생각했던 순간들도 돌이켜보니 모두 구체적인 모양새 없이 흐릿했다. 도령이라는 자의 얼굴, 예슬이라는 제자, 생령이 빠져나간 상준과 지박령 윤경의 생김새가 좀처럼 기억나지 않았다.

"교수님은 꿈도 소설가답게 꾸시네요. 근데 왜 죄책감을 느끼셨어요? 제가 교수님 잘못으로 사라졌어요?"

다정의 질문에 말문이 막혔다. 꿈에서나마 그 애가 윤문한 작품을 출간해 유명세를 얻었단 얘길 털어놓을 수 없었다. 현실의 나는 그런 선택을 할 리 없으니까.

"너무 정신없이 꿔서, 잘 모르겠어."

다정이 고개를 주억거렸다. 그 애가 입은 녹두색 맨투맨 티셔츠가 낡아 보였다. 목은 늘어났고 품은 작아 보였다.

"다정아, 남은 분량은 내가 타이핑할게. 원고 덮어두고 나랑 쇼핑 가자. 곧 어린이날이라 아웃렛 세일할 거야. 점심은 다녀오는 길에 사 먹자. 오랜만에 맵고 짠 음식 땡기네. 나 금방 씻고 준비할게."

다정이 내 원고를 윤문했는지, 초고대로 타이핑만 했는지 알 수 없었다. 만약 그 애가 원고를 자기 방식대로 고쳤다면, 공동 저자로 이름을 올려줄 생각이었다. 그게 유수현다운 선택이었다.

"웃기고 있네."

다정의 차가운 음성에 발길이 얼어붙었다.

"방금 뭐라고……?"

밖에선 여전히 생선구이 냄새가 나고 경쾌한 새소리가 들렸다. 물이 가득 차오른 나뭇잎을 통과한 신선한 바람이 얇은 코튼잠옷을 부드럽게 들어올렸다. 모든 게 지극히 현실적어서 다정의 목소리가 더욱 이질적으로 느껴졌다.

"유수현다운 선택이라는 생각, 너무 낯 뜨겁게 가식적이잖아요. 지가 무슨 대통령 후보인 줄 알아."

고개를 조금 돌려 다정이 있던 곳을 바라봤다. 그녀가 있어야 할 자리는 텅 빈 채 화장대 거울에 내 옆모습이 비쳤다. 길고 굽실거리는 갈색머리가 오류처럼 깜빡이더니 겨우 어깨선에 닿는 단발머리로 변했다 다시 갈색머리로 돌아갔다. 바뀌는 건 내 모습만이 아니었다. 나를 비추던 화장대도 일 초 단위로 사라졌다 나타나길 반복했다. 내 주위를 채우고 있던 냄새와 소리, 햇살마저 다가섰다 멀어졌다 다시 다가서고 있었다. 머릿속이 두통으로 수선스럽게 들끓었다.

"도망쳐. 지금은 권능을 쓸 수 없으니 저 아이에게서 멀어지란 말이다!"

삼충의 다급한 목소리가 들렸다. 하지만 발이 떨어지지 않았다. 내 시선이 닿지 않는 사각지대 안에서 짤그락 병 깨지는 소리가 났다. 소름이 돋아 솜털이 곤두섰다.

"당신 잘못을 정말 모르는 거야?"

오른쪽 시야 아래에서 다정이 죽일 듯이 노려보며 고개를 들었다. 그녀의 손엔 깨진 브랜디병이 들려 있었다.

"역시 넌 마라가 보낸 환영이구나."

다정은 이미 오래전 죽어 깊은 땅속, 혹은 깊은 물속 어딘가에 감춰졌을 터였다. 그렇다면 내 앞에서 다정의 모습을 한 이 아이는 라가일 터였다.

"당신은 이번에도 틀렸어요. 난 삼 년 전 사라진 그 안다정이 맞거든요. 증명해볼까요?"

다정이 실큼하게 웃으며 몇 걸음 뒤로 물러서더니 깨진 병으로 자신의 손바닥을 그었다. 그러자 눈이 시리게 붉은 피가 방바닥으로 떨어졌다. 그 애가 즐겨 신던 줄무늬 발목양말과 노란색 수면바지를 적시는 건 분명 인간의 피였다.

"어디 있다 이제 온 거니?"

다정이 물티슈를 뽑아 상처를 눌렀다.

"사과할 생각보다 자기 궁금증이 더 중요한가 봐요?"

피 묻은 물티슈를 바닥으로 집어던진 다정이 아랫입술을 씹으며 다시 술병을 곤두세웠다.

"다 내 잘못이야. 언젠가 네가 돌아오면 설명하고 대가를 치르려고 했는데, 너무…… 너무 긴 시간이 흘러버렸지."

다정이 술병을 내 턱 밑으로 바짝 가져다댔다. 그녀의 머리카락에서 퀴퀴한 냄새가 풍겼다.

"잊은 거예요, 아니면 잊은 척하는 거예요? 당신이 훔친 건 내가 윤문한 원고만이 아니었잖아!"

나는 영문을 몰라 다정의 성난 얼굴만 바라보았다. 그녀가 나를 벽으로 밀어붙이고 손목을 낚아챘다.

"그게 전부야. 정말이지 그조차도 내장이 뒤틀리게 미안해."

　　　　　　　　　　　　　　　　굿 드라이버

다정이 고개를 끄덕이며 빈정댔다.

"마라의 말이 옳았어. 당신이야말로 악귀였어. 그렇지 않다면, 내 단편에 자기 이름을 붙여 발표하진 않았겠지. 그걸로 젊은작가상을 수상하고 조교수로 임용된 거잖아. 내가 돌아올까봐 겁났지? 그래서 찾아다닌 거지? 살아있으면 죽이려고!"

숨 한 번 쉬지 않고 다정이 나를 닦아세웠다. 그녀는 깨진 병을 내 오른쪽 손바닥에 깊숙이 찔러넣었다. 통증보다 부대끼는 마음이 더 고통스러웠다.

"내가…… 내가 그랬다고?"

조교수에 임용된 건, 젊은작가상을 수상한 즈음이었다. 계간지에서 청탁한 단편소설이 내 인생의 전환점이 된 건 사실이었다. 분명 작가로서 마지막 불꽃이었다고 생각한 작품인데, 이상하게도 내용이 뭔지, 어떻게 썼는지는 기억나지 않았다. 그저 현관 앞에 에어캡으로 포장된 계간지 한 권이 놓여 있었던 사실, 원고지 1매당 일만 원으로 계산된 고료가 통장에 입금되었단 기록, 재작년 젊은작가상 시상식에 불참해 여러 사람을 난처하게 만들었단 소문만 알고 있었다.

"수록집을 서점에서 읽었어. 제목이 '우산 밖의 한 사람'이었지. 내가 당신 노트북 바탕화면에 꺼내놓은 습작 단편 중 하나."

깨진 병은 내 손바닥 위에서 느리게 원을 그렸다. 핏물이 손목과 팔꿈치를 흘러 툭툭, 바닥으로 떨어졌다.

"바탕화면……?"

노트북 앞에 앉아 지웠다 복원하길 반복한 파일 하나가 있었다.

"내가 실종된 걸 깨닫자마자 훔쳐갔지."

비로소 다정의 소설이 기억났다. 고교동창인 세 여자가 집주인 몰래 방 하나에 모여 사는 얘기였다. 생산직 노동자였던 셋은 삼교대로 근무한 탓에 방 안엔 늘 한 사람만 자고 있었다. 그러던 어느 날 셋 중 한 명이 해고되며, 갈등이 시작되었다.

"당신은 생산직 노동자로 살아본 적 없잖아. 관짝 같은 셋방을 세 여자와 공유한 적도 없고, 소리 내지 않고 싸우느라 입에 양말 물어본 적도 없잖아. 이제 시상식에 못 간 이유가 설명되지? 〈우산 밖 한 사람〉은 유수현이 아니라 안다정 소설이기 때문이지."

뇌동맥류의 증상 중엔 드물지만 기억상실도 있다. 하지만 변명거리가 되지 않았다. 이젠 모두 기억이 나니까. 먹통이 된 채 아무것도 쓸 수 없게 된 어느 날, 나는 다정의 단편소설을 열었다. 내가 쓰고 싶은 원고가 거기 있었고, 원고의 주인은 연락두절이었다. 독한 소주를 병째 들이퍼부으며 다정의 소설을 읽고 또 읽었다. 한낮이 돼서야 정신이 들었다. 이미 내 것인 양, 제목까지 바꾸어 편집자에게 원고를 보낸 뒤였다.

나는 출간된 수상작품집을 포장도 풀지 않은 채 내다버렸다. 완고하게 인터뷰를 거절하고, 시상식도 회피했다. 기억이 상실된 게 아니라, 내 몰염치를 감당할 수 없어 스스로 기억을 단절해버린 것이었다. 나는 살아있는 악귀였다. 그걸 인정하자 〈우산 밖 한 사람〉이 또렷이 기억났다.

"첫 문장이 기억나. 우산이 아무리 커도 셋이 함께 쓸 순 없었다. 비문 하나 없는 완벽한 작품이었어. 그래, 네가 사라진 뒤에 난 네 작품을 가로챘어. 최연소 교수 임용을 위해선 한 줄의 이력이 더 필요했거든."

광인처럼 집요하게 다정을 찾아 헤맨 진짜 이유를 알 것 같았다. 그 애에게 용서받지 않으면 난 단 한 줄의 글도 쓸 수 없는 죄인이었다. 그런 주제에 용서를 강요하는 내가 도령보다 나을 것이 있는지 모를 일이었다.

"이제야 인정하네. 근데 너무 늦었어. 당신의 세상이 지옥이길 바라."

다정이 내 손바닥 한가운데를 길게 그었다. 깨진 병이 만든 상처는 마치 파충류의 눈처럼 둥근 원 한가운데 기둥이 선 모양이었다. 그녀가 병을 바닥에 집어던지고 한걸음 물러났다.

"바실리스크의 눈이야. 고대부터 당신 같은 죄인들에게 새기던 낙인이지. 용서는 없어. 난 복수만 할 거니까."

다정은 분이 식지 않아 어깨를 들썩였다. 눈물 탓에 어롱거리는 시야로 다정을 바라봤다.

"왜 그런 눈으로 날 보는 건데? 피해자처럼 울먹거리지 말란 말이야. 이럴 줄 알았으면, 영풍중학교에서 최이성이 아니라 당신을 찔렀어야 했어."

그녀의 등 뒤, 방문 앞에 어둑한 그림자가 보였다. 그림자가 다정을 향해 다가왔다. 사람의 피부를 오려내 옷으로 기워 입은 것처럼 주름과 체모가 선명한 옷차림의 남자였다. 그가 자기소개를 하지 않아도 마라라는 걸 한눈에 알 수 있었다. 다정이 몸을 돌려 마라의 품에 안겼다. 흐느끼는 그 애를 터지도록 끌어안은 마라는 나를 향해 웃었다. 노인, 소녀, 청년, 중년, 갓난아기까지 그의 얼굴 속엔 수많은 사람의 표정이 담겨 있었다.

손끝을 타고 흐르는 내 피에서 고릿한 간장냄새가 풍겼다. 손바닥을 펼쳐 바실리스크의 눈을 바라보았다. 눈이 크게 한 번 껌뻑이자 무릎이 꺾였다. 다정의 이름을 부르고 싶었지만 혀가 움직이지 않았다. 용서 대신 복수를 택한 그 애의 선택을 받아들일 수밖에 없었다.

다정의 복종을 얻기 위해 나는 계획해놓은 미래를 보여주었다. 자신의 악행을 감추다 종국에는 악신이 되고 만 수현의 모습이었다. 물론 과정은 많이 생략했다. 하지만 결과는 이미 정해져 있으니 꼭 거짓말이라고 할 수 없었다. 수현은 유배지에서 내 육신을 옮긴 뒤 악신으로 거듭날 게 분명했다. 내 계획대로라면 그녀는 악귀들의 어머니가 된다. 비유나 상징이 아니다. 수현은 자신의 몸뚱이로 유배지의 악귀들을 세상에 낳을 것이며, 그 원죄로 인해 악의 화신으로 다시 태어날 수밖에 없다. 그게 인과율이니까.

탐스러운 머리털 끝엔 바실리스크의 머리가 매달려 혀를 널름거리고, 양손엔 제 언니와 제자의 머리를 하나씩 움켜쥔 수현을 다정에게 보여주었다. 그녀가 가로챈 건 다정 한 사람의 재능이 아니란 사실도 밝혔다. 언니에게 무녀의 굴레를 넘겨주었고, 제자에겐 그녀를 수호하던 저승신을 빼앗았다고. 악신이 된 수현은 쉼 없이 악귀를 뱉어냈다. 또 닥치는 대로 인간의 생령을 뽑아 악귀들의 새 옷을 마련했다. 저승과 유배지에선 억울하게 몸을 잃은 이들이 대성통곡했고, 이승에선 먼 옛날 내가 그랬던 것처럼 인간과 악귀가 결합한 우세종이 또 다른 종을 멸종

시킬 터였다.

무결자답게 다정은 전쟁과 약탈을 혐오했다. 수현이 악신이 되기 전에 그녀를 사로잡을 수 있게 도와달라는 내 청을 받아들인 건 기적에 가까웠다. 한번 끓어오른 다정의 분노는 가열한 설탕처럼 순식간에 시커먼 거품을 내며 넘쳐났다. 분노로 각성한 무결자의 거친 마음에 맹독이 차올라, 수현의 살갗을 파고들었다. 역설적으로 수현을 악신으로 만드는 건 최후의 무결자 안 다정이었다.

살아있는 걸까. 살아는 있겠지. 나 같은 죄인에게 죽음처럼 자비로운 복수가 가당키나 한 일인가. 역시나 누군가 내 뺨을 가볍게 두들기는 게 느껴졌다.

"교수님, 제 목소리 들려요? 눈 떠보세요."

울음기 머금은 예슬의 목소리였다.

"예슬 씨, 나와봐. 애 제대로 살 맞은 거야. 이대로 두면 죽지도 않고 몸이 썩어."

예상 밖에도 언니의 목소리가 들렸다. 축 늘어진 오른쪽 손을 누군가 들어올렸다.

"원언여시 옴 급급여울령 사바하."

언니가 평소보다 낮고 빠른 목소리로 주문을 외웠다. 그러고
는 손바닥이 불로 지지는 것처럼 뜨겁고 온몸이 저릿저릿해지
더니 한순간 눈이 번쩍 떠졌다. 탄내와 함께 푸르스름한 연기가
방 안을 메우고 있었다. 예슬이 눈물 젖은 손으로 내 왼손을 꼭
쥐었다. 고개를 돌려 언니를 바라보았다. 옅은 기미가 내리 앉
은 민낯에 헝클어진 머리의 그녀가 두 손을 합장하고 무어라 기
도문을 외웠다.

"그냥 썩게 내버려두지 그랬어."

겨우 입을 열었다.

"살려냈더니 한단 소리가……."

기도를 멈춘 언니가 내 등을 받쳐 일어나 앉게 했다. 그녀가
예슬에게 눈짓을 보냈다.

"따뜻한 차 한 잔 가져올게요."

예슬이 방문을 열고 거실로 향했다. 내 오른손엔 새카맣게 변
한 만년필 같은 것이 쥐어 있었다. 진료실에서 본 적이 있는 물
건이었다.

"금강저야. 원래 반짝거리는 순은이었는데 너한테 꽂힌 살 건
어내느라 못쓰게 됐네."

금강저를 내려놓고 손바닥을 펼쳤다. 피는 멎었지만 깊게 팬 상처는 바실리스크의 눈 모양 그대로였다. 언니는 핸드백에서 비닐에 든 천일염을 꺼냈다. 그러고는 방 네 귀퉁이에 작은 산 모양으로 천일염을 쌓고는 진언을 외웠다.

"결계를 쳤으니 이 방 밖으로 나가지 마."

언니는 입고 있던 진료가운을 벗어 핸드백에 구겨 넣었다.

"어떻게 알고 왔어?"

"진료실에 앉아 살짝 졸았는데, 네가 맨홀로 빨려 들어가는 모습이 보이더라. 어떻게든 구하려고 달려갔는데 맨홀 안에 너는 없고 커다란 고치 하나가 놓여 있는 거야. 오라, 저놈이 너를 집어삼켰구나 싶어서 뛰어내리려고 했는데, 예슬이한테 전화가 왔지."

언니는 내게 닥칠 불행을 예지몽으로 알아차린 모양이었다.

"무당에 의사에 엄마로 사는 거 괴롭겠다. 그러고 보면 참 독해. 어쩜 이십 년 넘게 숨길 수 있었어?"

나 대신 신내림을 받고 병원에 신당까지 차린 그녀가 고맙고도 미안했다. 그런데 왜인지 말은 곱게 나오질 않았다.

"어떻게 알았어? 엄마가 불었냐, 어?"

언니가 훅, 한숨을 내쉬곤 마른세수를 했다.

"언니가 엄마 닮아 독한 건데, 말해줄 리 없잖아."

"역시 그 수호령이 얘기했구나? 코스튜머처럼 멋진 두루마기에 칼 차고 다니는 남자 말이야."

언니도 도령을 본 모양이었다.

"그 작자 수호령 같은 거 아냐."

수호령은커녕 내게 칼을 겨눈 저승차사였다.

"수호령이 별건 줄 아니? 옆에 붙어서 액 막아주면 수호령인 거지. 딱 봐도 도력이 상당하던데 어디 갔어? 어디서 뭐 하길래 내 동생을 이 꼴 나게 내버려둔 거야."

언니의 비밀을 알아버렸으니 이젠 내 비밀을 털어놓을 때였다. 어디서부터 말해야 할까. 입을 떼기가 망설여졌다. 아무리 혈육이라지만 밑바닥의 치부를 드러내는 게 쉬운 일은 아니었다. 나는 납처럼 무거운 혀를 들어올려 언니를 불렀다. 내 부름이 심상치 않다 느꼈는지, 언니가 마른침을 삼켰다.

"나는 도둑년이 맞아."

내 의식에선 깨끗이 도려냈지만, 죄책감을 지우지 못해 안치실을 헤맨 나날, 다정의 행방을 수소문하느라 밤마다 영혼들을 실어 나른 시간들, 예슬과 도령을 만난 최근, 그리고 언니의 환자였던 차지웅과 마라 이야기. 어젯밤 나를 공격하려 했던 도령과 손바닥의 상처에 대해서도. 방 밖에서 달그락거리는 찻잔 소리가 들렸지만, 언니의 울음소리에 걸음을 멈추었다. 애늙은이 예슬은 때를 아는 사람이니까.

"방어기제 중에 억압이라는 게 있어. 불안이나 갈등을 자아가 무의식으로 눌러버리는 거지. 기억상실도 거기서 시작됐을 거야. 그즈음에 넌 당장 입원한다 해도 이상하지 않을 만큼 정신적으로 피폐했으니까. 차지웅 환자하고 양상이 비슷했지."

언니가 소매를 잡아당겨 흐르는 눈물을 닦아냈다.

"차지웅에게 악귀가 씐 거 언닌 알고 있었지? 무당이니까 보였을 거 아냐?"

의사로서 그를 만났을 테지만, 마라의 존재까지 무시할 수는 없었을 터였다.

"신내림을 받았지만 무업을 거부하니까 신기가 점점 떨어졌어. 그래도 차지웅 환자가 예사롭지 않다는 건 느꼈지. 그가 진료실로 들어오면 귀취가 진하게 났거든. 매번 그 사람 약봉지에 비방문을 적어 보내곤 했는데, 전혀 호전되지 않더라. 어느 날 윤경이가 차지웅 환자는 이제 사람이 아니라고 그러는 거야. 아, 윤경이 알지? 예전에 근무하다…… 그렇게 된 친구."

나는 고개를 주억거렸다. 언니는 윤경을 여전히 병원에 근무하는 간호사처럼 말했다.

"차지웅 환자의 병세가 급속도로 나빠진 건 다정이가 사라진 직후였어. 지금 생각해보면 둘 사이에 무슨 연관이 있는 것 같

굿 드라이버

아. 넌 짚이는 거 없냐?"

지웅과 다정 모두 마라의 피해자였다. 그러나 내가 아는 한 다정과 교류한 인물 중에 차지웅은 없었다.

"전혀 모르겠어. 친구를 맺기엔 나이 차가 크고 사는 지역도 멀어."

희미한 두통이 느껴졌다. 삼충이 회복하고 있다는 증거였다. 언니가 무릎을 끌어당겨 안고는 쓸쓸하게 입맛을 다셨다.

"교수님, 원장님. 차 드세요."

예슬이 방문을 열자 방 귀퉁이에 쌓은 소금 산 하나가 무너졌다. 그녀가 죄송스러운 얼굴로 언니와 나 사이에 차탁 대신 볼펜이 꽂힌 도톰한 스프링 노트를 내려놓았다. 소독약과 함께 어떻게 찾았는지 오래전 사놓고 잊어버린 보이차 티백이 머그잔에 담겨 있었다.

"예슬이 아까 많이 놀랐겠다."

내색은 하지 않았지만 깨진 병과 핏자국, 통나무처럼 굳어 발작하는 나를 보았을 테니 충격이 상당할 터였다. 예슬이 힘없이 웃으며 소독약으로 상처 난 내 손바닥을 적셨다. 참을 만한 통증이었지만 어깨를 크게 들썩거리며 숨을 몰아쉬는 건 예슬이었다.

"너 왜 그래? 언니, 애 좀 어떻게 해봐!"

오늘 아침 일이 너무 큰 충격이었을까. 예슬은 경련을 일으키곤 소독약병을 집어던졌다. 검은자위가 뒤로 넘어간 예슬이 격하게 고개를 좌우로 흔들었다.

"교수님 들리세요? 방울 소리. 아이, 또 이런다, 또 이래! 요즘 저 왜 이러는 거죠? 아이씨……!"

방울 소리 같은 건 어디서도 들을 수 없었다. 요란한 박자에 몸을 맡긴 듯 앉은자리에서 들썩거리던 예슬이 입술을 모아 긴 휘파람소리를 냈다. 삼촌이 무슨 말이라도 해주면 좋으련만, 아직 취기가 남아서인지 응답이 없었다.

"놀라지 마. 접신한 거 같네. 내가 저랬어. 신내림받기 직전이 최고조였지. 얘도 머지않은 것 같다. 손거울 있니?"

언니의 말에 나는 협탁을 열어 어디선가 사은품으로 받은 손거울을 꺼내 건넸다. 언니 역시 휘파람을 불며 자리에서 일어나 예슬 앞에 다가섰다.

"비나이다, 비나이다. 각위천존, 각위칠성, 각위제석, 각위불사, 각위산신, 각위용왕, 각위신장, 각위장군, 각위도사, 각위대감, 각위선녀, 각위동자 일체 신령님들은 원사 강림을 하옵소서. 어허!"

언니가 카랑카랑한 목소리로 경을 외웠다. 그녀가 무속인으로 살아왔다는 게 비로소 실감되며 가슴 한구석이 시큰했다. 모르고 지은 죄도 알고 지은 죄도 모두 내 책임이었다.

"납시었구나!"

언니가 날랜 몸짓으로 손거울을 예슬 앞에 들이밀었다. 창문에서 쏟아진 햇살이 거울에 반사되어 예슬의 얼굴에 아른거리다 눈동자에서 멈추었다. 그러자 예슬이 두 손으로 바닥을 짚고 어깨를 풀썩거리더니 문득 몸을 곧추세웠다. 그녀는 잠시 놀란 표정을 짓곤 이내 기세 좋게 가부좌를 틀었다.

"무슨 사달이 났기에 이리도 시끄러운 게냐. 우리 제자, 딱한 제자 내가 돌보지 않으면 속이 문드러져 죽게 생겼구나."

목소리 또한 탁성의 남자로 변해 있었다.

"서울시 송파구에 살아가는 무진생 제자 아룁니다. 차지웅이라는 자의 몸뚱어리에 악신이 들어 곤명 임신년 병오월 기미일 유수현이 직살을 맞아 죽을 고비를 넘겼나이다."

언니가 예슬을 향해 손빔을 했다.

"질긴 거미줄에 걸리셨구면."

예슬의 얼굴 위로 정자관을 머리에 쓴 붉은 얼굴의 사내가 보였다.

"억울할 것 없네. 악신이 놓은 거미줄이 아니라, 자네의 업보가 만든 거미줄이니까."

부인할 수 없는 사실이었다. 언니가 자꾸 비는 시늉이라도 하라며 어깨를 흔들었다.

"되었네. 치성 들이지 않아도 내 말해줌세. 단발머리에 얼굴 뽀얀 처녀가 이 집을 떠나 겪은 일 말일세. 저런…… 가엾기도 하지."

예슬이 이맛살을 찌푸리며 먼눈을 팔았다. 무언가 들여다보는 것도 같고, 맛없고 질긴 음식을 오래 씹는 것도 같은 표정이었다.

다정은 피곤했다. 교수에게 말하지 않았지만, 짬짬이 타이핑한 원문과 별도로 허술한 문장을 윤문한 복사본을 작업한 탓이었다. 교수가 화를 낼지 기특해할지 몰랐지만 다정에겐 특별한 경험이었고, 후회는 없었다. 그녀는 손등으로 입을 가리고 연달아 하품을 하며 아파트를 빠져나왔다.

오후 3시, 퇴근과 하교 인파가 끊긴 시간의 버스정류장은 한가했다. 다정은 아직 한참 남은 버스시간을 확인하곤 벤치에 앉아 교수가 선물한 책을 펼쳤다. 그녀가 이제 막 한 단락의 문장을 읽었을 때 바람결에 진한 피비린내가 풍겼다. 끄는 발소리,

　　　　　　　　　　　　　굿 드라이버

작은 신음도 이어졌다. 다정은 소리가 나는 방향으로 고개를 돌렸다. 옷이 피로 흠뻑 젖은 삼십대 초반 남자가 광고판에 몸을 기대고 숨을 헐떡였다. 손과 얼굴은 온통 할퀸 듯한 찰과상으로 덮였고, 허벅지 부근에서 거칠게 찢어진 청바지 아래로 짐승의 귓속처럼 깊이 팬 상처가 보였다. 남자가 움직일 때마다 상처에선 울컥울컥 피가 솟아났다. 다정은 백팩에서 휴대용 티슈를 꺼내 남자에게 다가갔다.

"도와드릴까요?"

정신이상자나 범죄자일지도 몰랐지만, 아픈 사람을 외면하기에 다정은 마음이 여렸다.

"모른 척해주세요."

남자는 다정이 내미는 티슈를 거절했다. 그가 핏물 섞인 침을 바닥에 뱉고는 멀리 신호대기중인 덤프트럭을 바라보았다. 상처 난 다리를 질질 끌며, 남자가 도로를 향해 걸었다. 트럭으로 뛰어들 모양새였다. 경찰에 신고를 해도 몇 초 후 벌어질 사고는 막을 수 없을 터였다. 다정은 남자의 뒤로 다가가 바지 허리춤을 움켜잡았다.

"그러지 마세요! 무슨 사정이 있는 진 모르지만, 이것도 죄짓는 거예요."

놀란 남자가 다정을 돌아보았다.

"죄……?"

"우리 아빠도 트럭기사였대요. 사고를 피하려다 돌아가셨어요. 겨우 제가 네 살 때요. 저 트럭기사한테 몇 사람의 밥줄이 걸렸는지 아저씬 모르잖아요."

남자는 다리에 힘을 풀고 주저앉았다. 그의 앙상한 손에 억지로 티슈를 쥐여준 다정은 쪼그리고 앉아 남자와 눈높이를 맞췄다.

"병원 데려다드릴까요? 119나 112 불러드려요?"

이미 다정의 손은 휴대전화 패턴을 풀고 있었다.

"……살아있으면 언제 놈이 나를 찾아올지 몰라요."

다정은 남자가 울음을 참고 있다는 걸 깨달았다. 공포감에 확장된 동공, 떠는 어깨, 고운 먼지가 내려앉은 속눈썹은 길고도 섬세했다.

"놈이 누군데요?"

물음에 대답할 기미가 보이지 않자 다정은 다시 휴대전화 패턴을 풀고 키패드를 열었다.

"경찰이 해결할 수 없는 존재요."

"그런 건 없어요. 사채업자든 깡패든 짐승이든, 신고하면 경찰이 출동해요. 도움받아 치료받고 쉼터 들어가면 돼요."

다정이 112와 통화버튼을 누르려던 그때, 남자의 입에서 악신이라는 대답이 돌아왔다. 그런 대답을 들은 사람 열에 여덟이나 아홉은 정신이상자라고 확신할 테지만, 다정은 달랐다. 왜인지 남자의 말이 유언처럼 정직하다고 느꼈다.

"오랜만에 내 의식이 돌아왔어요. 하필 운전중이더군요. 악신에게서 벗어날 방법은 죽음뿐이었어요. 난 뒷좌석에 있던 렌치로 액셀을 밟아놓고 운전석에서 뛰어내렸어요. 그때 성공했어야 했는데……."

남자의 몸에 남은 찰과상과 허벅지 부상의 원인이었다. 그가 울컥 핏덩이를 게웠다. 통증이 밀려오는지 그는 애 낳듯 몸을 뒤틀며 바닥으로 쓰러졌다.

"아저씨 말 잘 알았어요. 악신이란 게 정말 있을지도 모르죠. 일단 아픈 거부터 치료하고 퇴마사를 찾는 게 어때요? 지금 상태로는 죽지도 못하고, 계속 아프기만 할 거예요. 일방적으로 고통받는 건 너무 억울하잖아요. 일으켜드릴게요."

야위어 쇄골이 도드라진 남자에게 다정이 팔을 뻗었다.

"하지 마요! 놈은 내 몸뚱이가 가망이 없어서 떠났는데, 다시 돌아올지도 모른다고. 그럼 학생이 위험해."

다정은 남자의 말을 무시하고 그의 겨드랑이 사이로 손을 넣어 부축했다. 다정에게까지 전해지던 피부 경련도 잠잠했다. 남자를 광기로 몰아세운 정체는 악신이 아니라 좀처럼 풀리지 않는 현실과 미래에 대한 두려움일 거라 생각하며 다정은 경찰을 부르기로 마음먹었다. 그때 피딱지 않은 남자의 손이 튕기듯 솟아 다정의 손목을 움켜잡았다. 그녀의 코로 음식물 썩은 냄새가 파고들었다.

"아저씨, 갑자기 왜?"

다정의 말에 남자가 천천히 고개를 들었다. 눈을 치켜떴는지 이마엔 나이에 어울리지 않는 굵은 주름이 잡혔다. 쇄골 아래 문신처럼 검은 동그라미가 피부를 착색해갔다.

"안다정, 너 이름이 재밌구나. 다정한 건지 안 다정한 건지 헷갈리게 말이야."

남자가 다정과 눈을 맞추었다. 그의 눈동자가 있어야 할 곳엔 하얀 소용돌이가 요동쳤다.

"이름은 어떻게 안 거예요? 놔요. 놓고 얘기해요."

불과 몇 초 사이에 남자의 목소리와 표정에 힘이 깃들었다. 목에 생긴 동그라미를 일직선이 가로질렀다. 일직선은 파충류의 눈처럼 다정을 집요하게 바라보는 것 같았다.

"네 숨결을 맡으니 침이 고여. 분명 어디선가 맡아본 냄새야. 그래…… 맞아. 무결자들에게서 이런 냄새가 났지. 아직도 그 혈통이 남아 있을 줄이야. 젊고 건장한 사내아이였으면 더 없이 좋았겠지만, 그래도 무결자의 몸뚱이를 포기할 수는 없지."

다정은 남자가 하는 말을 좀처럼 이해할 수 없었다. 그에게서 벗어나려 두 다리로 바닥을 밀어냈지만 상대의 손아귀는 수갑처럼 단단하게 다정을 옭아맸다. 오히려 여유롭게 다정의 체취를 큼큼 맡아가며 몸을 일으킨 남자는 다정의 정수리에 코를 대고 심호흡을 했다.

"누구나 처음에는 저항하지. 난 너희의 정의대로라면 일종의 바이러스거든. 돌가루 같은 무생물이었지만 인간과 접촉하는 순간 생명활동을 시작한단다. 인간은 한 번도 우리를 정복한 적이 없지. 왜인 줄 아니? 너무 작고, 어디에나 존재하며, 때론 우리를 갈망하는 인간들이 있기 때문이지. 그게 나를 달의 뒷면에서 해방시켰단다. 이제 너도 내가 필요할 것 같구나."

남자가 다정의 정수리에 코를 박고 숨을 들이쉴 때마다 다정의 피부는 풍선처럼 쪼그라들었다. 다정의 죄는 다정한 것뿐이었다. 세상 모두가 그녀처럼 선량할 줄 믿은 탓에 겨우 스물한 살 처녀가 악신의 먹이가 되는 중이었다.

남자, 차지웅, 아니 마라는 감탄했다. 다정의 숨골에 대고 심호흡을 할 때마다 상큼하고 달착지근한 영혼이 에너지드링크처럼 그에게 스며들었다. 마라가 다정의 영혼을 깨끗이 빨아들이는 덴 고작 삼 분이 채 걸리지 않았다. 그럼에도 다정의 육신은 죽지 않은 채 마라의 품에 마네킹처럼 안겨 있었다. 그녀가 기다리던 버스가 도착했다 이내 떠나고, 버스를 기다리는 승객 서넛이 정류장에 모였다. 마라는 다정을 부축해 그곳을 빠져나갔다.

마라는 한동안 자신의 능력을 확신하지 못했다. 다정이 무결자였기 때문에 저항 없이 생령을 뽑아낼 수 있었던 건 아닌지 의심했다. 마라는 상처를 치료하러 입원한 대학병원에서 이성을 만났다. 이성은 기계에 목숨을 의지한 식물인간이었고, 이미 넋이 나간 지 오래였다. 그의 영혼은 유체를 이탈해 병원 안을 서성거렸다. 육체가 살아있으니 그의 영혼 또한 생령이라 할 수 있었다. 마라는 이성의 영혼이 유체로 들어가길 기다렸다 그의 정수리 숨골 위에서 숨을 들이마셨다. 다정보다 너 쉽게 이성의 생령이 뽑혀 나왔다. 무결자가 아니어도 가능한 일이라는 걸 깨달았다. 그날부터 마라는 생령을 사냥하는 재미에 푹 빠졌다. 지하철에서 조는 군복 차림의 청년과 자신에게 종이박스를 팔러 온 노인, 혼자 편의점을 지키는 중년남자와 어린이집 버스를 기다리는 아이엄마, 정신과대기실에서 만난 소년 상준까지 쉬지 않고 빨아들였다.

생령이 빠져나간 인간의 육체는 기절하거나 반수면 상태, 대개는 이성처럼 식물인간이 되어버렸다. 생령도 육체가 살아있어야 생기를 뽑아냈다. 그러기 위해선 먹고, 마시고, 배설하는 행위를 대신해줄 존재가 필요했다. 마라는 영혼이 빠져나간 몸을 악귀들의 장난감으로 던져주었다.

생령들에겐 돌아가야 할 육신이라는 볼모가 있었다. 그래서 천방지축인 악귀들에 비해 신중하고 헌신적이었다. 또 귀신과 달리 생령은 영안이나 무당의 눈엔 보이지 않지만 동물이나 어린아이에겐 선명하게 모습을 드러냈다. 산책 중 개가 이끄는 대로 따라온 사람, 부모가 잠깐 한눈 판 사이에 사라진 아이들이 마라의 덫에 걸려 생령이 되고 말았다.

흥이 날 만도 한데 그즈음 마라에겐 고민거리가 하나 생겼다. 대나무처럼 휘어 잡히지 않는 다정의 생령이 문제였다. 생령들의 육체는 빙의 상태가 아닌 채로 일정 기간이 지나면 죽고 만다. 당연하게도 육신이 사라진 생령은 귀신으로 전락한다. 말만 잘 들으면 다시 몸으로 돌아갈 줄 알았던 그들은 허무한 죽음 앞에 강한 원한을 품게 된다. 생령만큼은 아니지만, 원귀도 영력을 끌어올리는 데 요긴히 사용했다. 하지만 무결자인 다정만은 죽지 않았다.

그녀는 자신이 갑자기 사라져 놀랐을 교수 수현을 걱정했고, 그러는 동안도 정신과 육체 모두 꼿꼿이 생존했다. 마라에게 다정은 녹지 않는 사탕이었고, 명치에 딱 걸려 내려가지 않는 체기였다. 그녀의 고결한 마음은 마치 암세포처럼 분열해 시시때

때로 마라를 공격했다. 마라가 허를 찔릴 때마다 지웅의 자아는 부피를 늘렸다. 좌심방우심실처럼 두 영혼은 서로에게 영향을 끼치며 생존의지를 불태웠다. 다정의 마음을 꺾지 않으면, 지웅이 자아를 끌어올려 또다시 극단적인 선택을 할지도 몰랐다. 지웅의 목에 진하게 올라온 바실리스크의 눈이 곧 눈을 뜰 터였다. 거의 다 지은 밥을 두고 새 쌀을 씻을 순 없었다.

마라는 다정을 단념시켜야 했다. 그러려면 수현을 향한 다정의 믿음이 배신당해야 했다. 마라는 수현의 뒤를 밟기 시작했다. 그녀의 신작 소설을 결제했고, 그녀가 나타나지 않은 젊은 작가상 시상식에도 참석했다. 강의실 가장 으슥한 자리에 후드를 깊이 눌러쓰고 앉았으며, 레스토랑이나 백화점에 들를 때면 물건을 고르는 척 옆에 붙어 계산 내역까지 훔쳐보았다.

"네가 고쳐 쓴 소설은 베스트셀러가 됐더군. 훔친 소설로 받은 상 덕분에 조교수 자리까지 얻어냈지. 그렇게 번 돈을 사치에 쓰면서 낯부끄러운 줄도 모르더군."

마라는 다정의 생령을 봉인한 뿔피리에 대고 속삭였다. 윤문한 소설을 출간한 건 원망하지 않았다. 허락 없이 벌인 일이었고, 수현이 자신의 재능을 인정해주었으니 그걸로 만족했다. 하지만 〈우산 밖의 한 사람〉은 달랐다. 다정이 신춘문예에 투고할 작품 중 하나였다. 운만 제대로 따라줬다면 상을 받고 유명세를 탔을 사람은 자신이었다.

마라는 복수를 충동질했다. 수현이 스스로 명성을 내려놓을 수밖에 없는 방법이 있다고 속삭였다. 길이 보이자 다정의 분노는 들불처럼 번져갔다. 마라의 체증은 시원하게 내려갔다. 다정의 응축된 분노까지 빨아들인 마라는 두려울 것이 없었다. 지난 새벽, 마라는 백 사람의 가죽을 모아 한 벌의 옷을 완성했다. 그는 한 명의 신을 능히 상대할 영력을 쥐었고, 이성을 호송하러 내려온 저승사자들과 맞붙어 이겨냈다. 붓과 생사부까지 얻었으니 다정이 그토록 바라는 복수를 실현할 때였다.

"악은 약속을 잘 지킨단다. 우린 언제나 받은 만큼 돌려주지. 그게 적일 땐 곱으로."

물론 마라의 속셈은 따로 있었다. 신물은 모았으니 삼층을 품은 인간 수현을 이승과 달의 뒷면을 연결하는 통로로 사용할 생각이었다. 용도가 끝나면, 수현 또한 자신과 같은 악신이 될 운명이었다.

이야기를 마친 예슬의 얼굴에서 정자관을 쓴 사내가 감실거리다 일순 사라졌다. 좌우로 몸이 흔들리던 예슬이 풀썩 앞으로 고꾸라졌다. 언니가 예슬을 침대로 옮겼다. 그녀를 도우러 한쪽 무릎을 세웠다.

"넌 애 손대지 마. 네 손에 귀문이 열렸어."

언니의 시선이 내 오른손으로 향했다. 손바닥의 상처가 가려웠다. 마치 수십, 수백 마리의 거미 새끼가 살갗 아래를 기어 다니는 것 같았다.

"귀문이 뭐야?"

생전 처음 듣는 단어였지만 본능적으로 불길하다 느꼈다. 나는 가려운 손바닥을 득득 긁으며 언니를 바라보았다. 예슬을 침대에 눕힌 언니가 웅크리고 앉아 뭔가에 골몰했다.

"귀신이 드나드는 통로. 보통은 저승과 이승의 경계에 잘못 지은 집이나 거울이 귀문이 되는데, 인간이 귀문으로 쓰인 건 나도 처음 봐. 어떻게 처신하는 게 맞는 건지 모르겠어."

언니가 당황하는 모습이 낯설어 더럭 겁이 났다. 내 몸이 악귀들의 수용소와 인간계를 연결하는 통로가 되었다면, 곧 놈들은 나를 통해 세상으로 뛰쳐나올 터였다. 미칠 듯이 가려운 손바닥을 꼬집었다. 찰나였지만 운명선과 지능선을 가로지른 기다란 동공이 빼꼼 열렸다 닫혔다. 진한 유황냄새가 코에 끼쳤다. 그 틈으로 본 다른 세상은 도령을 통해 본 유배지의 한 장면

굿 드라이버

이었다. 마라의 계획대로 흘러가는 중이었다.

"이걸 해결해줄 만한 사람이 있어. 다녀올게."

해결해줄 만한 사람 같은 건 없었다. 내 손을 통해 마군이 창궐한다면 언니와 예슬이 위험할 테니, 여길 벗어나야 했다. 나는 잠옷 위에 카디건을 걸쳤다.

"애, 너 쉽게 생각하지 마. 내가 이 근방 당집은 다 아는데 사람 몸에 난 귀문을 막을 만한 쩐 만신은 없어. 차라리 의학적으로 접근하자. 내가 아는 외과전문의 찾아가서 꿰매달라고 하는 게 어떨까? 내가 어디 커뮤니티에서 봤는데 퇴마 중에 퇴마는 물리퇴마라더라. 귀신 나오는 흉가도 싹 밀고 으리번쩍한 아파트를 지었더니 평당 칠천에도 불티나는 부촌이 됐어. 같이 가자."

꼭 감아쥔 손바닥 아래에서 바실리스크의 눈이 꿈적거리는 게 느껴졌다. 외과수술을 받기엔 이미 늦었다는 게 느껴졌다. 일 초라도 빨리 여길 떠나야 했다.

"티벳 밀교 전승자를 알아냈어. 믿고 퇴마를 맡길 사람이니까 걱정하지 마."

"그게 뭔지 몰라도 같이 가. 너 혼자 보내기 싫단 말이야."

언니가 울 것 같은 표정으로 나를 바라보았다.

"여긴 악신이 드나든 집이야. 소금 정도로 비방이 되지 않을 거야. 예슬이를 데리고 여기서 나가."

더는 지체할 수 없었다. 손바닥 아래에서 뼈와 살을 터뜨릴 것 같은 빠듯한 압력이 느껴졌다.

"너 거짓말하는 거 같아. 아니, 거짓말하는 게 맞아. 나한테는 삼십 년 넘게 쌓인 네 표정, 감정 데이터가 있어. 뭘 숨기는 거야? 밀교 전승자 같은 거 없는 거지? 수술이 싫으면 전주에 용한 무당한테 가자. 지금 연락하고 출발하면 점심쯤 도착할 거야."

언니의 촉이 맞았다. 하지만 끝까지 잡아떼지 않으면 나 때문에 또 화를 입을지 몰랐다.

"그만 좀 간섭해. 일평생 사람 반편 취급하지 말라고. 언니 눈엔 모자라 보이겠지만, 내 앞가림은 내가 해."

언니가 발을 굴렀다.

"유수현, 너 말을 뭐 그렇게 하냐?"

"나 대신 신내림받아준 건 고마운데, 그거 언니 선택이었어. 그 빌미로 내 인생, 내 의지 그만 가로막으라고."

"네 의지 존중할게. 근데 너 지금 온전치 않아. 겁먹고 도망가는 거 충분히 이해해. 퇴마가 됐는지 안 됐는지 내 눈으로 확인해야겠어. 여기 남아 너 기다리는 게 내 선택이니까 그렇게 알아."

어려서부터 언니는 고집이 셌다. 아마도 그녀는 자신의 성정을 증명하듯 악착스럽게 버틸 터였다. 나는 아픈 손을 억지로 주먹 쥐고 현관을 나섰다. 숙취에 머리가 어질했다. 넘어지지 않으려 벽을 짚으며 엘리베이터로 다가섰다.

"나부터 나갈 테야! 넌 내 다음 순서라고."

등 뒤에서 칠판을 긁듯 소름 끼치는 목소리가 들렸다. 목소리가 난 방향으로 고개를 돌렸다. 내 손에서 묻어난 검붉은 핏자국이 바실리스크의 눈 모양으로 벽에 남았다. 눈이 부피를 키워 길게 벌어지며 무언가를 찔끔 뱉어냈다. 봉두난발에 벌거벗은 남자 둘이었다. 한데 엉겨 버둥대던 놈들은 수영을 하듯 두 팔을 휘저으며 몸을 일으켜 세웠다.

"저 계집의 몸으로 나오게 됐구나. 다른 구멍 놔두고 하필 손바닥이지만."

둘 중 한 놈이 나를 바라보며 킬킬 웃었다. 내가 짚은 벽마다 바실리스크의 눈이 꿈틀댔다. 그리고 출산을 하듯 벌거숭이 인간들이 구멍을 통해 기어 나왔다.

"지금 불평할 때야? 마님 덕분에 해방됐다고. 우리한테도 생령 뽑는 능력을 주셨잖아. 난 빨리 저 계집부터 뽑아 먹어야겠어."

마른 체격에 비교적 젊은 장발의 남자가 입을 크게 벌리고 내게 달려들었다. 저들은 달의 뒷면, 유배지에서 도망친 악귀들이었다. 마라를 따르는 놈들에겐 새로운 능력과 자격이 주어졌다. 생령을 뽑아낼 수 있다면, 그들 모두가 마라라는 뜻이 되었다. 육신에 굶주린 그들에게 인간세계는 떡 벌어진 뷔페나 다름없을 터였다. 나는 장발 남자를 피하려 몸을 웅크렸다.

"육시를 해서 뒈진 놈이라 그런가, 생각도 짧구먼."

장발의 머리를 봉두난발이 잡아챘다.

"영감탱이, 왜 말리고 지랄이야?"

"저게 유수현이야. 마라의 존엄한 육신을 출생할 몸이라고. 인간 몸뚱이가 그리우면 밖으로 나가. 아무나 붙잡고 생령을 뽑아내란 말이야. 기왕이면 이런 쥐좆 말고 대물 단 놈으로 골라, 알았지?"

봉두난발이 자지러지게 웃었다. 때마침 엘리베이터가 열렸다. 달려들어 문을 닫았다. 주차장이 있는 지하 3층 버튼을 누르고 고개를 들어 거울을 바라봤다. 창백하게 질린 여자가 서 있었다. 나이를 가늠할 수 없을 정도로 머리는 하얗게 세고 눈동자의 불이 꺼져버린 여자. 죄인으로 낙인된 나였다. 견딜 수 없을 만큼 강한 한기가 몸속 깊은 곳에서 뼈와 살을 얼렸다.

"내가 경고했잖아! 그걸 무시한 결과다. 네 손뿐 아니라 손이 닿은 자리마다 귀문이 열리고 있어. 아니, 예전에 닿았던 곳까지도."

굿 드라이버

드디어 삼충이 깨어났다.

"마라의 육신이 내 손에서 태어난다고 했어. 막아야 해."

욕지기가 치솟아 허리를 숙였지만 허연 입김만 꾸역꾸역 쏟아졌다.

"너무 늦었다. 이제 염라도 마라를 멈출 수 없게 되었어."

놈이 저승차사의 신물을 얻은 모양이었다.

"그럼 우린 어떻게 해야 해? 난 악신의 도구가 되고 있어. 이젠 유수현이란 인간 대신 악귀들의 회전문이 되었다고."

"꼭 무얼 해야 할까? 한때 나는 내가 정의의 사도인 줄 알았다. 허나 자연의 섭리엔 선과 악이 없더구나. 도덕률 안에서 누가 누굴 벌한다는 게 가소로운 일이었지. 자네와 난 처음부터 사도가 아닌 도구로 태어났을지도 몰라. 그런 존재가 꼭 무얼 해야 할까, 우리의 의지가 과연 필요하긴 한 걸까?"

삼충의 생각이 멎었다. 사도가 아닌 도구로 태어났다면, 그게 벗어날 수 없는 운명이라면 나는 생각하는 행위조차 주제넘었다. 세상의 시간이 일시정지된 느낌이었다.

"어우, 엘베가 왜 이렇게 추워."

4층에서 음식물 쓰레기통을 든 이웃이 엘리베이터에 합류했다. 부스스한 얼굴로 나를 힐긋 본 이웃은 귀신이라도 본 것처럼 흠칫 놀란 표정이었다. 좀 전에 내가 누른 엘리베이터 버튼이 바실리스크의 눈으로 변하며 악귀 한 마리가 기어 나왔다. 뱃구레가 드럼처럼 커다란 중년의 여자였다. 여자가 이웃의 어깨를 타고 올라 정수리에 입을 붙이곤 빨대로 음료 마시듯 볼을 헐떡였다. 마라가 다정에게 했던 행동이었다. 불과 몇 초 만에 여자는 내 이웃의 생령을 가래 돋우듯 그르렁대 바닥으로 뱉어 냈다. 그러고는 이웃의 몸으로 뛰어들더니 음식물 쓰레기통을 열어 안에 든 쓰레기를 허겁지겁 삼켰다.

"배고파. 배고프다고. 너무 오래 굶었어. 아무렴 이런 결론 턱도 없지. 나가서 도적질이라도 해야겠어. 유수현, 너도 갈래?"

여자가 부패한 콩나물 무침이 가득한 입을 헤벌리며 나를 향해 웃었다. 그녀는 1층에서 내려 건물 밖을 향해 내달렸다. 몸을 잃은 이웃의 생령은 치매 노인처럼 한 자리에서 빙빙 돌다 문득 걸음을 멈췄다.

"이봐요. 저기서 누가 나를 불러요. 돌아가신 우리 엄마 목소린데? 이상하다. 엄마가 왜 저기 있지?"

이윽고 지하3층에 다다랐을 때, 이웃은 바실리스크의 눈을 향해 제 발로 걸어 들어갔다. 이승과 유배지가 뒤바뀌기 시작한 거였다. 벽을 짚고 싶지 않았지만 깨진 모래시계처럼 몸은 급속도로 쇠약해졌다.

"삼충, 난 도구가 아니야. 오히려 제자를 도구 삼아 성공가도를 달렸지. 그 덕에 마라가 생령을 얻어 악의 세력을 키웠어. 도구는 그런 선택을 할 수 없잖아. 도령을 찾아야겠어. 그는 우릴 도와줄 거야. 해볼 만한 싸움이라고 말해줘. 어젯밤 우리는 강한 힘을 발휘했잖아."

차로 이동하기 위해 주춤주춤 발을 옮기며 주차된 차량들의 보닛과 벽, 그리고 바닥에 손이 닿았다. 통제해보려고 노력했지만 마치 자성이라도 띤 것처럼 손은 사방천지를 짚고 있었다. 악을 쓰며 버티려 해도 몸이 저절로 움직여 바닥과 기둥에 닿았다. 그 자리마다 바실리스크가 새로이 눈을 떴다. 어느 시대에 유배되었는지 모를 악귀들이 환호성을 지르며 쏟아져 나왔다.

"멈춰. 나를 사용하는 게 얼마나 위험한 건지 자네는 몰라."

"방금 내 이웃이 제 발로 귀문에 들어갔어. 인간이 말살되는 걸 지켜보라고?"

이대로 눈을 감고 싸늘히 죽어가길 바랐지만, 죄인의 낙인이 새겨진 한 쉴 자격이 없었다. 내가 뿜는 숨이 하얀 서리가 되어 주차장 바닥으로 흩어졌다. 차까지는 고작 서너 걸음 남았다. 지척거리다 철퍼덕 두 무릎을 꿇었다.

"태양처럼 강한 양기를 발산해야 마라를 무력화할 수 있어. 자네의 육신은 쇳물이 끓는 용광로만큼이나 뜨거워질 거야. 그 정도 화력은 돼야 귀문이 녹아 닫힐 테지. 그렇게 악신이 되는 걸 면하면 끝일 것 같나? 그냥 죽는 것과 불에 타 죽는 건 전혀 다른 일이야. 극도의 공포와 통증, 그리고 원한을 품은 악귀가 될 테지. 아주 오랜 옛날 서역에서 마라도 그렇게 탄생했어."

악신이냐, 악귀냐. 선택지가 단출했다. 어느 쪽이든 끔찍하긴 마찬가지였다. 인간적인 두려움도 고개를 쳐들었다. 잠시였지만, 어제 도령과 대적했을 때 내 몸은 불덩이처럼 환하게 타올랐다. 그 정도 열기로는 부족하단 얘기였다. 피부 아래 얇은 지방을 활활 태울 만큼 심부부터 뜨거워져 종래에는 잿더미가 되어야 귀문이 닫힐 터였다. 나뿐 아니라 삼층까지 희생을 피할 수 없었다.

"그렇다고 이대로 딩힐 수는 없겠지요."

도령의 목소리가 들렸다. 얼어붙은 몸을 일으키지 못하자, 그가 붉게 달아오른 손을 뻗어 내 뺨을 감쌌다. 따뜻한 기운이 스몄다. 고개를 들자 남색 철릭을 걸친 도령이 처연한 눈빛으로 나를 내려다보았다.

"나 만지지 마요. ……이제 인간도 뭣도 아니니까."

속눈썹에 매달렸던 잔서리가 눈물처럼 눈을 적셨다.

"나 역시 인간도 뭣도 아니지 않소."

그의 얼굴을 종횡한 수십 개의 길고 짧은 상처에서 피 대신 회색 먼지가 풀풀 떨어졌다.

"신물을 빼앗겼소. 내가 당도했을 땐 이미 저승차사의 붓과 생사부가 마라의 손에 들어갔다오. 놈은 생령들을 부추겨 나를 공격했소. 내게는 생령이 보이질 않으니 속수무책 당할 수밖에."

보이지 않는 적 앞에 도령의 합죽선과 장검은 쓸모를 발휘하지 못했을 터였다. 나는 더듬더듬 오늘 아침에 벌어졌던 일을 설명했다. 두서없는 말이었지만, 도령은 고개를 끄덕였다.

"지금 마라가 어디 있는지 가르쳐줘요."

도령에게 몸이 데워지자 몸을 일으킬 수 있었다.

"마라를 왜 여기서 찾는 게요? 놈은 선생의 집에 있지 않소. 그래서 도망친 것 아니오?"

예상을 뒤엎는 대답이었다. 의식을 되찾았을 때 마라와 다정은 내 곁에 없었다. 집엔 분명 언니와 예슬뿐이었다.

"방금 예슬낭자를 만나러 선생의 집 앞에 찾아갔소. 헌데 낭자의 기운은 느껴지지 않고 마라와 라가가 뿜어내는 귀기뿐이더구려. 낭자는 지금 어디 있소?"

어둠 속에서 헛발을 짚은 느낌이었다. 도령의 얘기대로라면 예슬은 집 안에 없다. 그렇다면 접신을 해 지웅과 다정의 첫 만남을 전해준 사람은 누구란 말인가.

"집으로 돌아가야 해요."

큰 실수를 범했다. 내가 집에서 만난 건 예슬의 육체를 강탈한 라가였다. 내가 아파트 곳곳에 귀문을 만드는 사이 언니 혼자 마라와 라가에게 붙잡혀 있다는 의미였다. 내 생각을 읽은 도령의 얼굴에 낭패감이 스쳤다.

"낭자가 귀문에 빨려 들어가기 전에 찾아야 하오."

도령은 한 팔로 나를 부축하고 다른 한 손에 장검을 단단히 쥐었다.

"몸이 차구려. 유배지의 음기가 선생을 얼리는가 보오."

그가 장검으로 바닥을 짚으며 한 걸음 한 걸음 천천히 발을 옮겼다. 검이 바닥에 찍힐 때마다 번쩍번쩍 불티가 튀었다. 그때마다 바실리스크에서 나온 악귀들이 흠칫 놀랐다. 주위를 살살이 훑으며 도령과 함께 다시 엘리베이터 방향으로 걸었다.

마침 비상구로 내려오는 노부부가 보였다. 악귀들이 코를 킁킁거리며 노부부에게 달려들었다. 온화한 인상의 부부가 나를 향해 눈인사를 건네며 한가롭게 걸어 나오자 기다리고 있던 벌거숭이 악귀 둘이 천장 배수관에서 뛰어내렸다. 도령이 부축하던 나를 풀어냈다. 그는 두 손으로 장검을 일으켜 세워 부부의 머리 위에 얹힌 악귀들을 반동강 냈다. 갈라진 옆구리와 배에서 팥죽 같은 액체를 쏟은 악귀가 바실리스크의 눈으로 흡입되었다.

"여보, 나 혈압약 안 먹었나봐. 뒷목이 뻣뻣하네."

부부 중 남편이 돌아섰다.

"올라가서 약 먹고 다시 옵시다. 나도 울렁증이 나."

아내가 남편의 손을 끌고 다시 비상계단을 올랐다. 한시름 내려놓았지만 바실리스크의 눈은 쉬지 않고 악귀들을 뱉어냈다. 손바닥이 흥건한 느낌이 들었다. 펼쳐보니 맑은 콧물 같은 진액이 흘러나왔다. 이곳으로도 무언가 배출될 전조였다.

"마라가 부활하기까지 얼마 남지 않았어요."

엘리베이터가 내려와 문이 열렸다. 버튼의 귀문에서 쏟아진 악귀들이 해일처럼 우리를 덮쳤다. 도령의 장검으로 악귀들을 베어냈다. 예리한 통증이 어깨와 팔, 그리고 손목으로 이어졌다. 조개껍데기 같은 검은 비늘 하나가 손바닥을 비집고 나오는 중이었다.

인간의 약점은 나약한 육체나 우유부단한 정신에 있는 게 아니었다. 그들의 아킬레스건은 지나치게 낙관적인 상상력이었다. 종의 절멸 뒤에 번성, 침략 이후의 평화, 약탈로 비롯된 번영, 폭력으로 이룬 화해 같은 것들이었다. 그리고 진심으로 뉘우치면 이 모든 걸 속죄할 수 있다는 믿음이 가장 큰 패착이다. 물론 나는 그걸 이용할 줄 아는 신이다.

지민은 티벳, 밀교, 퇴마 세 단어를 섞어 구글링했다. 웹툰이나 퇴마소설 이야기가 전부였다. 수현이 말한 밀교 전승자에 대한 단서는 찾을 수 없었다. 검색창을 닫으려던 그녀의 눈에 파충류의 눈처럼 생긴 이미지 하나가 밟혔다. 무속인 카페의 최근 게시물 중 하나였다. 지민은 이미지를 클릭해 게시물을 열었다. 서울 곳곳에 생긴 이상한 눈이라는 제목이었다. 마트 계산대, 도서관 서고, 에스컬레이터 손잡이, 강의실 출입문, 카페 담벼락과 병원이 밀집한 건물 엘리베이터를 찍은 사진이 줄을 이었다. 모두 마우스 크기의 눈이 정교한 형태로 새겨져 있었다. 무속인이나 영안에게만 보이는 귀문이었다. 게시자는 지난밤 꿈에서 다리가 긴 검은 악어가 수천 개의 알을 품고 걷는 모습을 보았다고 적었다.

"예슬아, 이것 좀 봐줘. 여기 도서관하고 강의실, 자기네 학교

맞지?"

지민은 바실리스크의 눈이 출몰한 사진들이 눈에 익었다. 엘리베이터는 그녀의 병원 건물에 있었고, 마트와 카페는 수현이 자주 들르는 장소 중 하나였다. 게다가 사진 속 바실리스크의 눈에선 벌거벗은 악귀들이 눈을 희번덕거리며 기어 나오는 중이었다. 현재뿐 아니라 과거에 수현의 손이 닿았던 자리마다 귀문이 열리고 있단 뜻이었다. 지민은 침대에 누워 두 손을 얌전히 모으고 잠든 예슬을 뒤흔들었다.

"짜증나네. 호들갑 좀 그만 떨어."

예슬이 동그랗게 눈을 뜨고 천천히 상체를 일으켰다. 지민은 예슬의 무례한 말투에 적이 놀랐다.

"또 접신된 거니?"

지민이 조심스레 손을 거둬들이며 물었다.

"얼굴 몇 번 봤다고 찍찍 반말지거리하는 거 아니야, 아줌마."

예슬은 지민의 어깨를 밀쳐내고 침대에서 일어섰다. 그러고는 방 네 귀퉁이로 다가가 쌓아놓은 소금을 발끝으로 무너뜨렸다.

"너 예슬이 아니구나?"

지민은 예슬의 몸에 깃든 정체가 무언지 정확히 알지 못했으나 말투며 표정에서 정자관을 쓴 사내는 아니라고 짐작했다.

"잡귀와 대감신도 구분 못 하는 게 무슨 무당이야? 꼴값도 못 한다, 진짜."

예슬의 몸에 깃든 라가가 소금 한줌을 집어 입에 털어넣곤 와작와작 씹어 뱉었다.

"봤어? 나 방금 입을 썼어. 이런 게 짠맛이구나."

라가가 신기하다는 듯 자신의 얼굴을 손으로 훑었다. 소금이 이 사이에서 바스라지는 소리가 거세질수록 지민은 지독한 가위에 눌린 것처럼 몸이 굳어갔다. 그녀가 나무몽둥이처럼 쓰러졌다. 움직일 수 있는 건 얼굴뿐이었다. 마비는 결계를 무너뜨린 순간, 결계를 만든 자에게 돌아오는 형벌이었다.

"아빠가 옳았어. 인간은 늘 후회하는 동물이랬지. 유수현은 곧 돌아올 거야. 지금쯤 눈치챘을 테니까 후회하며 헐레벌떡 뛰어오겠지. 그러니까 꼼짝 말고 기다려."

지민은 라가의 가족사를 몰랐지만, 아빠라고 부르는 자가 선량한 인간이 아니라는 걸 직감했다.

"네 아빠가 마라인 거니?"

라가는 수현의 옷장을 열어 마구잡이로 옷을 끌어냈다.

"개소리하지 마. 아빠와 나는 유수현만큼이나 마라가 싫어. 우리가 그자한테서 떨어져 나오려면 유배지에서 새 육신이 도착해야 해. 여태까지 그것만 기다리며 버텼다고."

입고 있던 옷을 훌훌 벗은 라가는 수현의 원피스를 몸에 걸친 채 옷장 안 거울을 들여다보았다. 그녀는 출생의 순간 자신에게 벌어진 비극을 몰랐다. 라가의 아비 조석주는 죽은 뒤에야 마라의 손아귀에서 벗어나야 한다는 걸 깨달았다. 그는 자신의 죄를 덮기 위해 딸에게 조작된 기억을 덧씌웠다. 라가는 예슬의 탯줄이 목에 감겨 태어나자마자 죽은 줄로 믿었고, 응당 자신이 누려야 할 삶의 기쁨과 슬픔을 동생에게 빼앗긴 줄 알았다.

"새 육신이란 게 돌아오면…… 그다음엔 무슨 일이 생기는데?"

"뭐겠어? 상식적으로 생각해봐. 다음 주자에게 악신 자리를 넘기겠지. 아줌마가 유수현 대신 신내림받았듯이, 유수현은 마라 대신 악신으로 앉는 거야. 여자 악신은 참 드문데 말이야. 걔들은 네 자식처럼 신기를 물려받은 어린애들부터 발라 먹는다더라. 아기생령은 포도맛이 난다던데 진짜려나?"

라가는 수현의 핸드백을 뒤져 립스틱을 찾아냈다. 검붉은 장미색으로 입술을 칠한 그녀가 고개를 돌려 지민을 바라보았다. 환하게 웃는 앞니에 립스틱이 묻어났다.

"아줌마, 침대 밑에 뭐가 있는지 알아?"

몸이 굳은 지민이 눈동자만 굴려 어둑한 침대 밑을 바라보았다. 새카만 단발머리에 유난히 흰 피부를 가진 다정이 팔다리의 관절이 비틀린 채 침대와 맞닿은 벽에 바짝 붙어 있었다. 생령이 빠져나간 다정의 몸은 언뜻 험악하게 죽은 시신처럼 보였다. 지민이 얼굴을 일그러뜨리며 비명을 참았다.

"쟤가 저 아래 있었는데, 그것도 모르고…… 하여간 멍청한 것들."

라가가 허탈하게 웃으며 거울을 봤다. 노르께한 제 얼굴에 핏빛 립스틱이 너무 노숙하다고 느꼈다. 휴지를 뜯어 입술을 닦아냈지만 불그스름한 얼룩은 지워지지 않았다. 예슬의 소지품 중에 화장품을 지울 클렌징로션과 산뜻한 색깔의 틴트가 있을 터였다. 그걸 찾으려면 예슬의 뇌에 저장된 기억을 동기화해야 했다.

모든 인간은 동기화 방법이 다르지만 쌍둥이는 예외였다. 라가는 아비인 조석주에게 배운 대로 손가락을 꼽으며 자신이 태어난 연월일시와 부모의 이름을 차례로 읊었다. 그러자 바짝 마른 삭정이에 물이 차오르듯 이십 년 동안 예슬에게 저장되었던 기억이 라가의 영혼에 스며들었다.

의식 저 아래 깔려 있던 태아 시절 따스한 양수의 질감이 되살아났다. 이따금 격정적으로 달아오르던 피아노 연주와 아비의 다정하고 나직한 목소리. 그리고 자신의 몸을 간질이던 언니의 손길과 발길. 하지만 평화는 길지 않았다. 어미의 비명과 함

　　　　　　　　　　　　　굿 드라이버

께 양수가 빠져나가며 언니는 누군가의 강한 압박에 등이 떠밀렸다. 예슬은 멀어져가는 언니의 작고 푸릇한 엉덩이를 향해 손을 뻗었다. 우렁우렁한 아비의 고함이 양수를 뒤흔들었다. 배속을 먼저 빠져나간 언니는 한참을 기다려도 울지 않았다. 이윽고 그녀 앞에 펼쳐진 세상은 참혹했다. 라가는 번개가 관통한 듯 꼿꼿한 자세로 멈춰서 예슬이 버텨낸 지난 이십 년을 훑기 시작했다.

라가가 이상하다는 걸 알아차린 지민은 손가락에 힘을 모았다. 만약 이 사지 마비가 가위눌림과 비슷한 거라면 천천히 말단부터 움직여야 신경이 풀릴 터였다. 지민은 자꾸만 시선에 걸리는 다정을 외면하고 손가락과 발가락을 꼼지락거렸다. 온몸에 힘을 주었다 풀기를 반복하며 용을 쓰던 그녀는 앙다문 앞니에 입술이 터진 뒤에야 사지 감각이 돌아왔다. 퍼뜩 몸을 일으켜 라가를 보았다. 작게 입술을 벌린 채 돌처럼 굳은 그녀의 팔에 잔털이 솟구쳐 있었다. 지민은 수현에게 전화를 걸었다. 무슨 일이 있어도 집으로 돌아와선 안 된다고 단단히 일러야 했지만 전화를 받지 않았다.

마음이 졸아들어 입안 가득 피가 고이는 것도 잊은 채, 지민은 안방 문을 열고 나섰다. 그녀 앞에 펼쳐진 건, 동생 집의 익숙한 소파와 아일랜드 식탁이 아니었다. 사방이 막힌 거대한 짐

승의 소화기 같은 동굴이었다. 그 한가운데엔 사람의 이목구비
가 달린 가죽옷의 남자가 지민을 바라보고 있었다.

"차지웅 씨!"

기괴한 가죽옷에 늘어진 장발, 목에는 바실리스크 문신을 했
지만, 그는 지웅의 얼굴이었다. 지민의 호명에 남자는 고개를
살짝 젖히고 자리에서 일어섰다. 가죽옷 아래 드러난 팔과 다리
는 생기 없이 앙상했다.

"그 남자는 이제 거의 사라졌어. 당신 꿈에서 나온 고치처럼
나를 품어 키워냈지. 그쪽도 유수현의 고치였지?"

어둠 속에서 남자의 눈동자가 검은 자갈처럼 번들거렸다.

"사람 사이의 관계는 그렇게 단순하지 않아요. 우리 자매는
서로를 위해 크고 작게 헌신했어요."

남자가 다가서자 오래 묵힌 젓갈 같은 지린내가 풍겼다.

"맞아, 크고 작게. 헌신의 무게가 공평한 적은 없었지. 그래서
항상 유수현을 원망했잖아. 네 자식 둘 다 신기를 갖고 태어난
걸 알았을 땐 어떻게 했지?"

지민이 울먹이며 고개를 가로저었다. 잊고 싶은 기억이었다.

"저주했잖아. 바늘 한 쌈을 유수현의 책에 꽂아 썩은 개흙에
묻었지."

지민은 들고 있던 휴대전화를 떨어뜨렸다. 남자가 유쾌하게

굿 드라이버

웃었다.

"곧장 후회했어요. 그리고 아무 일도 벌어지지 않았고요."

남자의 말은 사실이었다. 지민은 어린 두 자식이 모두 영안이
며, 남편과 자신의 먼 조상신 한 명씩이 달라붙어 떨어지지 않
는 걸 알아차렸다. 자신만 희생하면 끝날 일인 줄 알았던 무당
의 팔자가 자식에게까지 이어지자, 지민은 이성을 잃었다.

"정말 아무 일도 벌어지지 않았다고 장담해? 유수현의 뇌동
맥류는 왜 생겼을까."

뒷걸음질 치던 지민이 누군가에게 끌려가듯 벽으로 밀려났
다. 남자가 지민 앞으로 성큼성큼 다가왔다.

"아니야, 난 그 정도로 실력 있는 무당이 아니라고."

남자의 시선이 지민의 목으로 향했다. 달칵 하는 소리와 함께
그녀의 목관절이 뒤틀리며 고개가 툭 떨어졌다.

"질투와 분노는 애정과 희열보다 더 자주 기적을 이뤄내지."

"난 수현이를 사랑해."

남자의 시선이 이번엔 팔로 향했다. 어깨와 팔 관절이 어그러
졌다.

"늘 그랬던 건 아니잖아."

"인간은 완벽하지 않아!"

지민의 골반과 무릎관절이 으드득 소리를 내며 꺾였다.

"참으로 유서 깊은 변명이지."

벽에 붙은 채 비틀린 지민의 몸이 천장을 향해 슬금슬금 움직였다. 남자는 그녀가 더 고통받길 바랐지만 어느새 지민은 아뜩 정신을 놓고 말았다.

도령은 곤죽이 된 악귀들을 발길로 밀어내고 엘리베이터에 올랐다. 버튼에 생긴 귀문에선 새로운 악귀가 팔꿈치를 내밀었다. 그는 무릎으로 놈을 걷어차 밀어 넣고 자신의 소매를 더듬었다. 산뜻한 푸른색의 탁구공만 한 구슬 한 알을 꺼냈다. 그는 바실리스크의 눈에 구슬을 끼워 넣고는 공손히 두 손을 모아 예를 표했다.

"그건…… 저승차사들이 갖고 있던 영혼 케이지군요."

"선생이 구해줬던 영가 중 하나요. 불행한 죽음을 맞았지만 악귀가 되지 않고 버틴 선량한 자들이지. 이렇게라도 사례하고 싶다 부탁했소."

그까짓 친절이 무어라고 저승길을 물리고 기다린 걸까. 나와 달리 빚을 지고는 살 수 없는 사람들이 있었다. 불리한 기억은 선택적으로 지워가며 빛을 외면하는 나 같은 얌체는 모를 지극한 마음이었다.

"귀문은 이대로 막히는 건가요?"

"아니, 임시방편이오. 얼마나 버틸지는 모르지."

다른 피해자가 생기지 않길 바라며 소화기를 들어 엘리베이터 문이 닫히지 않게 괴었다.

"어딘가 예슬이가 있을 거예요. 계단으로 올라가죠."

비상구 문을 여는 순간 오른 손바닥에서 강한 통증이 느껴졌다. 단단한 검은 비늘이 불쑥 올라왔다 내려가길 반복했다. 마라의 몸 일부일 터였다.

"이미 시작되었구려."

도령도 내 손바닥 사정을 알게 되었다. 비늘 하나가 큰 조개만 하니 전신의 크기는 가늠할 수 없었다. 팔이 쥐어짜듯 아팠지만 걸음을 멈춰선 안 되었다. 도령이 공중을 걸어 나를 타넘고 앞장섰다. 층을 올라갈수록 차폐문 밖으로 나와 서성거리는 이웃의 생령들이 늘었다. 다들 어리둥절한 표정으로 벽이나 계단을 통과하며 늑대처럼 하울링했다. 집집마다 악귀들이 틈입해 생령을 뽑아낸 터였다. 살을 에는 추위가 점점 더 가혹해졌다.

"다들 움직이지 마세요. 죽은 가족의 목소리가 들려도 다가가면 안 돼요. 건물 밖으로 나가면 다시 돌아오지 못할 수도 있어요. 저기, 꼬마야! 울지 마. 너 공격한 사람은 진짜 엄마가 아니야. 언니 말 믿어야 해."

도령의 눈에는 보이지 않고 귀에도 들리지 않겠지만, 지금 말하는 생령은 예슬이었다. 도령의 도포 자락이 훑고 지나간 계단 참에 서너 살짜리 아기 생령을 안고 있는 그 애가 나와 눈이 마주쳤다.

"교수님! 얼굴이 왜 이래요? 성에가 앉았어요. 세상에……."

예슬은 아기 생령을 내려놓고 한달음에 내게 날아왔다. 어떤 몰골이 되었기에 예슬은 제 처지보다 나를 걱정하는 걸까.

"마리의 몸이 유배지에서 오고 있어. 내 손을 통해."

도령이 걸음을 멈추고 나를 향해 다가왔다. 그의 몸을 서너명의 주민이 통과했지만, 느끼지 못하는 것 같았다.

"지금 누구와 얘기하는 거요? 혹시 낭잡니까?"

도령의 마음이 미어지는 게 느껴졌다. 갓 태어난 순간부터 지금까지 곁을 지켜온 도령에게 예슬은 딸이며 누이나 다름없었다. 그럼에도 삼충을 잃었을 때처럼 같은 잘못을 반복한 터였다. 뿔 잃은 푸른사향노루는 쓸모가 사라진 전우였고, 마라를 해치우는 데 도움이 되지 않는 예슬은 거추장스러운 볼모였다. 도령은 자신이 저지른 실수보다 더 크고 억지스러운 후회를 했다.

"교수님, 도령님에게 전해주세요."

허공을 바라보며 황망해하는 도령에게 예슬이 손을 내밀
었다.

"그래…… 뭐라고 말해줄까?"

"라가를 설득하면 붓과 생사부를 받아낼지도 몰라요. 언니의
마음이 변하고 있는 게 느껴져요. 왜인지 우린 지금 의식을 공
유하고 있어요. 아빠와 마라에게 속았다는 걸 언니가 깨달았
어요."

도령이 내 마음을 읽어내고 먹먹한 얼굴로 고개를 끄덕였다.

"이 건물 안에 몇 명의 생령이 있는지 낭자는 세어보았소?"

어쩐 일인지 도령은 생령의 수를 궁금해했다. 예슬은 지하부
터 옥상까지 헤아려보니 자신을 포함해 모두 마흔두 명이라고
답했다. 육십 가구 중 출근이나 외출을 하지 않은 이들은 대부
분 희생되었다는 의미였다. 도령의 마음을 읽어보려 했지만, 귓
가엔 황량한 바람소리만 들렸다.

"예슬낭자, 마라를 섬멸하더라도 나는 놈과 함께 유배지로
떠날 생각이요. 앵두만 한 낭자의 질량이 잡아끄는 달 뒤에 앉
아, 억겁의 시간 동안 후회하겠소. 그게 내가 치를 형벌이니 서
운한 마음 있거든 그만 물리시게."

갑작스러운 이별의 말이었다. 슬퍼도 울 수 없는 예슬의 생령은 자두씨처럼 턱을 구기고 고개를 끄덕거렸다. 할 말이 많을 테지만 시간이 여의치 않았다. 내 손바닥에서 쇠갈고리 같은 마라의 발톱이 비어져 나왔다. 거대한 얼음심장이 뛰는 것처럼 배가 차가운 냉기를 품고 펄떡거렸다.

"지금…… 가야 해요."

도령에게 마라의 발톱을 보여주었다. 내 배가 펄떡거릴 때마다 마라의 발톱 안으로 붉은 피가 채워졌다. 예슬이 끔찍한 광경을 목격할까봐 마음이 더 조급했다. 계단을 오르는 걸음마다 진눈깨비 같은 결정이 눈을 파고들었다. 추위에 걸음을 멈추면 도령이 다가와 몸을 녹여주었다. 얼고 녹기를 반복하며 손가락은 검게 괴사했고 얼굴과 머리카락에선 살얼음이 쏟아졌다.

"유배지로 빨려 들어온 그 녀석…… 그 허여멀건한 생령이 찾던 여자야."

우리 집이 있는 8층에 다다랐을 때 왜소증을 가진 악귀가 바실리스크의 눈으로 기어 나왔다. 뒤따라 나온 키 큰 악귀가 나를 보곤 혀를 찼다.

"교수님, 유 교수님! 저 김우재예요. 어디 계세요? 제 목소리 들리세요? 어찌나 애절하게 부르고 염병을 하던지. 그 샌님은 아직도 저 계집이 유배지에 있는 줄 알고 찾아 헤맬걸."

굿 드라이버

악귀 두 마리가 코를 벌름거리며 내게 다가왔다. 벽에 납작 붙어 놈들을 기다리고 있던 도령이 장검으로 놈들을 참수했다. 비명조차 지를 틈 없이 수박덩이 같은 두 개의 머리가 바닥으로 곤두박질 쳐 터져버렸다.

"우재까지……."

고통스러웠다. 그가 내게 연심을 가졌다는 건 진작 느꼈다. 하지만 선량하고 반듯한 그 사람이 내게는 과분했다. 때때로 그의 세심한 배려와 친절이 불편했던 건 차마 내가 욕심 부려선 안 될 상대였기 때문이었다. 유배지를 헤맬 우재는 지금 무엇을 보고 있을까. 내 목소리를 듣고 따라왔다면 지금쯤 사막스럽게 귀문으로 뛰어든 마라의 육신 앞에 서 있진 않을까. 그 작은 구멍이 나의 손바닥이라는 것도 모른 채 내 이름을 목 놓아 부르고 있을지도.

"현관이 열려 있소."

도령이 차폐문을 밀치고 걸음을 멈추었다.

"마라는 나 혼자 상대할 겁니다. 도령은 이미 할 만큼 했어요."

도령이 들고 있던 장검이 붉게 부식되었다. 부채살이 삭은 합죽선도 그의 갓신 옆에 툭 떨어졌다. 삼층이 위험을 경고했지만, 물러설 곳이 없었다. 마라가 내뿜는 음기로 아파트 안에 있는 모든 생기가 사그라졌다.

"비천한 패잔병이지만, 선생 혼자 싸우게 놔둘 수는 없소."

마라와 가까워진 탓인지, 놈의 발톱을 시작으로 마디 굵은 다리가 살을 찢고 밀려나왔다. 거친 비늘이 내 몸 곳곳을 후비는 느낌이 들었다. 우재의 목소리가 나를 부르는 것만 같았다. 교수님, 어디 있어요. 괜찮은 거예요. 애모쁜 소리가 자꾸만 나를 살고 싶게 만들었다.

"이길 수 있어요. 꼭 장렬하게 전사할게요."

나는 늘 운이 좋았다. 책임감 강한 아이의 동생으로 태어났고, 눈 먼 예술가들에게 발탁되었고, 수치스러운 순간을 기억에서 삭제할 수 있었다. 매번 트로피를 쥐는 건 나였고, 운 좋은 내게 영광의 순간을 양보한 이들은 원망과 후회의 감옥에서 유배중일 터였다. 이제 트로피를 내려놓고 내 몫으로 남겨놓은 운명을 받아들일 시간이었다.

"선생의 바람이 이루어지길 염원하겠소."

도령은 걸음이 떨어지지 않는 모양이었다. 그가 부식된 장검을 얌전히 내려놓고 내게 다가왔다. 그의 따뜻한 손가락이 내이마와 헤어라인 위를 맴돌았다.

"삼충이 느껴지지 않소."

도령이 내 얼굴을 휘돌아 보고는 자신의 이마를 내게 가져다

굿 드라이버

댔다. 그러고 보니 비상구에서 예슬을 만난 뒤부터 삼충의 목소리가 들리지 않았다. 예상치 못한 전개였다. 나를 도와 신물의 권능을 드러내줄 줄 알았던 삼충에게도 두려움이란 감정이 존재했다. 내가 용광로처럼 뜨거워진다면 삼충 또한 죽음을 면할 수 없을 터였다. 죄인인 나와 달리 삼충은 꾸준히 희생자였다. 그의 허락을 받지 않고 나는 면죄를 꿈꾸었다. 설득할 염치는 없었다. 그러므로 삼충의 결정을 기다려야 했다.

"삼충, 살고 싶은 마음 이해해요. 듣고 있다면 내게서 떠나 도령한테 가요."

그게 삼충을 살리는 유일한 방법이었다. 내 말에 도령이 고개를 가로저었다.

"무슨 계획이오?"

번듯한 계획 같은 건 없었다. 그저 삼충의 선택을 존중할 뿐이었다.

"마라를 만나 시간을 끌게요. 도령은 위층으로 올라가 천장을 통해 침실로 들어가세요. 라가에게 붓과 생사부를 얻어 다시 힘을 찾으시거든…… 악귀가 된 나를 상대해줘요."

통증은 없지만 뼈와 근육이 쪼개지는 느낌이 선명했다. 손바닥에서 나온 마라의 긴 꼬리가 바닥에 끌렸다.

"이제 정말 가요."

그에게 웃어 보이려고 입꼬리를 말아 올렸다. 푸슬푸슬 언 피부가 오래된 페인트처럼 얼굴에서 떨어졌다. 나는 도령을 등지고 휘청휘청 내 집 현관으로 들어섰다. 거실로 볕이 잘 들어 좋았던 집은 탄광처럼 어두웠다. 내가 들어서자 저절로 현관문이 닫혔다. 관자놀이가 뜨끔했다. 삼충이 내 몸을 탈출하려는 모양이었다. 마라는 보이지 않았다.

"오지 마! 유수현, 나가라고."

팔과 다리가 비정상적으로 꺾인 언니가 벽에 붙어 있었다. 쉰 목소리에 붉게 충혈된 눈, 말려 올라간 상의 아래로 두 번의 출산 끝에 얻은 튼 살이 보였다. 이따금 그녀의 집에 들르기도 했으니 지금쯤 조카들도 위험에 처했을 터였다.

"미안해. 근데 나 갈 데가 없어."

눈을 한가득 입에 문 것처럼 발음이 어눌했다.

"어쩌다…… 그 꼴이 된 거야. 어쩌다…… 관세음보살."

관세음보살. 감당할 수 없는 것을 보거나 겪은 이들이 무력한 순간 뱉어내는 말일 터였다. 언니가 울부짖었다.

눈의 초점이 흐려졌다. 대전의 안치실에서 동맥류가 터졌던 날처럼 묵직한 두통과 함께 몸이 경직됐다. 삼충이 내 몸을 빠져나가 도령에게 다다를 때까지 버텨내야 했다. 턱관절이 뻣뻣하게 굳고 얼굴 근육이 뒤틀리는 게 느껴졌다. 마비와 경련이 시작된 모양이었다. 나는 쓰러지지 않기 위해 벽을 향해 손을 뻗었다. 그러자 기다렸다는 듯 검은 쌀개처럼 매끈한 마라의 하체가 쏟아졌다. 이 작은 손바닥에서 내 몸통만큼 굵은 뱀이 기어 나온 게 믿어지지 않았다. 두 개의 뒷다리가 바닥을 지탱하며 몸을 뒤흔들었다.

"교수님."

거실 한구석 어둠이 일렁거리며 다정의 목소리가 들렸다. 입자 거친 어둠을 털어내고 내게 다가선 건 마라였다. 듬성한 머리카락과 인간의 피부를 기워 입은 망토, 그 아래 힘없이 늘어진 지웅의 입이 다정의 목소리로 말했다.

"네가 정말 다정이라면 내가 어떤 모습인지 묘사해줘."

마라이자 지웅이자 그리고 다정인 존재를 향해 왼손을 뻗었다. 속이 텅 빈 수수깡처럼 가볍고 마른 그것의 손이 저항 없이 내게 잡혔다.

신문 인터뷰 사진 속 작가 유수현과 강의실에서 만난 강사 유수현은 많이 달랐다. 사진보다 왜소했고 자신의 작품을 늘 졸작이라고 부르며 때때로 맥락 없이 웃음을 터뜨리는 유쾌한 사람이었다. 딱 한 학기만 다녀보려고 욕심냈던 대학생활이 그녀 덕에 한 학년을 넘길 수 있었다. 수현과 그녀의 수업이 좋았다. 그래서 불길했다. 어쩐지 행복은 내 몫이 아닌 것만 같았다.

"너희 과제 읽고 깜짝 놀랐어. 어쩌면 그렇게 인물묘사를 중구난방으로 할 수 있을까? 사람을 만났어. 그럼 니들 어디부터 봐? 위에서 아래로 시선이 움직이지? 나는 핏줄 드러나는 남자 손등이 좋거든. 그래도 남자를 만나면 자동적으로 눈부터 보게 돼 있어. 소설에서 인물묘사도 그 방식 그대로 하는 거야. 머리 모양, 눈매, 코와 입, 그다음에 슈트핏을 논하든 핏줄을 논해야지. 안 그러냐? 과제 받아보니까 이런 묘사를 기가 막히게 잘하는 사람이 한 명 있더라. 내가 누군지 말은 안 하는데, 엄청 다정한 친구가 나보다 더 잘 해. 아주 질투 나게."

수현의 시선이 맨 앞줄에 앉은 나를 향했다. 찰나의 순간, 그녀 콧등에 삼지창 모양의 주름이 잡히며 장난스러운 웃음기가 지나갔다.

"자, 다음 시간에는 공간 묘사를 중점적으로 파볼 거야. 다들 우리 학교 교문에서부터 이 강의실까지 들어오는 동선을 원고지 5매 분량으로 묘사해온다. 마감은 수업 삼 일 전 자정까지, 내 이메일로 받습니다."

수업이 끝났지만 수현은 강의실을 나서지 않았다. 아이들이 하나둘 짝을 지어 학생식당과 빽다방으로 향하는 동안, 그녀는 나를 유심히 바라봤다. 마음속으론 기뻤지만, 내가 누군가의 고운 시선을 듬뿍 받을 만한 사람은 아니었다. 부모의 죽음은 나를 가난으로 내몰았고, 가난은 불행과 심장을 나눠 쓰는 샴쌍둥이였다. 그래서 나는 어디서나 괄시받는 아이였다. 수현의 관심이 고마웠지만, 한편으로는 언제 태도가 돌변할까 겁이 났다. 가방을 짊어지고 후드점퍼의 지퍼를 채웠다. 내 시급으로 점심까지 사 먹는 건 사치였다. 과제를 핑계 삼아 창작실로 자리를 옮길 셈이었다.

"안다정은 강사휴게실에서 잠깐 보자."

수현이 기다렸다는 듯 나를 따라 나와 작게 속삭였다.

그녀가 제안한 아르바이트를 거절할 이유가 없었다. 고기뷔페에서 얼굴이 익도록 불판을 갈아도 시급은 구천 원이 채 안 됐다. 수현의 얘기대로면 최소 오천 권의 인세 중 절반, 그러니까 삼백만 원이 넘는 보수가 내 몫이었다. 고작 한 주에서 두 주면 끝나는 일의 대가치곤 후했다.

이튿날부터 출근한 수현의 집은 혼자 살기에 널찍했다. 쾌적한 서재에서 사무용으로는 지나치다 싶은 고사양 노트북을 켜고 노이즈캔슬링 헤드셋까지 쓰자 정말 작가가 된 기분이었다.

수현은 타이핑하기 편하게 낱장으로 복사된 원고를 내어주었다. 그녀가 밥을 짓고 된장을 풀어 찌개를 끓이는 동안 나는 원고를 옮겼다.

처음엔 원본을 그대로 옮기기 시작했다. 수현의 작품 중 읽지 않은 초기작이라 타이핑 작업이 더 흥미로웠다. 그러다 열한 번째 장 무렵, 이야기의 흐름이 친근하게 느껴졌다. 남편의 돌연사 후 극심한 신경쇠약에 걸린 여자와 아들이 외딴집에 살고 있는 얘기였다. 아이는 자꾸만 집에서 귀신이 보인다며 야뇨증을 겪고, 여자는 믿어주지 않았다. 그러다 집 안의 모든 서랍이 다 열려 있고, 테라스엔 죽은 벌레가 새까맣게 떨어져 있었다.

《호러익스프레스》라는 소설집에 분명 같은 이야기가 있었다. 지금 생각해보면 아주 조악한 공포소설집이었는데, 헌책방에서 샀을 때 인지에 찍힌 발간일이 2009년이었다. 단편의 제목은 기억나지 않았다. 하지만 스토리는 희미하게 떠올랐다. 신경쇠약에 걸린 여자와 아이는 계속 귀신이나 발자국, 죽은 벌레와 동물을 목격했고 결말에선 여자가 아들을 지키기 위해 침입자를 살해했다. 침입자의 정체는 그녀의 정신과 주치의였다. 여자는 단순한 신경쇠약이 아닌 조현병 환자였으며, 아이 또한 감응성 정신병 환자였다. 물론 번역이 엉터리였으므로 조현병은 정신착란증이었고, 감응성 정신병 또한 전염정신병으로 적혀 있

굿 드라이버

었다.

나는 타이핑을 멈추고 그녀의 소설을 읽어나갔다. 역시《호러익스프레스》와 똑같은 결말이었다. 표절이 확실했다. 이걸 수현에게 알려야 할지 말아야 할지 고민이 깊어졌다. 나는 여전히 수현을 좋아했고, 누구나 한 번은 실수할 수 있다고 생각했다. 그녀가 차려준 저녁밥을 먹으며《호러익스프레스》라는 책을 본 적이 있는지 물었다.

"너도 그런 거 좋아하는구나. 우리 때 그런 책 진짜 많았어. 《세계요괴백과》나《오싹오싹 공포특급》같은 거 사 읽었던 생각 나.《호러익스프레스》도 봤을지 모르지."

그뿐이었다. 수현은 냉동실에서 티라미수를 꺼내 내 앞으로 밀어놓았다. 녹진한 크림을 입에 머금고, 생각에 잠겼다. 이대로 수현의 작품이 개정되었다가《호러익스프레스》와 표절시비가 붙기라도 하면 교수 임용은 물 건너갈지도 모르겠구나. 내가 그걸 도와서는 안 되겠구나. 유일하게 나를 인정해준 한 사람이 몰락하는 꼴을 지켜볼 수 없었다. 그 뒤로 나는 문장뿐 아니라 스토리라인까지 수정했다. 원고 개작에 동의하지 않으면 알바비도 포기할 생각이었고, 표절을 시인하지 않으면 다음 학기는 재등록을 하지 않을 작정이었다. 말할 시기를 재며 중고서점을 뒤져《호러익스프레스》를 주문했다.

"교수님, 이것 좀 봐주시겠어요?"

카레밥을 놓고 마주 앉은 어느 밤, 나는 《호러익스프레스》를 수현에게 건넸다. 누군가의 냄비받침으로 오래 쓰였던 모양인지 표지엔 붉은색 양념이 낙인처럼 남아 있었다.

"그때 말한 책이네? 옛날 책 냄새 좋다."

수현이 책장을 파르르 넘기며 미소를 지었다.

"거기 37페이지부터 시작되는 〈안나의 집〉이란 작품이 있어요. 교수님 작품 〈검은 포옹〉하고 비교해보셨으면 해서요."

마치 그녀의 뺨을 후려치기라도 한 것처럼 손이 덜덜 떨렸다.

"어디 보자."

수현이 책을 펼치곤 작게 소리 내어 읽기 시작했다. 순식간에 그녀의 얼굴에 핏기가 가셨다. 낭독은 어느새 묵독으로 바뀌었고, 책장을 넘기는 속도도 빨라졌다. 똑같은 플롯과 똑같은 설정, 인정하지 않을 수 없을 터였다. 수현이 카레 그릇을 치우고 책을 내려놓았다. 그 순간을 기다리며 움켜쥐고 있던 손바닥에 땀이 흥건했다.

"표절이 아니라 도용이네."

수현은 맥주 두 캔을 가져와 하나는 내 앞에 내밀었다.

"오늘은 좀 취해야겠다. 괜찮으면 너도 마시고 여기서 자고 가."

수현이 맥주 캔을 따 꼴딱꼴딱 삼켰다. 개작 얘기를 꺼내야 했다. 최대한 〈안나의 집〉에서 멀어지기 위해 안간힘을 썼으니 수현이 허락만 해주면 될 일이었다.

"나쁜새끼들. 어디 도용할 게 없어서 고등학생 블로그 글을 가져 가냐? 교정도 안 하는지 오타까지 똑같아."

예상 못한 반전이었다. 《호러익스프레스》에 실린 단편은 수현이 고교시절 블로그에 연재했던 습작이었다. 그걸 누군가 무단 도용해 출간했고, 수현은 수현대로 이 사실은 까맣게 모른 채 출간했다는 전말이었다.

"죄송해요. 그런 줄 몰랐어요. 기분 상하셨죠?"

맥주를 삼키던 수현이 펄쩍 놀라며 고개를 가로저었다.

"아냐, 말해줘서 얼마나 고마운데. 〈검은 포옹〉은 내가 좋아하는 작품이지만 알았으니 빼는 게 낫겠어. 신작으로 대체해야할 텐데, 요즘 글이 안 써져. 어느 순간 총기가 사라져버렸단 말이지."

수현은 평소보다 일찍 취했고, 감정적이었다. 다섯 번째 맥주 캔을 구기고는 울음을 터뜨렸다.

"재능이 영원할 줄 알았는데 아니더라. 실어증처럼 글발이 탁 막혀버렸어. 누가 차기작 얘기 꺼낼까봐 모르는 번호로 걸려온 전화는 받지도 않아. 제일 최악인 건, 잘 나가는 작가 애인한테 자격지심이 생겼다는 거지. 그 사람 책 판매지수는 매일 확인하면서 전화는 피하고 있어. 질투가 나 미치겠거든."

식탁에 엎드린 채 잠든 수현을 깨워 침대로 보냈다.

"같이 자자, 다정아."

곁에 누워 베개 없이 내 팔을 접어 베고 그녀를 바라봤다.

"내 재능은 아주 바싹 마른 지푸라기였나봐. 한순간 불이 붙어 흔적 없이 사라졌잖아. 근데 넌 젖은 나무야. 그래서 불이 붙기 전에 연기가 많이 나는 거지. 불을 지피려면 어쩔 수 없이 울게 되는 거야. 그다음엔 가장 오래 타오르다 단단한 숯이 되겠지. 넌 나보다 뛰어나."

수현이 숨기운 가신 목소리로 내게 말하곤 작게 코를 골았다. 나는 밤새 뒤척였다. 잠자리를 가리는 편은 아니지만, 그녀가 내게 해준 말이 머릿속에 메아리쳤다. 성장기 내내 더부살이를 하며 울어야 했던 건 훗날 빛나기 위해 거쳐야 할 절차였다는 것. 그렇게 정의하고 나니 옹이처럼 단단하게 가슴을 누르던 무언가가 풀어지는 기분이었다.

설핏 잠이 들었다가 수현의 알람소리에 눈을 떴다. 만세하듯 두 팔을 올리고 잠들었던 그녀가 손을 더듬어 알람을 껐다.

"나 언제 잠들었지."

수현이 당혹스러운 시선으로 나를 바라봤다. 그녀는 우리가 마주 앉아 카레밥을 먹은 일 이후를 전혀 기억하지 못했다. 두통과 울렁거림, 그리고 자신 옆에서 옹크린 채 깨어난 나를 보고서야 술을 마셨다는 걸 깨달은 것 같았다.

"과음해도 예전엔 이러지 않았는데…… 혹시 너한테 실수한 거 없어?"

나는 지난밤 수현이 했던 고백들을 말하지 않았다.

"아뇨. 조용히 드시고 주무셨어요."

그녀처럼 맵시 좋게 상대를 위로할 말주변이 없었다. 어쩌면 막연하나마 수현의 장작이 바닥났다는 걸 느꼈기 때문일지 몰랐다. 그렇다 해도 나는 수현이 좋았다. 나를 사물로 대하지 않는 유일한 사람이어서 곁에 있고 싶었다.

이제와 돌이켜보면 수현의 기억상실은 술 때문이 아니라 뇌동맥류가 원인이었다. 그즈음 꽈리처럼 부푼 동맥류가 그녀의 기억저장고 어딘가를 압박했을 터였다. 마라는 그런 수현을 동정하지 말라고 했다. 내 작품을 발판 삼아 다시 불꽃을 틔우는 그녀를 증오하고 저주하라고 부추겼다. 나를 찾아 전국을 헤매고 달빛 아래 귀신들의 운전기사가 된 걸 알았지만, 한번 달아오른 분노는 잦아들지 않았다. 내 영혼이 달창나도 좋으니, 그녀가 산산이 부서지기만을 바랐다. 그런데 마음이 흔들렸다.

방금 열린 현관문으로 들어온 수현은 이제 인간이라고 부르기 어려울 만큼 변해 있었다. 만지면 부서질 것처럼 언 머리카락에 성에로 덮인 피부, 이미 귓불과 코끝은 떨어져 나가 와르르 무너지기 직전이었다. 실지렁이 같은 것이 관자놀이에서 꿈틀댔다. 그러더니 푸르스름한 실 끄트머리가 그녀의 얇은 피부를 뚫고 나오는 게 보였다. 마라가 얘기한 삼충이란 신물인지도 몰랐다. 그게 사라지면 수현은 참패를 피할 수 없었다. 그러나 살기 위해 몸부림치지 않았다. 우묵한 눈으로 나를 보며 작게 무어라 말하고 있었다.

"뭐가 보이지?"

마라가 내 옆에 다가와 수현을 향해 턱짓을 했다. 그녀의 오른손에선 나일악어처럼 거대한 파충류가 검은 비늘을 번뜩이며 쏟아져 나왔다. 굵은 꼬리와 두 쌍의 다리가 버둥거릴 때마다 수현은 바닥으로 내동댕이쳐졌다. 마라의 현신만 제외한다면 그녀는.

"눈사람…… 눈사람 하나가 보여요."

눈사람이나 다름없었다. 그녀가 흘린 땀과 눈물은 모조리 얼음으로 맺혔고, 하얀 눈가루가 되어 분분이 날렸다. 고난과 시련을 상징하는 눈에 잠식된 수현은 까만 눈만 번뜩거리는 초라한 눈사람이었다. 생령이 되어 마라에게 의탁했을 땐 수현을 파멸시킬 궁리만 했다. 그런데 막상 눈사람이 되어버린 그녀를 마주하자 나는 허무하게 녹아내렸다. 마음 가장자리가 흥건하게 젖어드는 느낌이었다.

"저 여자가 아직 가엾고 딱한 게로구나. 그 마음을 버려야 육신으로 돌아갈 수 있다고 말했는데?"

마라가 자신의 현신을 유배지에서 끌어낼 수 있는 힘을 만든 건 인간에 대한 환멸 덕이라고 했다. 하지만 그는 애초부터 인간의 마음을 지녀본 적이 없었다. 그러니 측은지심을 버려야 인간으로 돌아갈 수 있다는 뜻이 좀처럼 이해되지 않았다. 나 못지않게 동생 예슬을 원망하던 라가는 어째서인지 작게 흐느꼈다. 그토록 바라던 동생의 몸을 차지했는데, 저리도 서러운 걸 보면 인간의 몸이란 마라가 생각하는 것보다 훨씬 특별한 힘을 가졌을지도 몰랐다.

"모르겠어요. 미워하는 게 맞는 건지 틀린 건지."

발등이 뜨끔했다. 고개를 숙여 내 발을 바라보았다. 삼 년 전 실종된 날과 같은 양말이었다. 내 몸뚱이가 수현의 침대 아래 버려진 사이 차곡차곡 쌓인 먼지와 머리카락이 차가운 결정이 되어 살갗을 찔렀다. 그녀의 몸에서 떨어져 나온 모든 것이 얼어붙고 있었다. 수현이 뭐라 속삭이는지 듣고 싶었다. 주춤, 한 걸음을 떼자 마라의 앙상한 손가락이 내 목덜미를 움켜쥐었다.

"유수현이 악귀가 되는 순간을 관람시켜줄 뿐이다. 작별인사를 하라고 부른 게 아니야."

나는 걸음을 멈추고 수현의 입술을 유심히 바라봤다. 하얀 살얼음 아래 푸르스름한 입술이 반복적으로 길게 벌어졌다가 동그랗게 모였다. 도무지 무슨 말을 하려는지 읽어낼 수 없었다.

"도와줘. 수현이를 살려줘."

등 뒤에서 우렁차지만 잔뜩 쉰 여자 목소리가 들렸다. 수현의 언니 지민이었다. 내 힘으로 살릴 방법은 없었다.

"그리 당하고도 살리고 싶다니, 이해하기 어려운 마음이구나. 무결자들은 늘 그랬지. 아무도 미워하지 않고, 누구도 굴복시키려 들지 않았어. 지긋지긋한 속성이었다. 일찌감치 도태되었어야 할 혈통이 아직 남아 있는 게 이상한 일이지. 악귀들을 불러 이 난장을 끝내야겠다. 너도 잡귀들과 함께 떠날 때란다."

마라가 내 마음을 읽었다. 버려진 우물처럼 깊고 황량한 그의 눈동자 안에서 하얀 소용돌이가 일었다. 무결자. 그는 종종 무결자에 대해 이야기했다. 막연하게나마 내 핏줄에 흐르는 기묘한 속성을 알게 되었다. 썩지 않는 몸, 다그쳐도 꼿꼿한 마음. 그

굿 드라이버

러나 나는 마라에게 굴복되었다. 수현을 증오하며 마라의 영력에 힘을 실어주었다. 내가 죽으면 무결자의 혈통도 끊길 터였다. 막을 방법을 몰랐다. 모든 선택이 육신에 흐르는 혈통 때문이라면, 인간이 지은 모든 죄는 용서받아야 한다. 수현도 예외여선 안 되었다. 하지만 이제 나는 너무나 무기력하다.

마라가 뿔피리를 들어 청승맞은 숨결을 불어냈다. 그러자 일순 눈앞이 하얗게 흐려지더니, 멍하게 서 있는 내 모습이 내게 보였다. 유체이탈이 시작된 거였다. 어둑한 벽을 뚫고 희끗한 생령들이 내리꽂혔다. 자석에 쇳가루가 들러붙듯, 건물 안의 모든 생령과 악귀들이 마라에게 모여드는 중이었다. 거대한 토네이도 안에 갇힌 기분이었다. 수많은 귀신들이 자신의 원한을 소리 질러 외쳤다. 그러다 어느 순간 소리가 멈추었다. 쨀그락, 그릇 깨지는 소리가 들렸다.

"네놈이 악귀를 소집할 때까지 기다렸다."

불쑥 튀어든 목소리에 마라의 피리소리가 끊겼다. 유백색이었던 뿔피리가 쩍, 소리를 내며 갈라졌다. 동시에 그를 둘러싼 생령과 악귀들이 밥풀처럼 굳었다. 조각 난 흑색, 적색, 청색, 그리고 황색과 백색 구슬에서 기도하는 형상의 귀신들이 연기같이 피어났다. 깔끔한 단발머리에 세련된 미인, 구겨진 양복 차림의 중년, 고운 백발에 앞치마를 두른 노인, 목에 붉은색 끈 모양의 멍이 든 소년, 손가락 개수가 많이 부족한 작업복 차림의 남자였다. 얼핏 흔히 볼 수 있는 귀신이었지만 그들이 기묘한 주문을 외우자 따뜻한 온기가 퍼져갔다. 죽을 길에 제 발로 들어온 악귀들이 질척하게 땀을 흘렸다.

"동방청기귀주 정수정, 남방홍기귀주 김인규, 서방백기귀주 이소윤, 북방흑기귀주 이순희, 중앙황기귀주 최덕영……."

구슬에서 나온 귀신들이 수런수런 주문을 외웠다. 마라는 생령들을 귀주라고 불렀다. 벌을 내릴 수 있는 귀신이라는 뜻이었다. 하지만 우리가 인간에게 할 수 있는 벌이라고 해봐야 악몽을 꾸게 하거나 날선 종이에 손이 베게 하는 정도였다. 구슬에서 나온 저들이야 말로 진짜 귀주일지 몰랐다.

"아무도 내 마군을 공격할 수 없어."

마라가 가죽옷을 벗어젖히고 포효했다. 생명이 남아 있는 게 신기할 정도로 야윈 지웅의 상체가 드러났다.

"그야 신물을 모두 가졌을 때 얘기겠지."

핀 조명을 받은 것처럼 거실 한구석이 밝아지며 마라가 이백현이라 부르는 자의 모습이 드러났다. 그의 허리끈에 두툼한 스프링노트 형태의 생사부와 볼펜처럼 보이는 붓이 꽂혀 있었다. 라가가 갈무리했던 물건이었다. 도령의 뒤에 선 라가가 세이렌처럼 비명을 내지르자 생령들이 마라에게서 떨어져 나왔다.

"와라, 다 상대해주마."

이백현이 장검을 들고 저벅저벅 다가섰다. 마라를 에워싼 악귀들이 거대한 방패가 되어 그를 막아섰다. 겁에 질린 생령들은 벽과 천장에 달라붙어 비명을 질러댔다. 나는 빨랫감처럼 버려진 내 유체 위에 오도카니 앉았다. 원념이라고 부르는 악귀의 살점들이 공기 속에 부유했다. 누가 이기든 나는 패배자가 될 수밖에 없는 싸움이었다. 조금 전 내 유체에서 느낀 감정은 수현에 대한 배신감이나 경멸이 아니었다. 한때 뜨거웠으나, 이제는 철저히 해체된 한 인간에 대한 측은함이었다. 수현을 제물 삼아 인간으로 돌아간다 하더라도 나는 예전의 내가 아닐 터였다.

"라가를 거둔 내 실수였다."

마라는 전략을 바꿨다. 악귀들에게 생령을 인질 삼도록 해 이백현의 공격에 대응했다. 구석으로 피해 있던 아파트 입주민과 예슬, 그리고 상준의 생령까지 악귀들의 볼모가 되었다.

"이백현, 정말 다 상대할 수 있느냐? 네가 그리 아끼던 계집이 방패가 되었는데도?"

예슬을 바라보는 라가의 눈에 붉은 눈물이 고여 흘러내렸다. 마라는 본능적으로 상대의 약점을 잘 파고들었다. 그가 가장 먼저 예슬의 생령을 뽑아낸 건, 라가를 위해서가 아니었다. 철저히 계획된 야심이 숨어 있었다. 이백현은 씩씩거리다 악증을 부리곤 장검을 내려놓았다.

전세가 기울자 다섯 명의 귀주들도 공기 중으로 흩어졌다. 실내는 다시 어두워졌다.

"인간도 아닌 주제에 인간 흉내를 내려 한 죗값이다."

마라는 갈라진 뿔피리를 이백현에게 던졌다. 그의 가슴 중앙에 뿔피리가 꽂혔다. 우뚝 멈춘 이백현이 수현을 일별했다. 그녀의 관자놀이 밖으로 나와 있던 푸른 실은 간데없이 사라졌다. 이백현이 낮은 소리로 웃으며 모로 쓰러졌다. 인간이라면 마땅히 붉은 피를 흘렸을 테지만, 인간도 신도 귀신도 아닌 그는 상처에서 눈이 시리게 푸른 거품을 뿜어냈다. 거품이 전부 터지면 이백현은 사라지고 말 것 같았다. 그럼에도 웃음은 그치지 않았다. 그가 자신의 가슴에서 뭉게뭉게 올라오는 거품을 손으로 더듬었다.

"삼충아, 너로 하여 내가 소멸되는 것이 세상의 이치였구나. 이제 그만 나를 용서해주려무나."

이백현이 뿔피리를 향해 속삭였다.

"다정아, 피해…… 이제 내가 타오를 거야."

모두의 시선이 이백현에게 모인 사이, 선뜩한 냉기를 품은 목소리가 나를 불렀다. 바닥을 기어 내게 다가온 수현이었다. 그녀의 오른손에선 마라의 현신이 목까지 빠져나왔다. 먼저 나온 꼬리와 몸통은 묵직한 비늘끼리 부딪히며 요란한 금속음을 냈다.

"타오른다니 그게 무슨 얘기예요? 뭔지 몰라도 하지 마요."

목소리였다면 금속음에 묻혔겠지만, 이건 생각이 보내는 쪽지와 같았다.

"상징 그대로야……."

수현이 힘겹게 목소리를 짜냈다.

"그만두세요. 이제 원망 같은 거 안 한다고요. 재능은 누가 훔친다고 사라지는 게 아니잖아요. 다시 쓰면 돼요. 그러니까 멈춰요."

그녀의 관자놀이에서 실지렁이 같이 꿈틀대던 무언가가 이마와 눈두덩을 휘젓는 게 보였다. 빠져나간 줄 알았는데, 아니었다. 나는 그녀의 바람대로 현관문으로 달아나 문틈에 새어드는 빛에 의지했다. 불, 빛, 태양 모두 희망을 상징했다. 그녀가 타오르는 게 어떻게 희망이 될 수 있는 건지 해석할 수 없었다.

수현의 손이 마라의 발목을 잡았다. 고드름처럼 꽁꽁 언 손가락 두 개가 떨어지는 게 보였다. 비로소 마라가 수현의 기척을 느끼고 그녀를 바라봤다. 순간, 조명탄이 터진 것처럼 집 안이 환해졌다. 수현의 몸에서 수천 수만 가닥의 빛이 폭발하듯 새어

나왔다. 방금 전까지만 해도 눈사람 같던 그녀는 어느새 횃불이 되어 있었다. 몸을 감쌌던 옷은 지글지글 타들어갔고, 머리카락과 피부가 녹아 흘렀다. 뜨거운 열기는 마라의 발목을 타고 비루한 몸으로 퍼져나갔다.

"나도 죽을래! 나도…… 나도!"

지민이 벽에서 떨어져 창자가 끊어질 듯 소리를 내질렀다.

수현의 몸은 잘 달군 숯처럼 타올랐다. 피부와 지방, 근육, 그리고 회색이었다 하얗게 발광하는 뼈까지 드러나는데 걸린 시간은 고작 일 분도 되지 않았다. 성냥이 발화해 담배 한 개비에 불을 붙이고 흰 연기로 산화하는 것만큼이나 짧은 찰나가 지나자 수현은 한 줌의 재가 되었다. 그녀의 오른쪽 손바닥에서 필사적으로 쏟아져 나오던 뱀 같은 마라의 육체 또한 열기를 이기지 못하고 불타 바스라졌다. 그럼에도 수현에게 발목을 잡힌 지웅 모습의 마라는 필사적으로 저항했다. 하지만 이내 뜨거운 증기 같은 입김을 길게 뿜어낸 그가 풀썩 고꾸라졌다. 눈동자를 가득 메웠던 하얀 회오리가 사라지고, 창백한 피부엔 연한 핏기가 돌았다.

그제야 집 안은 본래의 조도로 돌아와 형태가 드러났다. 실내를 꽉 채웠던 악귀와 생령은 깨끗이 사라졌다. 고꾸라졌던 지웅이 일어섰다. 그러고는 바닥에 구겨져 설피 울던 지민에게 걸어

굿 드라이버

갔다. 너무 야위어 피부가 옷자락처럼 늘어진 그가 지민의 어깨를 잡았다.

"선생님, 이 일을 어쩌죠."

그는 마라가 빠져나간 청년 지웅이었다. 그걸 깨달은 순간, 나도 흡입되듯 유체로 돌아왔다. 이백현이 쓰러졌던 자리엔 푸르스름한 물거품 한줌과 오팔색 구슬 한 개가 남아 있었다. 그의 곁에는 긴 머리에 왜소한 내 또래가 두 무릎을 팔로 끌어안은 채 넋 나간 표정이었다. 그녀는 라가가 갈망했던 예슬이었다.

어디선가 젊은 남자의 음성이 들렸다. 무심한 사람에겐 벌레의 날갯짓으로 들릴 법한 작은 소리였다. 손바닥으로 바닥을 짚어 몸을 일으켰다. 그리고 소리의 진원지를 향해 귀를 기울였다. 숨소리에 파묻힐까, 호흡을 참아가며 소리를 따라 몸을 움직였다.

"구슬을 깨."

왜 수현의 유해에서 남자 목소리가 들리는지 알 길이 없었다.

라가의 피눈물을 본 삼충은 다시 돌아왔다.

"몸이란 건 신기해. 마라는 인간의 몸이 영을 담은 그릇 정도라고 생각하지만, 그렇지 않아. 몸은 영에게 많은 걸 일깨워주지. 몸은 영이 살아온 길을 담은 블랙박스야. 그래서 생령이 쫓겨난 자리에 악귀가 들어앉으면, 적응기가 필요하지. 때론 몸의 기억이 악귀를 순화시키기도 해. 조예슬의 몸이 라가의 투지를 꺾은 것처럼 말이야."

수치스러운 기억뿐인 내게서 그는 무엇을 읽고, 남기로 결심한 것일까.

"여인, 너를 위해 여기 남은 게 아니다."

단호한 대답과 함께 삼충은 삽시간에 길이를 늘려갔다. 내 머리뿐 아니라 전신의 혈관과 신경이 삼충으로 채워지는 게 느껴졌다. 눈사람에서 봉제인형으로 바뀌는 것만 같았다.

"내 스스로 죽음을 택한 것뿐이다. 생물로 태어났으니 끝은 있는 법, 이리저리 의탁하며 목숨을 구걸하기가 더는 싫구나. 기왕 죽는 거 원수는 갚아야지. 영감이 나였다면 그리하였을 것이다."

마라가 던진 뿔피리에 도령의 가슴팍이 뚫렸다. 나동그라진 그가 끌끌끌 웃음을 터뜨렸다. 도령은 소멸되길 선택했고, 삼충과 나 역시 그 뒤를 따를 때였다.

"너는 외면하지만, 네 몸의 기억 속엔 좋은 순간도 많았다."

몸속 깊숙한 곳에서 불티가 튀기는 게 느껴졌다. 삼충으로 채워진 혈관이 후끈거리고 심박이 빨라졌다.

"내게도 영광의 시절이 있기는 했으니까."

등단을 하자 하늘이 돈짝만큼 작아졌다. 세상에 무서울 것 부러울 것 없는 이십대를 보냈다. 그게 좋은 기억은 아니었다. 그 오만 뒤에 길고 긴 번아웃이 찾아왔으니까.

"영광의 시절 얘기가 아니다. 그보다 훨씬 사사로운 순간들이지. 끓어 넘치기 직전에 불을 줄인 냄비, 너의 서명을 보태 십만 명을 채운 청원, 먼저 화해를 청했던 순간, 아무도 상처주지 않은 날들, 혼자가 아니어서 다행인 바로 지금."

목적을 이루는 수단으로 고작 죄 많은 목숨쯤이야 기꺼이 바칠 수 있었다. 삼충 덕분에 악귀가 되어 구천을 떠돌지 않게 되어 좋았다. 유일하게 마음이 쓰이는 건, 구겨진 몸으로 악을 쓰는 언니. 그녀를 이해시킬 시간이 없다는 것뿐이었다.

몸은 빠르게 타올랐다. 마라의 현신도 지글지글 타들어갔다. 처음 몇 초간은 참을 수 없는 고통이 몸을 잡아 찢었지만 곧 호르몬이 솟구치며 묘한 흥분감이 들었다. 피부와 지방층이 녹아내리고 소근육들이 기타 줄처럼 끊어졌다. 손가락과 얼굴이 제멋대로 이지러졌지만 아프지 않았다. 꼿꼿하게 버티던 대근육도 오그라들었다. 내장이 쏟아지고 척추가 무너지는 게 느껴졌다. 심장이 멎었을 테니, 나는 의학적으로 이제 산 사람이 아니었다.

그럼에도 나는 존재했다. 내가 죽어서도 이승에 머무는 건 영혼이 털어내지 못한 고통 때문일 터였다. 혈육을 잃은 언니, 거품이 되어 사라진 도령, 그의 잔해를 손으로 쓰다듬으며 흐느끼는 예슬, 그리고 미친 듯이 내 유해를 뒤적거리느라 손이 빨갛게 익어가는 다정. 그들에 대한 채무감이 나를 오도 가도 못하게 가로막고 있을 터였다.

불현듯 다정이 내 유해에서 손을 뗐다. 그녀는 장님처럼 바닥을 손으로 더듬더니 도령이 쓰러진 자리 근처에서 오팔색 구슬 하나를 잡아들었다. 나를 도우러 예까지 왔던 영혼 중 한 케이지인 것 같았다. 줄줄 흘러내린 눈물을 검댕이 묻은 손으로 닦아낸 다정이 짧게 심호흡을 했다. 그러고는 바닥을 향해 구슬을 메쳤다. 구슬 파편이 튀는 순간 세상이 정지되었다.

"고통이 너를 붙잡고 있는 것이 아니다. 네가 고통을 붙잡고 있는 것이지."

구슬이 깨지는 소리와 함께 여자의 음성이 들렸다. 그 순간 나는 찬물로 세수를 한 듯 의식이 또렷해졌다. 초고속카메라로 찍은 식물의 잔뿌리처럼 삽시간에 의식이 퍼져나갔다. 세상 모든 것 안에 내가 있고, 내 안에 세상이 생동한다는 확신이 들었

굿 드라이버

다. 더는 시간과 공간의 구애를 받지 않았다. 엄마 배 속에서 갓 수정된 나도 지금의 나였고, 언니의 가죽재킷을 훔쳐 입고 클럽에 가는 것도 지금의 나였다. 희끗한 새치에 청바지 차림으로 오프로드를 달리는 중년의 나도, 형부의 장례식장에서 훤칠하게 자란 서윤이와 포옹을 하는 나도, 환자용 보행기를 밀며 병원 복도를 걷는 나도 지금의 내 일부였다. 과거와 현재, 미래가 뒤섞인 채 존재하면서도 나는 헷갈리지 않았다. 내가 다정의 소설을 도용한 것도 실수가 아니었다. 지금의 결과값을 얻기 위한 정당한 과정 중 하나였다. 나는 미완숙한 어른이었고, 그게 내 참모습이었다. 슬픔이나 후회 같은 인간적 감정 또한 느껴지지 않았다. 모든 순간의 나는 이미 정해져 있었다는 사실을 지금 깨달았을 뿐이었다.

허공을 향해 두 팔을 벌린 다정의 뒤에서 내 또래의 긴 머리 여자가 걸어 나왔다. 가느스름한 회갈색 눈썹에 크지도 작지도 않은 이목구비는 어디선가 한 번쯤 봤을 법한 인상이었다. 유행을 타지 않는 흰색 셔츠에 청바지 차림의 그녀는 내 유해 앞에 걸음을 멈추었다. 여자는 가볍게 몸을 떨며 눈물을 흘렸다.

"우린 오래전부터 아는 사이였지."

여자의 말에 나는 고개를 끄덕였다. 놀이공원 바이킹 위에 서 있는 그녀가 기억났다.

"마흔두 명이 다치고 아홉 명이 죽은 참사였다. 사고를 막는 건 내 권한 밖의 일이니 서글펐지. 나는 벌어진 사고 뒤에 겁먹은 영혼을 달래주러 간 길이었다. 저승차사가 도착하기 전, 아직 따뜻한 유해에 손을 가져다대면 핏줄에 은신해 있던 삼충이 내게 와 말을 전하곤 했다."

도령이 인황 시절, 삼충에게 부여한 임무였다. 삼충의 동료는 도령뿐이 아니었다. 여자는 도령만큼이나 삼충에게 미련과 애정이 남아 있었고, 회생을 바랐다. 그녀가 말해주지 않아도 느낄 수 있었다. 세상 도처에서 사건과 사고로 죽어가는 사람들이 그녀를 불렀다. 여자는 그들 중 죄인 앞에만 찾아갔다. 용서받을 수 없는 죄로 아무도 슬퍼하지 않는 죽음을 그녀만이 위로했다. 오래전 살인자 이백현이나 지난날 유수현 같은 자가 최후에 맞이하는 존재가 여자였다. 인황 시절, 그의 유배를 막은 사람 또한 여자였다.

"안치실에서 너를 구명한 건 삼충의 선택이었다. 살아남을 가치가 있는 사람이라고 판단했던 것이지. 과거 두 명의 목숨을 구한 너를…… 나 또한 잊지 않았다. 이제 내가 너를 구명할 때가 온 것 같구나."

여자가 두 팔을 들었다. 그 뒤로 똑같은 모양의 팔 마흔두 개가 공작 날개처럼 둥글게 펼쳐졌다. 손마다 버드나무 잎이 한

줄기씩 들려 있었다. 문득 여자의 얼굴에서 울음기가 씻겨나갔다. 다이아몬드처럼 눈부시게 빛나는 눈동자가 얼굴을 밝혔다. 그녀가 내 유해에 다가와 유백색 가루를 뿌렸다. 진한 송진내가 실내를 메웠다. 도령의 품에서 맡은 향기였다.

"저승에서도 가장 늙은 생물은 영송이라는 이름의 소나무란다. 영송의 송진은 영혼과 공간을 붙이는 영묘한 힘이 있지. 악귀를 유배지에 붙인 것도 영송의 송진이고, 죄업의 무게를 달아 인간의 영혼을 천국과 지옥에 붙이는 것도 그것이란다. 영송이 너의 영혼을 이승에 붙여줄 것이다. 허나 이건 보상이 아니다."

여자의 정수리에서 제법 묵직해 보이는 베일이 쏟아져 전신을 가렸다. 그녀가 두 걸음 뒤로 물러섰다. 나를 다시 이승에 안착시키는 게 보상이 아니라는 말. 그 의미를 이해했다. 나는 이곳에서 아직 해야 할 일이 남아 있었다. 우린 과거의 도령처럼 집행을 유예받았을 뿐이었다. 영송의 송진이 떨어진 자리에서 새싹처럼 삼충이 솟아났다.

"귀문으로 탈주한 악귀들이 이승에서 악신을 꿈꾸고 있다. 그들을 달의 뒷면으로 모두 돌려보낼 때까지, 너와 삼충은 여기 붙어 있어야 한다."

저승차사들은 염라에게 거짓을 고했다. 생사부와 붓을 악귀에게 빼앗겼단 잘못을 숨긴 것이었다. 이승과 유배지에 귀문이 열린 건 죄인 이백현이 벌인 한바탕 소란으로 매듭지어졌다. 그 비밀을 알고 있는 인간은 나와 예슬뿐이었다. 차사들은 치부를 덮기 위해 우릴 추격할 터였다. 그들에게 잡히는 순간, 우리는 입에 재갈을 물고 달의 뒷면에 던져지리라.

여자는 타고난 사명처럼 베일 아래서 다시 어깨를 흔들며 울었다. 그녀는 누구이기에 도령과 나를 구명한 걸까. 나는 세상 모든 것 안에 존재했지만 그녀의 정체만은 묘연했다.

"누군가는 나를 관세음보살이라 부르고, 어느 나라에선 관용이라 부르고, 또 어떤 이들은 구원이라고도 일컫는단다. 나는 모든 자를 구원할 수 없어 눈물을 멈추지 못하느라."

여자가 돌아섰다. 베일 속에서 마흔두 개의 팔이 펼쳐지며 날개처럼 퍼덕였다. 베란다 너머 저무는 해를 향해 우는 여자가 떠났다.

양손 가득 쇼핑백을 든 언니가 도어록을 열었다.

"환기 좀 시키고 살아라. 여자 사는 집에서 대체 왜 아저씨 냄새가 나? 얼씨구, 빨랫감을 이렇게 쌓아두고 사니까 코가 썩지.

세상에…… 쥐 나오겠다."

나는 이북 리더기를 끄고 언니를 맞이했다.

"너 뿌리 염색할 때 됐어. 감긴 하니?"

내 포옹을 밀어낸 언니가 정수리를 들여다보며 질색했다.

"나가기 전에 감을 거야. 그리고 빨래는 원래 예슬이 담당이
야. 잔소리는 걔한테도 좀 해. 누가 보면 예슬이가 동생인 줄 알
겠어. 저번엔 둘이 파인다이닝도 다녀오셨더만."

언니는 군소리 없이 나와 살아주는 예슬을 아꼈다. 그 애는
요즘 언니의 병원에서 접수 알바를 시작했다. 윤경과 둘은 죽이
척척 잘 맞는 한 쌍이었다.

"넌 뭐 직원 회식까지 뭐라 그러냐."

언니가 들고 온 쇼핑백을 열었다. 깔끔하게 떨어지는 밤색 슈
트와 블라우스, 구두가 들어 있었다.

"나 세미나에서 발제할 때 딱 한 번 입은 발망 슈트야. 이거
입고 취식 금지다. 쪼그려 앉지도 말고 어디 뾰족한 물건 근처
엔 가지도 마."

말은 그렇게 하면서도 옷을 꺼내 내 어깨에 걸쳐주는 언니의
표정이 상기되었다. 그녀는 사 개월의 입원과 일 년의 재활치료
를 받았다. 그럼에도 왼쪽 팔꿈치는 다 펴지지 않았다.

그날 이 집에서 벌어진 일은 '포레힐아파트 화재사건'으로 세

상에 기록되었다. 화재 당시 발생한 연기로 주민 마흔두 명이 의식을 잃었고, 발화지점인 우리 집에선 나와 예슬, 언니, 그리고 지웅과 다정이 발견되었다. 언니는 다발성골절과 탈구, 내장파열로 응급수술을 받았다. 지웅은 영양실조와 폐렴 증상이 있었으나 곧 회복한 뒤 스스로 폐쇄병동에 입원했다. 경찰은 구조자 중 삼 년 전 실종신고된 안다정을 발견하고 별도의 수사를 시작했다.

다정은 생령으로 보낸 삼 년을 생생히 기억했다. 사실대로 진술하면 내가 난처해질 것이 번연했기에 그녀는 스스로 고립을 택했었다고 대답했다. 이곳저곳을 떠돌다 문득 이제는 돌아가야 할 때라는 생각이 들어 찾아온 곳이 우리 집이었다는 황당한 진술이었다. 그럼에도 경찰은 의심을 품지 않았다. 당장 오갈 데가 없어진 그녀는 우리 집에 머물렀다.

다정이 극구 만류했지만 나는 무단도용 사실을 학교와 출판사에 알렸다. 예상대로 SNS와 총학생회가 궐기했다. 독자들은 내 이름으로 출간된 책에 불을 놓아 화형식 인증을 했다. 한때 나를 얼굴 마담으로 추켜세웠던 문학계는 허둥지둥 담화문을 발표하고, 피해자 후원회를 결성했다. 소동은 고작 한 달도 못 가 슬그머니 잦아들었다. 세상은 유수현이라는 파렴치한을 잊었고, 누군가의 소설을 베낀 또 다른 파렴치한들도 한시름을 놓

　　　　　　　　　　　　굿 드라이버

았을 거였다.

다정은 한 달 전 독립했다. 그녀는 피해자 프레임이 싫다며 굳이 필명을 지어 출간했다. 호평과 입소문, 그리고 이십대 여성들의 지지를 얻어 책은 순항했다. 대중의 시선이 혜성 같은 신인에게 몰렸을 때, 나는 비로소 다정의 피부로 기워 입은 옷을 홀렁 벗은 기분이었다.

"언니, 그 정도로 유난 떨어야 하는 귀한 옷이면 안 입을래. 너무 차려입는 것도 쑥스러워."

언니가 손사래를 치고 우악스럽게 내 몸에 재킷을 끼워 입혔다.

"미쳤어? 얼마 만의 데이트인데 대충 입고 나가? 불났을 때 옷 다 버리고 직장 유니폼이랑 싸구려 티쪼가리밖에 없잖아. 가뜩이나 연상이고 직업도 우중충한 애가 무슨 자신감이야? 잘 맞네. 딱이다."

내게 주말 식사를 제안한 사람은 우재였다.

그는 매해 신춘문예에 시를 응모했던 언론사의 취재기자로 합격했다. 잠시나마 유배지로 넘어갔던 그는 조각난 몇 개의 기억을 갖고 있었다. 사방이 지평선뿐인 붉은 사막, 악어와 큰갑옷도마뱀을 섞은 듯한 검은 파충류, 그 아래서 들리는 나의 목소리, 살을 에는 추위와 벌거벗은 사람들, 베일을 쓴 여자 같은 장면과 감각이었다.

책상에 엎드려 잠시 졸았을 뿐인데, 눈을 떴을 때 우재는 다시 태어난 것 같았다고 말했다. 습작 폴더 속 스물아홉 편의 시를 전부 다시 읽었다. 그중 몇 작품은 유니크한 외국 시를 흉내 낸 레플리카였고, 나머지는 그가 꿈에서 목격한 장면과 감각의 확장판이었다. 달의 뒷면, 붉은 사막에서, 검고 큰 비늘 한 장, 당신은 고장 난 라디오, 면사포 속 양초…… 우재는 자신의 시가 순수한 창작물이 아닌 섬뜩한 예언서 같다고 느꼈다. 기시감인지 초능력인지 혹은 귀신의 장난인지 알 수 없었지만, 그는 더는 시를 쓰고 싶지 않았다. 그 후로도 우재는 종종 예지몽을 꾸었다. 유배지에 머물며 얻은 영능력이었다. 더럭 겁이 난 그는 자신이 보고 들은 일만 기록하는 날것의 세계로 뛰어들기로 결심했다. 인턴 기간이 끝난 우재는 이번 주말에 우리 집 근처 멕시칸레스토랑에 가자고 청한 터였다.

"나 이제 화장장 갈 건데, 언니는?"

재킷을 벗어 옷걸이에 걸었다.

"나도 너만큼 화끈한 데 가. 애들 다 시어머니가 데려갔으니까, 형부랑 호캉스, 뜨밤 예약."

"암요, 산 사람은 즐겨야지요."

나는 교수 자리를 물리고, 남은 예금에 아파트 담보대출을 보

태 장의리무진 운전을 시작했다. 때로 석연치 않은 죽음으로 전
전긍긍하는 귀신을 만나면 저승차사를 피해 도심을 질주하는
날도 있었다. 그러다 보면 유족들에게 멱살을 잡히거나 고발당
하는 일도 왕왕 있으련만, 어째서인지 나를 찾는 고객들이 점점
늘어났다. 낮에는 시신을 실어 나르고, 밤에는 귀신을 실어 나
르는 일이 새로운 내 직업이 되었다.

언니가 떠나고 욕실에서 정성 들여 몸을 씻었다. 거울에 비친
나는 청나라 시대 도자기처럼 온몸에 자잘한 흉터를 달고 있었
다. 특히 오른손 손바닥엔 바실리스크의 눈 모양으로 남은 두터
운 흉터 탓에 주먹이 꽉 쥐어지지 않았다. 거울 속엔 나이보다
겉늙어 보이는 여자가 피로한 표정으로 마주 서 있었다. 이제는
이 얼굴에 익숙해져야 했다.

"천안 시내 오피스텔에서 한 구의 시신이 발견됐어. 경부압
박에 의한 질식사이고, 사망추정일은 일주일 전으로 심하게 부
패한 상태라는군. 경찰은 망자가 스토커로 신고한 직장동료를
유력한 용의자로 보고 소재지로 찾아갔지. 그리고 욕실에서 샤
워중이던 용의자를 발견했어. 유유히 샤워를 마치고 걸어 나온
남자는 먼저 발견된 시신과 비슷한 상태로 부패해 있었어. 심한
시취를 풍기는 데다 코와 입술, 눈꺼풀처럼 얇은 피부는 수압에
떨어져 나갔고, 목엔 과도가 박혀 있었다는군. 이거 보통 미친

놈이 아니네."

삼충의 목소리였다. 잠이 오지 않는 밤, 전직 형사가 진행하는 범죄사건 유튜브 채널을 틀어놓고 눈을 감는 습관이 생겼다. 어느 사이엔가 삼충의 말투가 그를 닮아갔다.

"어디서 얻은 정보예요?"

알고도 모른 척 물었다.

"늘 그렇듯 익명의 제보자네."

내가 잠든 동안 삼충은 침대맡으로 자신의 정보원들을 불렀다. 경찰, 기자, 프로그래머, 유튜버. 생전 자신이 하던 일을 멈추지 않는 이들이었다.

"스토커가 피해자를 살해하고 스스로 목숨을 끊었는데, 혼자만 부활한 거네."

악귀라는 확신이 생겼다. 아무래도 오늘 망자 이송은 다른 기사에게 넘겨야 할 모양이었다. 천안까지 가려면 주유도 한 번해야 할 터였다. 서둘러 욕실을 나섰다. 그새 퇴근한 예슬이 컵라면을 먹으며 손을 흔들었다.

"교수님, 거의 다 먹었어요. 같이 가요."

예슬은 여전히 나를 교수라고 불렀다. 이제와 호칭을 바꾸기도 쑥스러워 그냥 내버려두는 중이었다.

"악귀 중에 스토커한테 빙의할 만한 놈이 누군지 라가한테

굿 드라이버

좀 물어봐줄래? 키워드라도 알아내면 찾기 수월하잖아."

나는 세탁바구니 안에서 그나마 깨끗해 보이는 티셔츠를 꺼내 걸쳤다.

"그런 거 물어볼 땐 달달한 것 좀 먹어줘야 대답이 나와요. 언니는 태아령인데 왜 단걸 좋아하죠? 맛도 못 봤으면서."

라가는 예슬 곁에 머물렀다. 그녀의 이름은 생사부에도 없었으며, 태아령은 유배지에서도 거두기를 꺼렸다. 예슬은 조상령 대신 동기를 몸주로 받아들였다. 여느 무속인처럼 신당을 차리고 정성을 들이지는 않지만, 주전부리로 비위를 맞춰야 할 때가 많았다. 예슬이 후룩후룩 급하게 컵라면을 삼키는 동안 나는 냉동실을 열어 망고아이스크림을 꺼냈다.

"오늘도 다이어트는 물 건너갔어요."

아파트 입주민들의 항의로 장의리무진은 길 건너 유료주차장에 세워놓았다. 차로 이동하는 사이 예슬이 진저리치듯 어깨를 몇 번 떨었다. 그러고는 한쪽 눈썹만 잔뜩 위로 치켜든 채 나를 보았다. 라가였다.

"유배지를 탈출한 악귀 중에 여자에 안달난 놈은 여럿인데, 천안이 고향인 놈은 딱 하나야. 살아서 김 생원으로 불렸다는 것만 알아. 영산 김 씨였지. 아줌마, 근데 생원이 뭐야? 이름이야?"

라가가 조수석에 앉아 다 먹은 망고아이스크림 막대를 빨았다.

"조선시대 벼슬아치 가운데 생원이란 게 있었어. 공무원이라…… 그럼 와이파이가 OFFICAL이라고 표시되려나, 아니면 KIM일지도."

시동을 걸고 주차장을 빠져나왔다. 얼마 지나지 않아 리무진 안으로 향내가 진하게 풍겼다. 걸어놓은 적 없지만, 룸미러에 향낭이 매달려 달랑거렸다. 금요일 저녁, 기분을 내려 나온 이웃들이 장의차를 보고 인상을 찌푸렸다. 익숙해져야 할 대접이었다.

"교수님, 저는 영산 김씨 족보 좀 뒤져볼게요. 족보에 벼슬도 나오겠죠?"

내비게이션이 재부팅되며, 주변의 와이파이 신호 몇 개가 표시되었다. 향낭을 발동시킬 만큼 세력 있는 귀신은 없었다. 그럼에도 향내는 점점 더 진해졌다. 묵직한 두통과 이명이 따라붙었다. 그러고 보니 달이 없는 밤, 그믐이었다.

"예슬아, 가는 길에 누구 한 명 태워 가자."

매달 그믐, 달이 사라지면 우리 팀에 합류하는 또 한 사람이 있었다. 어째서인지 프리랜서가 되길 택한 그는 한 달에 한 번밖에 만날 수 없었다. 그와 나는 운이 좋아 두 번이나 목숨을 건

진 불멸의 존재였다.

"아, 그믐이구나. 그럼 몸 풀러 오시겠네."

내가 나직이 관세음보살이라고 외치자 내비게이션에 진한 와이파이 신호가 잡혔다. 어둠을 저벅저벅 밟고 푸른 옷에 장검을 든 사내가 보이는 것도 같았다. 그의 와이파이 신호 아래 KNIGHT라는 이름이 표시되었다. 반가운 히치하이커였다.

굿 드라이버

1판 1쇄 인쇄 2023년 10월 6일
1판 1쇄 발행 2023년 10월 16일
지은이 강지영
펴낸이 이성욱
책임편집 장인숙
디자인 스튜디오 글리

펴낸곳 story.B
주소 경기도 부천시 길주로 1 417호(상동)
등록 2015년 3월 27일(제2015-000025호)
문의전화 070-4148-1069 **팩스** 032-326-1069
전자우편 webtoon@storycompany.co.kr
ISBN 979-11-87239-95-6 03810